周作人作品精選14

經典新版

浮生拾憶

周作人——著

總序
文學星座中，璀璨不亞於魯迅的周作人

朱墨菲

每個時代都會有特別具有代表性、令人們特別懷想的人物，在新文學領域，周作人無疑就是其中一個。身為大文豪魯迅之弟，兩兄弟在文壇可說是各領風騷，各自綻放著不同的光芒。

作為五四新文化運動的一員，周作人在中國文學上的影響力絕對具有舉足輕重的地位，時值新舊文化交替之際，面對西方思潮的來襲，多數讀書人或抱殘守缺，或媚外崇洋，在劇烈的文化衝擊中，許多受過西方教育的學子如胡適、錢玄同、蔡元培、林語堂等，紛紛投入這股新文化浪潮中。

周作人脫穎而出，被譽為是「五四」以降最負盛名的散文及文學翻譯家，他以「對性靈的表達乃為言志」的理念，創造了獨樹一格的寫作風格，充滿靈性，看似平凡卻處處透著玄妙的人生韻味，清新的文風立即風靡一時，更迅速形成一大流派「言志派」，在中國文學史上留下了不可抹滅的一筆。郁達夫曾說：「中國現代散文的成績，以魯迅、周作人兩人的為最豐富最偉大，我平時的偏嗜，亦以此二人的散文為最所溺愛。一經開選，如竊賊入了阿拉伯的寶庫，東張西望，簡直迷了我取去的判斷。」陳之藩是散文大師，他特地強調胡適晚年不止一次跟他說：「到現在值得一看的，只有周作人的東西了。」可見周作人散文之優美意境。

處在動盪年代的周作人，亦可說是時代的見證人，年少時赴日求學，精通日語，讓他對日本文化有深刻的觀察，而後又親身經歷了中國近代史上諸多重要歷史事件，如鑑湖女俠秋瑾、徐錫麟等的革命活動、辛亥革命、張勳復辟等，他一生的形跡記錄即是重要史料，從他的《知堂回想錄》書中即可探知一二。而他晚年撰寫的《魯迅的故家》、《魯迅的青年時代》等回憶文章，更為研究魯迅的讀者提供了許多寶貴的第一手資料。

對世人來說，周作人也許不是個討喜的人，因為他從來都不是隨俗附和的人，他只說自己想說的話，一生奉行的就是孔子所強調的「知之為知之，不知為不知，是知也」的理念，這使他的文章中充滿了濃濃的自由主義，並形成他日後以「人的文學」為概念，跳脫傳統窠臼，更自號「知堂」之故。在《知堂回想錄》的後序中，周作人自陳：「我是一個庸人，就是極普通的中國人，並不是什麼文人學士，只因偶然的關係，活得長了，見聞也就多了些，譬如一個旅人，走了許多路程，經歷可以談談，有人說『講你的故事罷』，也就講些，也都是平凡的事情和道理。」

也許，在諸多文豪的光環下，在世人傳說的紛擾下，他的文學地位一度有明珠蒙塵之虞，本社因而在他去世五十年之際，特將他的文集重新整理出版，包括他最知名的回憶錄《知堂回想錄》以及散文集《自己的園地》、《雨天的書》、《談龍集》、《談虎集》、《看雲集》、《苦茶隨筆》等，使讀者從他的著作中可以更加了解一代文學巨匠的內心世界，品味他的文字之美。

浮生拾憶

目錄——

第二卷　自己的文章

浮生拾憶

目錄——

藥味集

第三卷 悠遠的迴響

第四卷 閒情的印痕

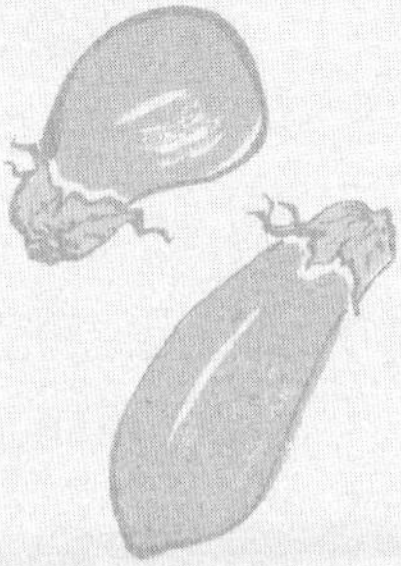

瓜豆集

第一卷　東京的書店

題記

「寫《風雨談》忽忽已五個月，這小半年裡所寫的文章並不很多，卻想作一小結束，所以從《關於雷公》起就改了一個新名目。本來可以稱作『雷雨談』，但是氣勢未免來得太猛烈一點兒，恐怕不妥當，而且我對於中國的雷公爺實在也沒有什麼好感，不想去惹動他。還是仍舊名吧，單加上『後談』字樣。案《風雨》詩本有三章，那麼這回算是瀟瀟的時候也罷，不過我所喜歡的還是那風雨如晦雞鳴不已的一章，那原是第三章，應該分配給『風雨三談』去，這總須到了明年始能寫也。」

這是今年五月四日所寫，算作「風雨後談」的小引，到了現在掐指一算，半個年頭又已匆匆的過去了。這半年裡所寫的文章大小總有三十篇左右，趁有一半天的閒暇，把他整理一下，編成小冊，定名曰「瓜豆集」，「後談」的名字仍保存著另有用處。

為什麼叫作瓜豆的呢？善於做新八股的朋友可以作種種的推測。或曰，因為喜講運命，所以這是說種瓜得瓜種豆得豆吧。或曰，因為愛談鬼，所以用王漁洋的詩，豆棚瓜架雨如絲。或曰，鮑照《蕪城賦》云，「竟瓜剖而豆分」，此蓋傷時也。

典故雖然都不差，實在卻是一樣不對。我這瓜豆就只是老老實實的瓜豆，如冬瓜長豇豆之類是也。或者再自大一點稱曰杜園瓜豆，即杜園菜。吾鄉茹三樵著《越言釋》卷上有杜園一條云：

「杜園者兔園也，兔亦作菟，而菟故為徒音，又訛而為杜。今越人一切蔬菜瓜蓏之屬，出自園丁，不經市兒之手，則其價較增，謂之杜園菜，以其土膏露氣真味尚存也。至於文字無出處者則又以杜園為訾謷，亦或簡其詞曰杜撰。昔盛文肅在館閣時，有問制詞誰撰者，文肅拱而對曰，度撰。眾皆哄堂，乃知其戲，事見宋人小說。雖不必然，亦可見此語由來已久，其謂杜撰語始於杜默者非。」

土膏露氣真味尚存，這未免評語太好一點了，但不妨拿來當作理想，所謂取法乎上也。出自園丁，不經市兒之手，那自然就是杜撰，所以這並不是缺點，唯人云亦云的說市話乃是市兒所有事耳。《五代史》云：

「兔園冊者，鄉校俚儒教田夫牧子之所誦也。」

換一句話說，即是鄉間塾師教村童用的書，大約是《千字文》《三字經》之類，書雖淺薄卻大有勢力，不佞豈敢望哉。總之茹君所說的話都是很好的，借來題在我這小冊子的卷頭，實在再也好不過，就只怕太好而已。

這三十篇小文重閱一過，自己不禁嘆息道，太積極了！聖像破壞（iconoclasma）與中庸（sophrosune），夾在一起，不知是怎麼一回事。

有好些性急的朋友以為我早該談風月了，等之久久，心想：要談了罷，要談風月了吧?!好像「狂言」裡的某一腳色所說，生怕不談就有點違犯了公式。其實我自己也未嘗不想談，不料總是不夠消極，在風吹月照之中還是要呵佛罵祖，這正是我的毛病，我也無可如何。

或者懷疑我罵韓愈是考古，說鬼是消閒，這也未始不是一種看法，但不瞞老兄說，這實在只是一點師爺筆法紳士態度，原來是與對了和尚罵禿驢沒有多大的不同，蓋我覺得現代新人物裡不免有易卜生的「群鬼」，而讀經衛道的朋友差不多就是韓文公的夥計也。

昔者黨進不許說書人在他面前講韓信，不失為聰明人，他未必真怕說書人到韓信跟前去講他，實在是怕說的韓信就是他耳。不佞生性不喜八股與舊戲，所不喜者不但是其物而尤在其勢力，若或聞不佞謾罵以為專與《能與集》及小丑的白鼻子為仇，則其智力又未免出黨太尉下矣。

孔子云，知之為知之，不知為不知，是知也。這在莊子看來恐怕只是小知，但是我也覺得夠好了，先從不知下手，凡是自己覺得不大有把握的事物決心不談，這樣就除去了好些絆腳的荊棘，讓我可以自由的行動，只挑選一二稍為知道的東西來談談。

其實我所知的有什麼呢，自己也說不上來，不過比較起來對於某種事物特別有興趣，特別想要多知道一點，這就不妨權歸入可以談談的方面，雖然所知有限，總略勝於以不知為知耳。

我的興趣所在是關於生物學人類學兒童學與性的心理，當然是零碎的知識，但是我唯一的一點知識，所以自己不能不相當的看重，而自己所不知的乃是神學與文學的空論之類。我嘗自己發笑，難道真是從「妖精打架」會悟了道麼？道未必悟，卻總幫助了我去瞭解好許多問題與事情。

從這邊看過去，神聖的東西難免失了他們的光輝，自然有聖像破壞之嫌，但同時又是讚美中庸的，因為在性的生活上禁欲與縱欲是同樣的過失，如英國藹理斯所說，「生活之藝術其方法只在於微妙地混和取與捨二者而已。」凡此本皆細事不足道，但為欲說我的意見何以多與新舊權威相衝突，如此喋喋亦不得已。

我平常寫文章喜簡略或隱約其詞，而老實人見之或被貽誤，近來思想漸就統

關於雷公

在市上買到鄉人孫德祖的著作十種，普通稱之曰「寄龕全集」，其實都是光緒年間隨刻隨印，並沒有什麼總目和名稱。三種是在湖州做教官時的文牘課藝，三種是詩文詞，其他是筆記，即《寄龕甲志》至《丁志》各四卷，共十六卷，這是我所覺得最有興趣的一部分。

寄龕的文章頗多「規模史漢及六朝駢儷之作」，我也本不大瞭解，但薛福成給他作序，可惜他不能默究桐城諸老的義法，不然就將寫得更好，也是很好玩的一件事。不過我比詩文更看重筆記，因為這裡邊可看的東西稍多，而且我所搜的同鄉著作中筆記這一類實在也很少。清朝的我只有俞蛟的《夢厂雜著》，汪鼎的《雨韭庵筆記》，汪瑔的《松煙小錄》與《旅譚》，施山的《薑露庵筆記》等，這寄龕甲乙丙丁志要算分量頂多的了。但是，我讀筆記之後總是不滿意，這回也不能是例外。

我最怕讀逆婦變豬或雷擊不孝子的記事，這並不因為我是讚許忤逆，我感覺這種文章惡劣無聊，意思更是卑陋，無足取耳。冥報之說大抵如他們所說以補王法之不及，政治腐敗，福淫禍善，乃以生前死後彌縫之，此其一，而文人心地褊窄，見不愜意者即欲正兩觀之誅，或為法所不問，亦其力所不及，則以陰譴處之，聊以快意，此又其二。所求於讀書人者，直諒多聞，乃能立說著書，啟示後人，今若此豈能望其為我們的益友乎。我讀前人筆記，見多記這種事，不大喜歡，就只能拿來當作文章的資料，多有不敬的地方，實亦是不得已也。

寄龕甲乙丙丁志中講陰譴的地方頗多，與普通筆記無大區別，其最特別的是關於雷的紀事及說明。如《甲志》卷二有二則云：

「庚午六月雷擊岑墟魯氏婦斃，何家溇何氏女也，性柔順，舅姑極憐之，時方孕，與小姑坐廚下，小姑覺是屋熱不可耐，趨他室取涼，才逾戶限，霹靂下而婦殛矣。皆曰，宿業也。或疑其所孕有異。既而知其幼喪母，其叔母撫之至長，已而叔父母相繼歿，遺子女各一，是嘗讚其父收叔田產而虐其子女至死者也。皆曰，是宜殛。」

「順天李小亭言，城子峪某甲事後母以孝聞，亦好行善事，中年家益裕，有子矣，忽為雷殛。皆以為雷誤擊。一鄰叟慨然曰，雷豈有誤哉，此事捨余無知之者，今不須復秘矣。」

據叟所述則某甲少時曾以計推後母所生的幼弟入井中，故雷殛之於三十年後，又申明其理由云：「所以至今日而後殛之者，或其祖若父不應絕嗣，俟其有子歟，雷豈有誤哉。於是眾疑始釋，同聲稱天道不爽。」

又《乙志》卷二有類似的話，雖然不是雷打：

「潛說友《咸淳臨安志》云，錢塘潮八月十八日臨安民俗大半出觀。紹興十年秋，……潮至洶湧異常，橋壞壓溺死數百人，既而死者家來號泣收斂，道路指言其人盡平日不逞輩也。同治中甬江浮橋亦覯此變。橋以鐵索連巨舶為之，維繫鞏固，往來者日千萬人，視猶莊逵焉。其年四月望郡人賽五都神會，赴江東當過橋，行人及止橋上觀者不啻千餘，橋忽中斷，巨舶或漂失或傾覆，死者強半。……徐柳泉師為餘言，是為夷粵燹後一小劫，倖免刀兵而卒罹此厄，雖未遍識其人，然所知中稱自好者固未有與焉。印之潛氏所記，可知天道不爽。」

又《丙志》卷二記錢西箴述廣州風災火災，其第二則有云：

「學使署有韓文公祠，在儀門之外，大門之內，歲以六月演劇祠中。道光中劇場災，死者數千人。得脫者僅三人，其一為優伶，方戴面具跳魁罡，從面具眼孔中窺見滿場坐客皆有鐵索連鎖其足，知必有大變，因托疾而出。一為妓女，正坐對起火處，遙見板隙火光熒然，思避之而坐在最上層，紆迴而下恐不及，近坐有捷徑隔闌干不可越，適有賣瓜子者在闌外，急呼之，告以腹痛欲絕，倩負之歸，謝不能，則卸一金腕闌界之曰，以買餘命，隔闌飛上其肩，促其疾奔而出，賣瓜子者亦因之得脫。」

孫君又論之曰：

「三人之得脫乃倡優居其二，以優人所見鐵索連鎖，知冥冥中必有主之者，豈數千人者皆有夙業故縶之使不得去歟。優既不在此數，遂使之窺見此異，而坐下火光亦獨一不在此數之妓女見之，又適有不在此數之賣瓜子者引緣而同出於難，異哉。然之三人者必有可以不死之道在，有知之者云賣瓜子者事孀母孝，則餘二人雖賤其必有大善亦可以類推而知。」

我不憚煩地抄錄這些話，是很有理由的，因為這可以算是代表的陰譴說也。這裡所說不但是冥冥中必有主之者，而且天道不爽，雷或是火風都是決無誤的，所以死者一定是該死，即使當初大家看他是好人，死後也總必發現什麼隱惡，證明是宜殛，翻過來說，不死者也必有可以不死之道在，必有大善無疑。這種歪曲的論法全無是非之心，說得迂遠一點，這於人心世道實在很有妨害，我很不喜歡低級的報應說的緣故一部分即在於此。

王應奎的《柳南隨筆》卷三有一則云：

「人懷不良之心者俗諺輒曰黑心當被雷擊，而蠶豆花開時聞雷則不實，亦以花心黑也。此固天地間不可解之理，然以物例人，乃知諺語非妄，人可不知所懼哉。」尤其說得離奇，這在民俗學上固不失為最為珍奇的一條資料，若是讀書人著書立說，將以信今傳後，而所言如此，豈不可長太息乎。

陰騭說——我們姑且以雷殛惡人當作代表，何以在筆記書中那麼猖獗，這是極重要也極有趣的問題，雖然不容易解決。中國文人當然是儒家，不知什麼時候幾乎全然沙門教（不是佛教）化了，方士思想的侵入原也早有，但是現今這種情形我想還是近五百年的事，即如《陰騭文》《感應篇》的發達正在明朝，筆記裡也是明清最利害的講報應，以前總還要好一點。

查《太平御覽》卷十三雷與霹靂下，自《列女後傳》李叔卿事後有《異苑》等數條，說雷擊惡人事，《太平廣記》卷三九三以下三卷均說雷，其第一條亦是李叔卿事，題云「列女傳」，故此類記事可知自晉已有，但似不如後代之多而詳備。

又《論衡》卷六《雷虛篇》云：

「盛夏之時，雷電迅疾，擊折樹木，壞敗屋室，時犯殺人。世俗以為擊折樹木壞敗屋室者天取龍，其犯殺人也謂之陰過。飲食人以不潔淨，天怒擊而殺之，隆隆之聲，天怒之音，若人之呴吁矣。世無愚智莫謂不然，推人道以論之，虛妄之言也。」

又云：

「圖畫之工，圖雷之狀累累如連鼓之形，又圖一人若力士之容，謂之雷公，使之左手引連鼓，右手推椎若擊之狀。其意以為雷聲隆隆者，連鼓相扣擊之音也，其魄然若敝裂者，椎所擊之聲也，其殺人也引連鼓相椎並擊之矣。世又信之，莫謂不然，如復原之，虛妄之象也。」

由此可見人有陰過被雷擊死之說在後漢時已很通行，不過所謂陰過到底是些什麼就不大清楚了，難道只是以不潔食人這一項麼。

這裡我們可以注意的是王仲任老先生他自己便壓根兒都不相信，他說：

「建武四年夏六月雷擊殺會稽鄞專日食（案此四字不可解，《太平御覽》引作鄞縣二字）羊五頭皆死，夫羊何陰過而天殺之。」

《御覽》引桓譚《新論》有云：

「天下有鸖鳥，郡國皆食之，三輔俗獨不敢取之，取或雷霹靂起。原夫天不獨左彼而右此，其殺取時適與雷遇耳。」意見亦相似。

王桓二君去今且千九百年矣，而有此等卓識，我們豈能愛今人而薄古人哉。王仲任又不相信雷公的那形狀，他說：

「鐘鼓無所懸著，雷公之足無所蹈履，安得而為雷。……雷公頭不懸於天，足不蹈於地，安能為雷公。飛者皆有翼，物無翼而飛謂之仙人，畫仙人之形為之作翼，如雷公與仙人同，宜復著翼。使雷公不飛，圖雷家言其飛，非也，使實飛，不為著翼，又非也。」

這條唯理論者的駁議似乎被採納了，後來畫雷公的多給他加上了兩扇大肉翅，明謝在杭在《五雜組》卷一中云：

「雷之形人常有見之者，大約似雌雞，肉翅，其響乃兩翅奮撲聲也。」

謝生在王後至少相隔一千五百年了，而確信雷公形如母雞，令人想起《封神傳》上所畫的雷震子。《鄉言解頤》五卷，甕齋老人著，但知是寶坻縣人姓李，有道光己酉序，卷一天部第九篇曰雷，文頗佳：

「《易・說卦》，震為雷為長子。鄉人雷公爺之稱或原於此乎。然雷公之名其來久矣。《素問》，黃帝坐明堂召雷公而問之曰，子知醫道乎？對曰，誦而頗能解，解而未能別，別而未能明，明而未能彰焉。

「又藥中有雷丸雷矢也。梨園中演劇，雷公狀如力士，左手引連鼓，右手推椎若擊之狀。《國史補》，雷州春夏多雷，雷公秋冬則伏地中，人取而食之，其狀類彘。其曰雷聞百里，則本乎震驚百里也。曰雷擊三世，見諸說部者甚多。《左傳》曰，震電馮怒，又曰，畏之如雷霆。故發怒申飭人者曰雷，受之者遂曰被他雷了一頓。

「晉顧愷之憑重桓溫，溫死，人問哭狀，曰，聲如震雷破山，淚如傾河注海。

故見小孩子號哭無淚者曰乾打雷不下雨。曰打頭雷，仲春之月雷乃發聲也。曰收雷了，仲秋之月雷始收聲也。宴會中有雷令，手中握錢，第一猜著者曰劈雷，自己落實者曰悶雷。至於鄉人聞小考之信則曰，又要雷同了，不知作何解。」

我所見中國書中講雷的，要算這篇小文最是有風趣了。

這裡我連帶地想起的是日本的關於雷公的事情。民間有一句俗語云，地震打雷火災老人家。意思是說頂可怕的四樣東西，可見他們也是很怕雷的，可是不知怎的對於雷公毫不尊敬，正如並不崇祀火神一樣。我查日本的類書就沒有看見雷擊不孝子這類的紀事，雖然史上不乏有人被雷震死，都只當作一種天災，有如現時的觸電，不去附會上道德的意義。

在文學美術上雷公卻時時出現，可是不大莊嚴，或者反多有喜劇色彩。十四世紀的「狂言」裡便有一篇《雷公》，說他從天上失足跌下來，閃壞了腰，動彈不得，請一位過路的庸醫打了幾針，大驚小怪的叫痛不迭，總算醫好了，才能飛回天上去。

民間畫的「大津繪」裡也有雷公的畫，圓眼獠牙，頂有雙角，腰裹虎皮，正是鬼（oni，惡鬼，非鬼魂）一般的模樣，伏身雲上，放下一條長繩來，掛著鐵錨似的鉤，去撈那浮在海水上的一個雷鼓。

有名的滑稽小說《東海道中膝栗毛》（膝栗毛意即徒步旅行）後編下記老年朝山進香人的自述，雷公跌壞了在他家裡養病，就做了他的女婿，後來一去不返，有雷公朋友來說，又跌到海裡去被鯨魚整個地吞下去了。我們推想這大約是一位假雷公，但由此可知民間講雷公的笑話本來很多，而做女婿乃是其中最好玩的資料之一，據說還有這種春畫，實在可以說是大不敬了。

這樣的灑脫之趣我最喜歡，因為這裡有活力與生意。可惜中國缺少這種精神，只有《太平廣記》載狄仁傑事（《五雜組》亦轉錄），雷公為樹所夾，但是救了他有好處，也就成為報應故事了。

日本國民更多宗教情緒，而對於雷公多所狎侮，實在卻更有親近之感。中國人重實際的功利，宗教心很淡薄，本來也是一種特點，可是關於水火風雷都充滿那些恐怖，所有紀載與說明又都那麼慘酷刻薄，正是一種病態心理，即可見精神之不健全。

哈理孫女士論希臘神話有云：

「這是希臘的美術家與詩人的職務，來洗除宗教中的恐怖分子。這是我們對於希臘神話作者的最大的負債。」日本庶幾有希臘的流風餘韻，中國文人則專務創造出野蠻的新的戰慄來，使人心愈益麻木痿縮，豈不哀哉。

廿五年五月

談鬼論

三年前我偶然寫了兩首打油詩，有一聯云，街頭終日聽談鬼，窗下通年學畫蛇。有些老實的朋友見之譁然，以為此刻現在不去奉令喝道，卻來談鬼的故事，豈非沒落之尤乎。

這話說的似乎也有幾分道理，可是也不能算對。蓋詩原非招供，而敝詩又是打油詩也，滑稽之言，不能用了單純的頭腦去求解釋。所謂鬼者焉知不是鬼話，所謂蛇者或者乃是蛇足，都可以講得過去，若一一如字直說，那麼真是一天十二小時站在十字街頭聽《聊齋》，一年三百六十五日坐在南窗下臨《十七帖》，這種解釋難免為姚首源所評為癡叔矣。

據《東坡事類》卷十三神鬼類引《癸辛雜識》序云：

「坡翁喜客談，其不能者強之說鬼，或辭無有，則曰，姑妄言之。聞者絕倒。」

說者以為東坡晚年厭聞時事，強人說鬼，以鬼自晦者也。

東坡的這件故事很有意思，是否以鬼自晦，覺得也頗難說，但是我並無此意則是自己最為清楚的。雖然打油詩的未必即是東坡客之所說，雖然我亦未必如東坡之厭聞時事，但假如問是不是究竟喜歡聽人說鬼呢，那麼我答應說，是的。人家如要罵我應該從現在罵起，因為我是明白的說出了，以前關於打油詩的話乃是真的或假的看不懂詩句之故也。

話雖如此，其實我是與鬼不大有什麼情分的。遼陽劉青園著《常談》卷一中有一則云：「鬼神奇蹟不止匹夫匹婦言之鑿鑿，士紳亦嘗及之。唯余風塵斯世未能一見，殊不可解。或因才不足以為惡，故無鬼物侵陵，德不足以為善，亦無神靈呵護。平庸坦率，無所短長，眼界固宜如此。」

金谿李登齋著《常談叢錄》卷六有性不見鬼一則云：

「予生平未嘗見鬼形，亦未嘗聞鬼聲，殆氣稟不近於陰耶。記少時偕族人某宿鵝塘楊甥家祠堂內，兩室相對，晨起某蹙然曰，昨夜鬼叫嗚嗚不已，聲長而亮，甚可畏。予謂是夜行者戲作呼嘯耳，某曰，略不似人聲，烏有寒夜更深奔走正苦而歡娛如是者，必鬼也。予終不信。越數日予甥楊集益秀才夫婦皆以暴病相繼歿，是某所聞者果為世所傳勾攝之走無常耶。然予與同堂隔室宿，殊不聞也。

「郡城內廣壽寺前左有大宅，李玉漁庶子傳態故居也，相傳其中多鬼，予嘗館寓於此，絕無所聞見。一日李拔生太學偕客來同宿東房，晨起言夜聞鬼叫如鴨，聲在壁後呀呷不已，客亦謂中夜拔生以足蹴使醒，聽之果有聲，擁被起坐，靜察之，非蟲非鳥，確是鬼鳴。然予亦與之同堂隔室宿，竟寂然不聞，詢諸生徒六七人，悉無聞者，用是亦不深信。

「拔生因述往歲曾以訟事寓此者半年，每至交夜則後堂啼叫聲，或如人行步聲，器物門壁震響聲，無夕不有，甚或若狂恣猖披幾難言狀。然予居此兩載，迄無聞見，且連年夏中俱病甚，恆不安寐，宵深每強出臥堂中炕座上，視廣庭月色將盡升簷際，乃復歸室，其時旁無一人，亦竟毫無影響。諸小說家所稱鬼物雖同地同時而聞見各異者甚多，豈不有所以異者耶。若予之強頑，或鬼亦不欲與相接於耳目耶。不近陰之說尚未必其的然也。」

李書有道光二十八年序，劉書記有道光十八年事，蓋時代相同，書名又均稱常談，其不見鬼的性格也相似，可謂巧合。予生也晚，晚於劉李二君總將一百年吧，而秉性愚拙，不能活見鬼，因得附驥尾而成鼎足，殊為光榮之至。

小時候讀《聊齋》等志異書，特別是《夜談隨錄》的影響最大，後來腦子裡永遠留下了一塊恐怖的黑影，但是我是相信神滅論的，也沒有領教過鬼的尊容或其玉音，所以鬼之於我可以說是完全無緣的了。——聽說十王殿上有一塊匾，文曰，「你也來了！」這個我想是對那怙惡不悛的人說的。

紀曉嵐著《欒陽消夏錄》卷四有一條云：

「邊隨園徵君言，有入冥者，見一老儒立廡下，意甚惶遽。一冥吏似是其故人，揖與寒溫畢，拱手對之笑曰，先生平日持無鬼論，不知先生今日果是何物。諸鬼皆粲然，老儒蝟縮而已。」

《閱微草堂筆記》多設詞嘲笑老儒或道學家，頗多快意，此亦其一例，唯因不喜程朱而並惡無鬼論原是講不通，於不佞自更無關係，蓋不佞非老儒之比，即是死後也總不會變鬼者也。

這樣說來，我之與鬼沒有什麼情分是很顯然的了，那麼大可乾脆分手了事。不過情分雖然沒有，興趣卻是有的，所以不信鬼而仍無妨喜說鬼，我覺得這不是不合理的事。

我對於鬼的故事有兩種立場不同的愛好。一是文藝的，一是歷史的。關於第一點，我所要求的是一篇好故事，意思並不要十分新奇，結構也無須怎麼複雜，可是文章要寫得好，簡潔而有力。其內容本來並不以鬼為限，自宇宙以至蒼蠅都可以，而鬼自然也就是其中之一。其體裁是，我覺得志怪比傳奇為佳，舉個例來說，與其取《聊齋志異》的長篇還不如《閱微草堂筆記》的小文，只可惜這裡也絕少可以中選的文章，因為裡邊如有了世道人心的用意，在我便當作是值得紅勒帛的一個大瑕疵了。

四十年前讀段柯古的《酉陽雜俎》，心甚喜之，至今不變，段君誠不愧為三十六之一，所寫散文多可讀。《諾皋記》卷中有一則云：

「臨川郡南城縣令戴詧初買宅於館娃坊，暇日與弟閒坐廳中，忽聽婦人聚笑聲或近或遠，詧頗異之。笑聲漸近，忽見婦人數十散在廳前，倏忽不見，如是累日，詧不知所為。廳階前枯梨樹大合抱，意其為祥，因伐之。根下有石露如塊，掘之轉闊，勢如鏊形，乃火上沃醯，鏊深五六尺不透。忽見婦人繞坑抵掌大笑，有頃共牽詧入坑，投於石上，一家驚懼之際，婦人復還大笑。詧亦隨出。詧才出，又失其弟，家人慟哭，詧獨不哭，曰，他亦甚快活，何用哭也。詧至死不肯言其情狀。」

此外如舉人孟不疑、獨孤叔牙、虞侯景乙、宣平坊賣油人各條，亦均有意趣。

蓋古人志怪即以此為目的，後人即以此為手段，優劣之分即見於此，雖文詞美富，敘述曲折，勉為時世小說面目，亦無益也。其實宗旨信仰在古人似亦無礙於事，如佛經中不乏可喜的故事短文，近讀梁寶唱和尚所編《經律異相》五十卷，常作是想，後之作者氣度淺陋，便難追及，只緣面目可憎，以致語言亦復無味，不然單以文字論則此輩士大夫豈不綽綽然有餘裕哉。

第二所謂歷史的，再明了的說即是民俗學上的興味。關於這一點我曾經說及幾次，如在《河水鬼》，《鬼的生長》，《說鬼》諸文中，都講過一點兒。

《鬼的生長》中云：

「我不信鬼，而喜歡知道鬼的事情，此是一大矛盾也。雖然，我不信人死為鬼，卻相信鬼後有人，我不懂什麼是二氣之良能，但鬼為生人喜懼願望之投影則當不謬也。陶公千古曠達人，其《歸園田居》云，人生似幻化，終當歸空無。《神釋》云，應盡便須盡，無復更多慮。

「在《擬輓歌辭》中則云，欲語口無音，欲視眼無光，昔在高堂寢，今宿荒草鄉。陶公於生死豈尚有迷戀，其如此說於文詞上固亦大有情致，但以生前的感覺推想死後況味，正亦人情之常，出於自然者也。常人更執著於生存，對於自己及所親之翳然而滅，不能信亦不願信其滅也，故種種設想，以為必繼續存在，其存在之狀況則因人民地方以至各自的好惡而稍稍殊異，無所作為而自然流露，我們聽人說鬼實即等於聽其談心矣。」（廿三年四月）

這是因讀《望杏樓志痛編補》而寫的，故就所親立論，原始的鬼的思想之起源當然不全如此，蓋由於恐怖者多而情意為少也。

又在《說鬼》（廿四年十一月）中云：

「我們喜歡知道鬼的情狀與生活，從文獻從風俗上各方面去搜求，為的可以瞭解一點平常不易知道的人情，換句話說就是為了鬼裡邊的人。反過來說，則人間的鬼怪伎倆也值得注意，為的可以認識人裡邊的鬼吧。我的打油詩云，街頭終日聽談鬼，大為志士所訶，我卻總是不管，覺得那鬼是怪有趣的物事，捨不得不談，不過詩中所談的是那一種，現在且不必說。

「至於上邊所講的顯然是老牌的鬼，其研究屬於民俗學的範圍，不是講玩笑的事，我想假如有人決心去作『死後的生活』的研究，實是學術界上破天荒的工作，很值得稱讚的。英國茀來則博士（J.G.Frazer）有一部大書專述各民族對於死者之恐怖，現在如只以中國為限，卻將鬼的生活詳細地寫出，雖然是極浩繁困難的工作，值得當博士學位的論文，但亦極有趣味與實益，蓋此等處反可以見中國民族的真心實意，比空口叫喊固有道德如何的好還要可憑信也。」

照這樣去看，那麼凡一切關於鬼的無不是好資料，即上邊被罵為面目可憎語言無味的那些亦都在內，別無好處可取，而說者的心思畢露，所謂如見其肺肝然也。此事當然需要專門的整理，我們外行人隨喜涉獵，略就小事項少材料加以參證，稍見異同，亦是有意思的事。如眼能見鬼者所說，俞少軒的《高辛硯齋雜著》第五則云：

「黃鐵如者名楷，能文，善視鬼，並知鬼事。據云，每至人家，見其鬼香灰色則平安無事，如有將落之家，則鬼多淡黃色。又云，鬼長不過二尺餘，如鬼能修善則日長，可與人等，或為淫厲，漸短漸滅，至有僅存二眼旋轉地上者。亦奇矣。」

王小谷的《重論文齋筆錄》卷二中有數則云：

「曾記族樸存兄淳言（兄眼能見鬼，凡黑夜往來俱不用燈。），凡鬼皆依附牆壁而行，不能破空，疫鬼亦然，每遇牆壁必如蚓卻行而後能入。常鬼如一團黑氣，不辨面目，其有面目而能破空者則是厲鬼，須急避之。」

「兄又言，鬼最畏風，遇風則牢握草木蹲伏不敢動。」

「兄又云，《左傳》言故鬼小新鬼大，其說確不可易，至溺死之鬼則新小而故大，其鬼亦能登岸，逼視之如煙雲消滅者，此新鬼也。故鬼形如槁木，見人則躍入水中，水有聲而不散，故無圓暈。」

紀曉嵐的《灤陽銷夏錄》卷二云：

「揚州羅兩峰目能視鬼，曰凡有人處皆有鬼。其橫亡厲鬼多年沉滯者率在幽房空宅中，是不可近，近則為害。其憧憧往來之鬼，午前陽盛多在牆陰，午後陰盛則四散遊行，可穿壁而過，不由門戶，遇人則避路，畏陽氣也，是隨處有之，不為害。又曰，鬼所聚集恆在人煙密簇處，僻地曠野所見殊希。喜圍繞廚灶，似欲近食氣，又喜入溷廁，則莫明其故，或取人跡罕到耶。」

羅兩峰是袁子才的門人，想隨園著作中必有說及其能見鬼事，今不及翻檢，但就上文所引也可見一斑了。

其所說有異同處最是好玩，蓋說者大抵是讀書人，所依據的與其說是所見無寧是其所信，這就是一種理，因為鬼總是陰氣，所以甲派如王樸存說鬼每遇牆壁必如蚓卻行而後能入，蓋以其為陰，而乙派如羅兩峰則云鬼可穿壁而過，殆以其為氣也。其相同之點轉覺無甚意思，殆因說理一致，或出於因襲，亦未可知。

如紀曉嵐的《如是我聞》卷三記柯禺峰遇鬼事，有云：

「睡至夜半，聞東室有聲如鴨鳴，怪而諦視。時明月滿窗，見黑煙一道從東室門隙出，著地而行，長丈餘，蜿蜒如巨蟒，其首乃一女子，鬟鬢儼然，昂首仰視，盤旋地上，作鴨鳴不止。」

又《槐西雜誌》卷四記一奴子婦為狐所媚，每來必換一形，歲餘無一重複者，末云：「其尤怪者，婦小姑偶入其室，突遇狐出，一躍即逝。小姑所見是方巾道袍人，白鬚鬖鬖，婦所見則黯黑垢膩一賣煤人耳。同時異狀，更不可思議。」

此兩節與《常談叢錄》所說李拔生夜聞鬼叫如鴨，又鬼物同時同地而聞見各異語均相合，則恐是雷同，當是說鬼的傳統之一點滴，但在研究者卻殊有價值耳。

羅兩峰所畫《鬼趣圖》很有名，近年有正書局有複印本，得以一見，乃所見不逮所聞遠甚。圖才八幅，而名人題詠有八十通，可謂巨觀，其實圖也不過是普通的文人畫罷了，較《玉曆鈔傳》稍少匠氣，其鬼味與諧趣蓋猶不及吾鄉的大戲與目連戲，倘說此是目擊者的描寫，則鬼世界之繁華不及人間多多矣。——這回論語社發刊鬼的故事專號，不遠千里徵文及於不佞，重違尊命，勉寫小文，略述談鬼的淺見，重讀一過，缺乏鬼味諧趣，比羅君尤甚，既無補於鬼學，亦不足以充鬼話，而猶妄評昔賢，豈不將為九泉之下所抵掌大笑耶。

廿五年六月十一日，於北平之智堂。

家之上下四旁

《論語》這一次所出的課題是「家」，我也是考生之一，見了不禁著急，不怨自己的肚子空虛得很，只恨考官促狹，出這樣難題目來難人。

的確這比前回的「鬼」要難做得多了，因為鬼是與我們沒有關係的，雖然普通總說人死為鬼，我卻不相信自己會得變鬼，將來有朝一日即使死了也總不想到鬼門關裡去，所以隨意談論談論也還無妨。若是家，那是人人都有的，除非是不打誑話的出家人，這種人現在大約也是絕無僅有了，現代的和尚熱心於國大選舉，比我們還要積極，如我所認識的紹興阿毛師父自述，他們的家也比我們為多，即有父家妻家與寺家三者是也。

總而言之，無論在家出家，總離不開家，那麼家之與我們可以說是關係深極了，因為關係如此之深，所以要談就不大容易。賦得家是個難題，我在這裡就無妨堅決地把他宣布了。

話雖如此，既然接了這個題目，總不能交白卷了事，無論如何須得做他一做才行。忽然記起張宗子的一篇《岱志》來，第一節中有云：

「故余之志岱，非志岱也。木華作《海賦》，曰，胡不於海之上下四旁言之。余不能言岱，亦言岱之上下四旁已耳。」

但是抄了之後，又想道，且住，家之上下四旁有可說的麼？我一時也回答不來。忽然又拿起剛從地攤買來的一本《醒閨編》來看，這是二十篇訓女的韻文，每行分三三七共三句十三字，題曰西園廖免驕編。首篇第三葉上有這幾行云：

犯小事，由你說，倘犯忤逆推不脫。
有碑文，你未見，湖北有個漢川縣。
鄧漢真，是秀才，配妻黃氏惡如豺。
打婆婆，報了官，事出乾隆五十三。
將夫婦，問剮罪，拖累左鄰與右舍。
那鄰里，最慘傷，先打後充黑龍江。
那族長，伯叔兄，有問絞來有問充。

後家娘，留省城，當面刺字充四門。
那學官，革了職，流徙三千杖六十。
坐的土，掘三尺，永不准人再築室。
將夫婦，解回城，凌遲碎剮曉諭人。
命總督，刻碑文，後有不孝照樣行。

我再翻看前後，果然在卷首看見「遵錄湖北碑文」，文云：

「乾隆五十三年正月奉，上諭：朕以孝治天下，海澨山陬無不一道同風。據湖北總督疏稱漢川縣生員鄧漢禎之妻黃氏以辱母毆姑一案，朕思不孝之罪別無可加，唯有剝皮示眾。左右鄰舍隱匿不報，律杖八十，烏龍江充軍。族長伯叔兄等不教訓子侄，亦議絞罪。教官並不訓誨，杖六十，流徙三千里。知縣知府不知究治，罷職為民，子孫永不許入仕。黃氏之母當面刺字，留省四門充軍。漢禎之家掘土三尺，永不許居住。漢禎之母仰湖北布政使司每月給米銀二兩，仍將漢禎夫婦發回漢川縣對母剝皮示眾。仰湖北總督嚴刻碑文，曉諭天下，後有不孝之徒，照漢禎夫婦治罪。」

我看了這篇碑文，立刻發生好幾個感想。第一是看見「朕以孝治天下」這一句，心想這不是家之上下四旁麼，找到了可談的材料了。第二是不知道這碑在那裡，還存在麼，可惜弄不到拓本來一看。第三是發生「一丁點兒」的懷疑。這碑文是真的麼？我沒有工夫去查官書，證實這漢川縣的忤逆案，只就文字上說，就有許多破綻。十全老人的漢文的確有欠亨的地方，但這種諭旨既已寫了五十多年，也總不至於還寫得不合格式。我們難保皇帝不要剝人家的皮，在清初也確實有過，但乾隆時有這事麼，有點將信將疑。

看文章很有點像是老學究的手筆，雖然老學究不見得敢於假造上諭，——這種事情直到光緒末革命黨才會做出來，而且文句也仍舊造得不妥貼。但是無論如何，或乾隆五十三年真有此事，或是出於士大夫的捏造，都是同樣的有價值，總之足以證明社會上有此種意思，即不孝應剝皮是也。

從前翻閱阮雲台的《廣陵詩事》，在卷九有談逆婦變豬的一則云：

「寶應成安若康保《皖遊集》載，太平寺中一豕現婦人足，弓樣宛然（案，此實乃婦人現豕足耳。），同遊詫為異，余笑而解之曰，此必妒婦後身也，人彘之冤今得平反矣，因成一律，以『偶見』命題云。憶元幼時聞林庾泉云，曾見某處一婦不孝其姑遭雷擊，身變為彘，唯頭為人，後腳猶弓樣焉，越年余復為雷殛死。始意為不經之談，今見安若此詩，覺天地之大事變之奇，真難於恆情度也。惜安若不向寺僧究其故而書之。」

阮君本非俗物，於考據詞章之學也有成就，今記錄此等惡濫故事，未免可笑，我抄了下來，當作確實材料，用以證此種思想之普遍，無雅俗之分也。

翻個轉面就是勸孝，最重要的是大家都知道的《二十四孝圖說》。這裡邊固然也有比較容易辦的，如扇枕席之類，不過大抵都很難，例如餵蚊子，有些又難得有機會，一定要湊巧冬天生病，才可以去找尋魚或筍，否則終是徒然。最成問題的是郭巨埋兒掘得黃金一釜，這件事古今有人懷疑。

偶看尺牘，見朱蔭培著《芸香閣尺一書》（道光年刊）卷二有致顧仲懿書云：

「所論岳武穆何不直搗黃龍，再請違旨之罪，知非正論，姑作快論，得足下引《春秋》大義辨之，所謂天王明聖臣罪當誅，純臣之心惟知有君也。前春原嵇丈評弟郭巨埋兒辨云，惟其愚之至，是以孝之至，事異論同，皆可補芸香一時妄論之失。」

以我看來，顧嵇二公同是妄論，純是道學家不講情理的門面話，但在社會上卻極有勢力，所以這就不妨說是中國的輿論，其主張與朕以孝治天下蓋全是一致。從這勸與戒兩方面看來，孝為百行先的教條那是確實無疑的了。

現在的問題是，這在近代的家庭中如何實行？老實說，仿造的二十四孝早已不見得有，近來是資本主義的時代，神道不再管事，奇蹟難得出現，沒有紙票休想得到筍和魚，世上一切都已平凡現實化了。太史公曰，傷哉貧也，生無以為養，死無以為葬也。這就明白的說明盡孝的難處。

對於孝這個字想要說點閒話，實在很不容易。中國平常通稱忠孝節義，四者之中只有義還可以商量，其他三德分屬三綱，都是既得權利，不容妄言有所侵犯。昔者，施存統著《非孝》，而陳仲甫頂了缸，至今讀經尊孔的朋友猶津津樂道，謂其曾發表萬惡孝為首的格言，而林琴南孝廉又拉了孔北海的話來胡纏，其實《獨秀文存》具在，中間原無此言也。

我寫到這裡殊不能無戒心，但展側一想，余行年五十有幾矣，如依照中國早婚的習慣，已可以有曾孫矣，余不敏今僅以父親的資格論孝，雖固不及曾祖之闊氣，但資格則已有了矣。以余觀之，現代的兒子對於我們殊可不必再盡孝，何也，蓋生活艱難，兒子們第一要維持其生活於出學校之後，上有對於國家的義務，下有對於子女的責任，如要衣食飽暖，成為一個賢父良夫好公民，已大須努力，或已力有不及，若更欲彩衣弄雛，鼎烹進食，勢非貽誤公務虧空公款不可，一朝捉將官裡去，豈非飲鴆止渴，為之老太爺老太太者亦有何快樂耶。

鄙意父母養育子女實止是還自然之債。此意與英語中所有者不同，須引《笑林》疏通證明之。有人見友急忙奔走，問何事匆忙，答云，二十年前欠下一筆債。即日須償。再問何債，曰，實是小女明日出嫁。此是笑話，卻非戲語。男子生而願為之有室，女子生而願為之有家，即此意也。自然無言，生物的行為乃其代言也，人雖靈長亦自不能出此民法外耳。債務既了而情誼長存，此在生物亦有之，而於人為特顯著，斯其所以為靈長也歟。

我想五倫中以朋友之義為最高，母子男女的關係所以由本能而進於倫理者，豈不以此故乎。有富人父子不和，子甚倔強，父乃語之曰，他事即不論，爾我共處二十餘年，亦是老朋友了，何必再鬧意氣。此事雖然滑稽，此語卻很有意思。我便希望兒子們對於父母以最老的老朋友相處耳，不必再長跪請老太太加餐或受訓誡，但相見怡怡，不至於疾言厲色，便已大佳。

這本不是石破天驚的什麼新發明，世上有些國土也就是這樣做著，不過中國不承認，因為他是喜唱高調的。凡唱高調的亦並不能行低調，那是一定的道理。吾鄉民間有目連戲，本是宗教劇而富於滑稽的插話，遂成為真正的老百姓的喜劇，其中有「張蠻打爹」一段，蠻爹對眾說白有云：

「現在真不成世界了，從前我打爹的時候爹逃就算了，現在我逃了他還要追著打哩。」

這就是老百姓的「犯話」，所謂犯話者蓋即經驗之談，從事實中「犯」出來的格言，其精銳而討人嫌處不下於李耳與伊索，因為他往往不留情面的把政教道德的西洋鏡戳穿也。

在士大夫家中，案頭放著《二十四孝》和《太上感應篇》，父親乃由暴君降級欲求為老朋友而不可得，此等事數見不鮮，亦不復諱，亦無可諱，恰似理論與事實原是二重真理可以並存也者，不佞非讀經尊孔人卻也聞之駭然，但亦不無所得，現代的父子關係以老朋友為極則，此項發明實即在那時候所得到者也。

上邊所說的一番話，看似平常，實在我也是很替老年人打算的。父母少壯時能夠自己照顧，而且他們那時還要照顧子女呢，所以不成什麼問題。成問題的是在老年，這不但是衣食等事，重要的還是老年的孤獨。兒子闊了有名了，往往在書桌上留下一部《百孝圖說》，給老人家消遣，自己率領寵妾到洋場官場裡為國民謀幸福去了。假如那老頭子是個稀有的明達人，那麼這倒也還沒有什麼。如曹庭棟在《老老恆言》卷二中所說：

「世情世態，閱歷久看應爛熟，心衰面改，老更奚求。諺曰，求人不如求己。呼牛呼馬，亦可由人，毋少介意。少介意便生忿，忿便傷肝，於人何損，徒損乎己耳。少年熱鬧之場非其類則弗親，苟不見幾知退，取憎而已。至與二三老友相對閒談，偶聞世事，不必論是非，不必較長短，慎爾出話，亦所以定心氣。」

又沈赤然著《寒夜叢談》卷一有一則云：

「膝前林立，可喜也，雖不能必其皆賢，必其皆壽也。金錢山積，可喜也，然營田宅勞我心，籌婚嫁勞我心，防盜賊水火又勞我心矣。黃髮台背，可喜也，然心則健忘，耳則重聽，舉動則須扶持，有不為子孫厭之，奴婢欺之，外人侮之者乎。故曰，多男子則多懼，富則多事，壽則多辱。」

如能像二君的達觀，那麼一切事都好辦，可惜千百人中不能得一，所以這就成為問題。社會上既然尚無國立養老院，本各盡所能各取所需的原則，對於已替社會做過相當工作的老年加以收養，衣食住藥以至娛樂都充分供給，則自不能不託付於老朋友矣，——這裡不說子孫而必戲稱老朋友者，非戲也，以言子孫似專重義務，朋友則重在情感，而養老又以消除其老年的孤獨為要，唯用老朋友法可以做到，即古之養志也。

雖然，不佞不續編《二十四孝》，而實際上這老朋友的孝亦大不容易，恐怕終亦不免為一種理想，不違反人情物理，不壓迫青年，亦不委屈老年，頗合於中庸之道，比皇帝與道學家的意見要好得多了，而實現之難或與二十四孝不相上下，亦未可知。何也？蓋中國家族關係唯以名分，以利害，而不以情義相維繫也，亦已久矣。聞昔有龔橙自號半倫，以其只有一妾也，中國家庭之情形何如固然一言難盡，但其不為龔君所笑者殆幾希矣。家之上下四旁如只有半倫，欲求朋友於父子之間又豈可得了。

【附記】

關於漢川縣一案，我覺得乾隆皇帝（假如是他）處分得最妙的是那鄧老太太。當著她老人家的面把兒子媳婦都剝了皮，剩下她一個孤老，雖是每月領到了藩台衙門的二兩銀子，也沒有家可住，因為這掘成一個茅廁坑了，走上街去，難免遇見黃宅親家母面上刺著兩行金印，在那裡看守城門，彼此都很難為情。教官族長都因為不能訓誨問了重罪，那麼鄧老太太似乎也是同一罪名，或者那樣處分也就是這意思吧。甚矣皇帝與道學家之不測也，吾輩以常情推測，殊不能知其萬一也。

廿五年十月十八日記。

劉香女

離開故鄉以後，有十八年不曾回去，一切想必已經大有改變了吧。據說石板路都改了馬路，店門往後退縮，因為後門臨河，只有縮而無可退，所以有些店面很扁而淺，櫃檯之後剛容得下一個夥計站立。

這倒是很好玩的一種風景，獨自想像覺得有點滑稽，或者簷前也多裝著蹩腳的廣播收音機，吱吱喳喳地發出非人間的怪聲吧。

不過城郭雖非，人民猶是，莫說一二十年，就是再加上十倍，恐怕也難變化那裡的種種瑣屑的悲劇與喜劇。

木下太郎詩集《食後之歌》裡有一篇《石竹花》，民國十年曾譯了出來，收在《陀螺》裡，其詞云：

「走到薄暮的海邊，
唱著二上節的時候，
龍鍾的盲人跟著說道，
古時人們也這樣的唱也！
那麼古時也同今日沒有變化的
人心的苦辛，懷慕與悲哀。
海邊的石牆上，
淡紅的石竹花開著了。」

近日承友人的好意，寄給我幾張《紹興新聞》看。打開六月十二日的一張來看時，不禁小小的吃一驚，因為上面記著一個少女投井的悲劇。大意云：「城東鎮魚化橋直街陳東海女陳蓮香，現年十八歲，以前曾在城南獅子林之南門小學讀書，天資聰穎，勤學不倦，唯不久輟學家居，閒處無俚，輒以小說如《三國志》等作為消遣，而尤以《劉香女》一書更百看不倦，其思想因亦為轉移。民國二十年間由家長作主許字於嚴某，素在上海為外國銅匠，蓮香對此婚事原表示不滿，唯以屈於嚴命，亦無可如何耳，然因此態度益趨消極，在家常時茹素唪經，已四載於茲。

「最近聞男家定於陰曆十月間迎娶，更覺抑鬱，乃於十一日上午潛行寫就遺書一通，即赴後園，移開井欄，躍入井中自殺。當赴水前即將其所穿之黑色嗶嘰鞋脫下，擱於井傍之樹枝上，遺書則置於鞋內。書中有云，不願嫁夫，得能清禍了事，則反對婚姻似為其自殺之主因，遺書中又有今生不能報父母辛勞，只得來生犬馬圖報之語，至於該遺書原文已由其外祖父任文海攜赴東關，堅不願發表全文云。」

這種社會新聞恐怕是很普通的，為什麼我看了吃驚的呢？我說小小的，乃是客氣的說法，實在卻並不小。因為我記起四十年前的舊事來，在故鄉鄰家裡就見過這樣的少女，拒絕結婚，茹素誦經，抑鬱早卒，而其所信受愛讀的也即是《劉香寶卷》，小時候聽宣卷，多在這屠家門外，她的老母是發起的會首。

此外也見過些灰色的女人，其悲劇的顯晦大小雖不一樣，但是一樣的暗淡陰沉，都抱著一種小乘的佛教人生觀，以寶卷為經史，以尼庵為歸宿。此種灰色的印象留得很深，雖然為時光所掩蓋，不大顯現出來了，這回忽然又復遇見，數十年時間恍如一瞬，不禁愕然，有別一意義的今昔之感。此數十年中有甲午戊戌庚子辛亥諸大事，民國以來花樣更多，少信的人雖不敢附和謂天國近了，大時代即在明日，也總覺得多少有些改變，聊可慰安，本亦人情，而此區區一小事乃即揭穿此類樂觀之虛空者也。

北平未聞有宣卷，寶卷亦遂不易得。湊巧在相識的一家舊書店裡見有幾種寶卷，《劉香女》亦在其中，便急忙去拿了來，價頗不廉，蓋以希為貴歟。書凡兩卷，末葉云，同治九年十一月吉日曉庵氏等敬刊，板存上海城隍廟內翼化堂善書局，首葉刻蟠龍位牌，上書皇圖鞏固，帝道遐昌，佛日增輝，法輪常轉四句，與普通佛書相似。

全部百二十五葉，每半葉九行十八字，共計三萬餘言，疏行大字，便於誦讀，唯流通甚多，故稍後印便有漫漶處，書本亦不闊大，與幼時所見不同，書面題辛亥十月，可以知購置年月。完全的書名為「太華山紫金鎮兩世修行劉香寶卷」，敘湘州李百倍之女不肯出嫁，在家修行，名喚善果，轉生為劉香，持齋念佛，勸化世人，與其父母劉光夫婦，夫狀元馬玉，二夫人金枝，婢玉梅均壽終後到西方極樂世界，得生上品。

文體有說有唱，唱的以七字句為多，間有三三四句，如俗所云攢十字者，體裁大抵與普通彈詞相同，性質則蓋出於說經，所說修行側重下列諸事，即敬重佛法僧三寶，裝佛貼金，修橋補路，齋僧佈施，周濟貧窮，戒殺放生，持齋把素，看經念佛，而歸結於淨土信仰。這些本是低級的佛教思想，但正因此卻能深入民間，特別是在一般中流以下的婦女，養成她們一種很可憐的「女人佛教人生觀」。

十五年前曾在一篇小論文裡說過，中國對於女人輕視的話是以經驗為本的，只要有反證這就容易改正，若佛教及基督教的意見，把女人看作穢惡，以宗教或迷信為本，那就更可怕了。《劉香女》一卷完全以女人為對象，最能說出她們在禮教以及宗教下的所受一切痛苦，而其解脫的方法則是出家修行，一條往下走的社會主義的路。

卷上記劉香的老師真空尼在福田庵說法，開宗明義便立說云：

你道男女都一樣　誰知貴賤有差分

先說男子怎樣名貴，隨後再說女子的情形云：

女在娘胎十個月　背娘朝外不相親
娘若行走胎先動　娘胎落地盡嫌憎
在娘肚裡娘受獄　出娘肚外受嫌憎
闔家老小都不喜　嫌我女子累娘身

爺娘無奈將身養　長大之時嫁與人

嫁人的生活還都全是苦辛，很簡括的說道：

公婆發怒忙陪笑　丈夫怒罵不回聲
剪碎綾羅成罪孽　淘籮落米罪非輕
生男育女穢天地　血裙穢洗犯河神
點脂搽粉招人眼　遭刑犯法為佳人
若還堂上公婆好　周年半載見娘親
如若不中公婆意　娘家不得轉回程

這都直截的刺入心坎，又急下棒喝道：

任你千方並百計　女體原來服侍人
這是前生罪孽重　今生又結孽冤深

又說明道：「男女之別，竟差五百劫之分，男為七寶金身，女為五漏之體。嫁了丈夫，一世被他拘管，百般苦樂，由他做主。既成夫婦，必有生育之苦，難免血水，觸犯三光之罪。」

至於出路則只有這一條：

若是聰明智慧女　持齋念佛早修行
女轉男身多富貴　下世重修淨土門

我這裡仔細的摘錄，因為他能夠很簡要的說出那種人生觀來，如我在卷上所題記，淒慘抑鬱，聽之令人不歡。本來女子在社會上地位的低盡人皆知，俗語有做人莫做女人身，百年苦樂由他人之語。汪悔翁為清末奇士，甚有識見，其二女出嫁皆不幸，死於長毛時，故對於婦女特有創見。

《乙丙日記》卷三錄其生女之害一條云：

「人不憂生女，偏不受生女之害，我憂生女，即受生女之害。自己是求人的，自己是在人教下的。女是依靠人的，女是怕人的。」

後又說明其害，有云：

「平日婿家若凌虐女，已不敢校，以女究在其家度日也，添無限煩惱。婿家有言不敢校，女受翁姑大伯小叔妯娌小姑等氣，已不敢校，遂為眾人之下。」

此只就「私情」言之，若再從「公義」講，又別有害：

「通籌大局，女多故生人多而生禍亂。」故其所舉長治久安之策中有下列諸項：

「弛溺女之禁，推廣溺女之法，施送斷胎冷藥。家有兩女者倍其賦。嚴再嫁之律。廣清節堂。廣女尼寺。立童貞女院。廣僧道寺觀，唯不塑像。三十而娶，二十五而嫁。婦人服冷藥，生一子後服之。」

又有云：

「民間婦女有丁錢，則貧者不養女而溺女，富者始養女嫁女，而天下之貧者以力相尚者不才者皆不得取，而人少矣，天下之平可卜。」

悔翁以人口多為禍亂之源，不愧為卓識，但其方法側重於女人少，至主張廣溺女之法，則過於偏激，蓋有感於二女之事，對於女人的去路只指出兩條最好的，即是死與出家，無意中乃與女人佛教人生觀適合，正是極有意義的事。

悔翁又絮絮於擇婿之難，此不獨為愛憐兒女，亦足以表其深知女人心事，因愛之切知之深而欲求徹底的解決，唯有此忍心害理的一二下策矣。《劉香女》卷以佛教為基調，與悔翁不同，但其對於婦女的同情則自深厚，唯愛莫能助，只能指引她們往下走去，其態度亦如溺女之父母，害之所以愛之耳。我們思前想後良久之後，但覺得有感慨，未可贊同，卻也不能責難，我所不以為然者只是寶卷中女人穢惡之觀念，此當排除，此外真覺得別無什麼適當的話可說也。

往上走的路亦有之乎？英詩人卡本德云，婦女問題要與工人問題同時解決。若然則是中國所云民生主義耳。雖然，中國現時「民生」只作「在勤」解，且俟黃河之清再作計較，我這裡只替翼化堂充當義務廣告，勸人家買一部《劉香寶卷》與《乙丙日記》來看看，至於兩性問題中亦可藏有危險思想，則不佞未敢觸及也。

廿五年六月廿五日，於北平。

尾久事件

五月十九日以後，這四五天的東京報紙都揭載一件奇怪的殺人案，每天幾乎占去整頁的紙面，彷彿大家的注意全集中在這裡，連議院裡的嚼舌頭與國技館的摔殼子的記事相形之下也有點黯然無色了。

這件事本來很簡單：男女二人住在旅館流連幾天之後，忽然發見男的被絞死，女的逃走了。可是奇怪的是，死者的男根全被割去，在左腿及墊布角上有血書大字云「只有定吉二人」。警察查出死者石田吉藏年四十二歲，是酒樓的主人，女的阿部阿定，三十二歲，是那裡的女招待。過了兩天，阿定也已捕獲了。

假如這只是怨恨或妒忌的謀殺，那麼這件事也就可以完了。然而不然。警察在阿定身邊搜出三封遺書，因為她本想到生駒山上去自殺的，這也不足為奇，但其中一封卻是給死者吉藏的，其文曰：「我頂喜歡的你現在死了成為我的所有了。我也就去。」信封上寫道：「我的你，加代寄。」加代當然是她那時所用的名字，關於你字卻要少少說明。

日本語裡有好幾個你字，這一個讀作「阿那太」的字除平常當作客氣的對稱以外，還有一點別的意思，即是中流家庭用為妻稱夫的代名詞，像這裡用法又頗近於名詞了。警察問她為什麼殺死石田，她所說的理由是如此：

「我喜歡石田，喜歡得了不得。我不願讓別的女人用指頭來碰他一下，我想將他絕對地成為我的所有物。所以把他殺了。」

又據報說，石田睡時，阿定常以細帶套其頸，隨時可絞，石田了不恐怕。十七日未明阿定戲語云，「我喜歡你，索性殺了也罷？」石田答說，「好吧，且殺了看。」阿定遂下手，石田漸苦悶，乃中止，至夜中又決心，終於絞死。其時石田似亦知覺，假如稍有嫌惡的表示，或出聲呼喚，則阿定即認為無愛情，將不再殺害，但石田最後亦只頻呼加代不止，毫不畏避，以至於死云。

這件事一看有點奇怪，但是仔細分析也只是一種情死，用新的名詞是「死之勝利」。這裡唯一的奇特是男根切取，可以說是屬於變態心理的。報載日本警視廳衛生部技師金子准二博士的談話云：「這完全是疼痛性淫亂症（Algolagnie）。有撒提士謨思（案或譯他虐狂）與瑪淑希士謨思（被虐狂），但大抵多是兩者混合的。這可以算是變態性欲的集合吧。」

專門家的話我們外行未便妄下雌黃，不過據我想恐怕還是茀帖息士謨思（庶物崇拜）的分子為多罷。看這事件的動機在於愛的獨佔，記得中國筆記（紀曉嵐的？）中也有過類似的事，有新夫婦嚴妝對縊，正是所謂「心中死」也。

佛牙，聖骨，平人遺發，以分代全的紀念物世中多有，男根稍為別致了，但生殖崇拜的「林甘」（Lingam）甚為普遍，遺跡是處可見，實在也不能說怎麼太古怪，知駱駝自腫背則不必疑是怪馬，而新聞上所謂「夜會髻之妖女」亦正未必如此耳。

真君在東京留學，屢次來信嘆息於中國報紙上社會新聞之惡劣，常舉日本報章的盜賊小記事為例，更有風致與情意，以為不可及，此固是事實，但是這回他們也大顯其江湖訣，濫用肉麻艱澀的文句，以詠嘆此桃色慘案，大可與中國競爽矣，以言其差亦止五十步與百步而已。

二十五日《讀賣新聞》載神近市子的一篇小文，說得最好，卻非一般新聞記者所能知也，其文云：

「在尾久旅舍的情夫殺害事件，因其手法的殘忍與奇怪的變態性，自發現以至逮捕的三日間，市民的興趣差不多都被吸收到那邊去了。

但是逮捕了以後，這殺人事件的變態性雖然還是一點都沒有變化，可是其殘忍乃是全然有不同的內容，這事卻是明白了。蓋其殘忍並不是如以前所想像似的出於憎惡，實乃愛著之極的結果，女的愛情歸向於現代一種代表模型即堂驪（Don Juan）式的男子之結果，因了女的欲求與男的自由立場的相異而生之間隙，乃使得女的那種變態性更進於濃厚，遂致發生與常識幾乎完全相反的，即因愛而殺的結果來了。

事件的內容既然明白，我想世間一般對於這女人大抵會原諒她吧。而且也會有人是這樣看法，這是代表著對於獵奇求新不知厭足的男子之女性的危懼與不安，也即對於這事的女性的復仇吧。但是，這或者不如說是自然假手於這女人來復仇，更為正確亦未可知。

變態性這事因其性質上的關係，我們不大能夠看到，但這在社會的底裡流動著，使許多男女苦惱著，那正是事實。這雖是本能之病的表現，可是這也是事實，找尋刺激不知厭的有閒階級的男性，以及非以供給此項刺激求生存不可的女性，這兩群的同時出現，更是異常的把變態性助長起來了。這一個女人的出現就是在這樣歪曲了的性生活之很長的連續過程中各處發生的現象之一，看去好像是極特殊的偶然的事件，實在卻是盡有發生的理由而起來的。」

神近女士是日本的一個新思想家，最初我看見她所譯南非須萊納耳著的《婦女與勞動》，二十年前曾因戀愛關係刺大杉榮未死，下獄兩年，那時所著的一本書也曾看過。前年我往東京，在藤森成吉家裡見到她，思想言論都很好，這上邊所說的也很平正，有幾點更有意義，如第三四節均是。

中國萬事都顯得麻木，但我還記得民國十九年五月的《新晨報》上S·C·Y·女士的一篇文章，七日報上便有副刊編輯主任聲明去職，接著登有報館的徵文啟事，因為文章很妙，全抄於下：

「本報主張男女平權，對於提高女子地位尊重女子人格之文向所歡迎。本月四日副刊婦女特刊登有《離婚與暗殺》一文，與本報素日宗旨不合，一時失慎，致淆觀感，抱歉萬分。茲擬徵求反對《離婚與暗殺》的名作，借蓋前愆，如婦女界有能將一部分偏激女子憎惡男子之心理公平寫出，尤為跂盼。」

後來徵來的名作如何，因為不曾保留，說不清了，那篇偏激的文章仔細讀過，雖是出於憎惡的方面，但這總也是表示女性的危懼與不安，正是事實。其次據報上所說，阿定從十五歲起與男子廝混，做過藝妓娼妓女招待，直到現在算來已有十七年之久了，「非以供給此項刺激求生活不可」，在這樣歪曲了的性生活裡，變態真是盡有發生的理由，不，或者不發生倒要算是例外吧。

伊凡勃洛赫（Iwan Bloch）所著《現時的性生活》（一九二四年英文本）第二十一章是論淫虐狂（即 Algolagnie，譯語均未妥適）的，有這樣的話：

「由長久繼續的性欲過度而起的感覺木鈍乃需要凶殘之更強烈的刺激。正如在蕩子或娼婦，這感覺的木鈍發生一種他虐的傾向。」不限於他虐，這也可以作別的變態之說明。尾久事件裡的變態至少有一半要歸於後天的那種性生活，即使有一半歸於阿定的先天的氣質。

賣買淫的制度是人類以外的生物界中所沒有的事情，在這裡邊我真不知道他究竟發現了他自己獨有的幸福呢還是詛咒。從這裡培養出來的結果，梅毒其一也，變態心理又其一也，我們不跟了茀洛伊特學舌，也知道性生活實在是人生之重要的一部分，這一歪曲了便一切都受影響。

古人云，飲食男女，人之大欲存焉，這是有理解的一句名言，實亦即是常識。但是這個原是離之則雙美，合之則雙傷，各有其軌道的，奈何寄飲食於男女之中，以其所以養人者害人，這種辦法真是非普通獸類所能想得出來的了。《水滸傳》記白玉英賣唱的上場詩有云，人生衣食真難事，不及鴛鴦處處飛。正是古已有之，我所說的也是有所本，不過說得稍為詼詭罷了。

對於賣淫制度也有些人表示反對，特別是宗教方面的人，想設法禁止。不過他們多有點看錯，往往以為這些女人本來可以在家納福的，卻自喜歡出來做這生意，而又不見得會有買主來的，所以只要一禁就止，就都回家去安分過日子去了。

我們不要笑宗教家頭腦冬烘，我們的官大抵也是如此，只要看種種禁娼的方法就可知道。真正懂得這道理的要算那些性學家，然而這又未免近於「危險思想」，細按下去恐怕不但是壞亂風俗而且還有點要妨害治安吧。在法西斯的國家所以要禁遏性學，柏林性學研究院之被毀正是當然的。幸虧中國不是法西斯的民主國，還不妨引用德國性學大師希耳息茀耳特博士（Dr.Magnus Hirschfeld）的話來做說明。

他在一九三一年作東方之遊，從美國經過夏威夷菲列濱日本中國爪哇印度埃及以至帕勒斯丁與敘利亞，作有遊記百二十八節，題曰「男與女」，副題曰「一性學家之世界旅行」。我所見的是一九三五年的英譯本，第十二至二十九節都是講中國的，十七節記述他在南京與衛生部長劉博士談話，有關於賣淫的一段很有意思，抄錄於下：

「部長問，對於登記妓女，尊意如何。你或當知道，我們向無什麼統制的方法。我答說，沒有多大用處。賣淫制度非政府的統制所可打倒，我從經驗上知道，你也只能停止它的一小部分，而且登記並不就能防止花柳病。從別方面說，你標示出一群人來，最不公平的侮辱她們，因為賣淫的女人大抵是不幸的境遇之犧牲，也是使用她們的男子或是如中國常有的為了幾塊銀元賣了她們的父母之犧牲也。部長又問還有什麼別的方法可以遏止賣淫呢，我答說，什麼事都不成功，若不是有更廣遠的，更深入於社會學的與性的方面之若干改革。」

第十一節離開日本時有一篇臨別贈言也很有意義，今只抄錄其與上邊的問題有關的一段於後：

「第一，要跟著時代的軌道，教育你們的婦女成為獨立的人格。她們現在大抵都還不是獨立人，只是給男子的非常可愛的玩物。你不應該使將來還有這種日子，那時你們的女子可以當做活貨物出售，這樣讓她再去賣她自己的身子。假如我是一個性學家而不戳穿你們國家組織上的這個創口，那麼我就是害了你們了。」

無論他對中國說的那麼冷淡，對日本說的那麼熱烈，他的意思還是一樣。因為對於人性有深切的瞭解，所以其意見總是那麼平和而激烈，為現今社會所不能容受。再想到神近女士的小文，議論明達，大家卻未必多相信她，我真覺得這個世界有點像倒豎著似的。

我也感覺在這事件裡變態盡算是變態，阿定的確很有可以同情的地方，或者比那報導的新聞記者還不大可厭惡，——對於他們自然也找得到可以原諒之點，而這恰與阿定相同，就是他們是被不幸的職業與環境所害了。中國有過陶思瑾劉景桂各案，雖然供給報紙以很好的「桃色」材料，不知怎的沒有引起我的注意，其理由尚待考，今不具論。

廿五年六月六日，在北平寫。

鬼怒川事件

七月十四日東京《讀賣新聞》載宇都宮電話，十三日有遊客在鬼怒川溫泉名所瀧見茶屋發見遺書，查有男女二人投水自殺，新聞標題曰：「因一夜的共枕忽成為鬼怒川的情死，共鳴於患難的娼女與汽車夫。」男的是清原某，開汽車為業，貧病無以為生。女人名小林富美子，年二十四歲，神奈川縣厚木町人，去年六月以金七百圓抵押於深川洲崎的宮梅川下處為娼，改名云明美。

據報上說：

「她是很急進的妓女，曾經以赤化的嫌疑至於受過神奈川縣警察部的審問。十三日她在鄉間的父親還寫信給下處的主人，說富美子感染赤化，請賜監督云云，甚至父母方面也被白眼。她大約深感到人世的苦辛，偶有共過一夜的男子提出死的勸誘，便應其請。據說十一日傍晚對人說出去寄信，飄然的走掉了。」

這段新聞很給我好些思索的機會，但是第一聯想到的是中國的宰白鴨問題。陳其元的《庸閒齋筆記》卷三云：

「福建漳泉二府頂凶之案極多，富戶殺人，出多金給貧者代之抵死，雖有廉明之官率受其蔽，所謂宰白鴨也。先大夫在讞局嘗訊一鬥殺案，正凶年甫十六歲，……即所謂白鴨者也，乃駁回縣更訊。未幾縣又頂詳，仍照前議，再提犯問之，則斷斷不肯翻供矣。案定後發還縣，先大夫遇諸門問曰，爾何故如是執之堅？則涕泗曰，極感公解網恩，然發回之後縣官更加酷刑，求死不得，父母又來罵曰，賣爾之錢已用盡，爾乃翻供以害父母乎？出獄，必處爾死！我思進退皆死，無寧順父母而死耳。先大夫亦為之淚下，遂辭讞局差。」

我重複看了上文這兩節，不禁大有感動。所感有二，一是東方的父母之尊嚴，一是為孝子孝女之不容易。俗語說「男盜女娼」，這是世間罵人算最凶惡的一句話了，豈意天下竟有這樣的事，非如此不足以盡孝乎。普通人看《二十四孝圖說》，已經覺得很難了，自己思量可以做到的大抵只有拿了蒲扇去扇枕席這一件吧，如上邊所說，則其難又超出大舜之上，差不多是可以與哪吒三太子的割肉還母折骨還父相比的一種難行苦行了。

讀錢沃臣著《樂妙山居集》，《蓬島樵歌》續編七七注云：

「市兒有以餳製人形者。《七修類稿》云，孔子曰，始作俑者其無後乎。今以糖成男女之形，人得而食之，不幾於食人乎。《事物紺珠》，有仙人鴛鴦等樣糖精。俗婦女好佛，設瑜伽焰口，施食薦亡，屑米為孩兒狀供佛，名曰獲喜，謂婦人食之宜男，謊人財物，又有作佛手樣，即觀音大士施手眼之誣。愚謂虎狼不忍食其子，子而食之，忍乎？食之而求其生，得乎？往往讀書明理者亦為所惑，異哉。」

我找到這節，原來是作「獲手」（施食時用手掌狀的麵食）的資料的，現在引用了來，恰好又可以作慈孝不能兩全的證明。

子女賣了，本來這件事也可以告一段落了，然而一方面還生怕他翻供出來，有負富戶的委託，一方面又因她感染赤化，要請下處主人監督，都能徹底的行使其權威，很可表示東方嚴峻的古風，雖然這太偏重宗法，在常情看來未免於人情物理均有未安處。

「急進的妓女」，這一句話驟然聽了覺得奇怪，可是轉側一想，這不但並不奇怪而且還是當然。試問天下還有誰該比妓女最先怨恨這現代社會制度的呢？《管子》說，倉廩實則知禮節，衣食足則知榮辱。但是衣食不足，不知榮辱，這種生活固然不好，卻總還是動物的，若是賣淫（亦即是強姦之一種）則是違反自然的行為，乃是動物以下的了。

弱肉強食還不失為健全的禽獸的世界，使人賣淫求食，如我從前詼諧的說，寄飲食於男女之中，那是禽獸所沒有的，所以是禽獸不如。普通一般道學家推想娼妓的來源，以為一定是有一班好外的婦女，飽暖思淫欲，特來寄住下處尋點野食，都是山陰公主武后一流人，要想禁止她們只消一道命令，或令佩帶桃花章以示辱，就會掃興回家去的。

這種想像若是實在，固然足令道學家搖頭嘆息，我卻覺得這倒還好，因為至少這是她們自願，而出於本能的需要的墮落也總還在自然的範圍以內。可惜事實並不如此，我不知道統計，我想她們大抵都是合法的由其家族的有權者賣出來幹這生意，她們大約也未必比較在閨閣裡做小姐夫人的姊妹們特別不貞淑。

這生活實在比做白鴨也差不許多，只好在留下一條蟻命，究竟螻蟻尚且貪生，不來宰她也只索活下去，結果是或者習慣了，正如凡事都可以習慣，或者便怨恨，如不敢怨父母，那麼自然就怨社會。於是這成了問題，做了孝女的不能再做忠良了，忠孝不能兩全，害得老太爺在鄉下跺腳著急，趕緊寫信託烏龜監督他的女兒，不要走入邪路，……這種情形想起來真是好玩得很，竟不知道這是一幕喜劇還是悲劇也。

關於娼妓，我的意見是很舊的。賣淫我以為並不是女人所愛幹的事，雖然不幸她們有此可能。昔康南海反對廢止拜跪，說天生此膝何用，另外又有人說，人的頸子長得細長如壺蘆，正好給人家來砍，覺得甚是冤枉，此二者亦是同樣的不幸。

我最佩服德國性學大師希耳須茀耳特在東方遊記《男與女》裡所說的話，關於中國賣淫問題的我曾經抄譯過一段，在南京與衛生部長劉瑞恆博士的談話：

「部長問，對於登記妓女，尊意何如？你或當知道，我們向無什麼統制的辦法。我答說，這沒有多大用處。賣淫制度非政府的統制所可打倒，我從經驗上知道，你也只能停止他的一小部分，而且登記並不就能防止花柳病。從別方面說，你標示出一群人來，是最不公平的侮辱她們，因為賣淫女人大抵是不幸的境遇之犧牲，也是使用她們的男子或是如中國常有的為了幾塊銀元賣了她們的父母之犧牲也。部長又問，還有什麼別的方法可以遏止賣淫呢？我答說，什麼事都不成功，若不是有更廣遠的，更深入於社會學的與性的方面之若干改革。」

這些廣遠的改革是怎樣的呢，他沒有說，或者因為是近於危險思想的緣故呢，還是對了大官反正說也無用，所以不說的呢，均未可知。

他對於女人的人身賣買這事大約很是痛心，臨別對於日本的勸告在厲行人口政策注意生育節制以免除侵略之外，也就只是希望停止這賣身惡習。

遊記第七節中云：

「現在日本有女人賣買的生意麼？國際間是沒有了，如大家所信，但是在國內還是非常發達。經過重複證明之後我們才敢相信，父母往往只為了幾百圓錢願意把自己的半長成的女兒賣到妓院裡去。雖然他們婉曲的稱之曰租出，不過事實還是一樣，為了若干的錢，依照女人的容色而定，他們便把女兒交出去，去幹混雜的性關係的事。

「此後這是女人的義務去賺回她所值的這些錢來。在每次被性的使用了之後，從她給妓院老闆賺來的金錢中間劃出極小的一個分數，記在她的名下。這樣總要花好幾年的光陰才能抵清那筆欠款，若不是她找到一個人，他肯去與老闆商妥，贖她出來。這是日本娼妓的唯一的夢，因為她們並不是喜歡幹這生意，卻只承受了當作一種子女的義務，為她們所不能也不想逃避的。」

後面記有去訪問娼妓藝妓的記事，有一段很有意思：

「我在穴森的妓院得到一個很可紀念的經驗，這地方是參拜的靈場，離橫濱不遠，有一座古廟供養稻荷神，狐狸是他的神使。正如普通在聖地的近旁一樣，此地也有許多歡樂之家，那些參拜者很熱心地去拜訪，在他們放下了祭品說過了祈禱之後。

「在這樣的一家裡，我的同伴——他說日本話同德文一樣的流暢，介紹我於女郎們說是從德國來日本的一位學者（關於德國她們在大戰時是聽過了很多的）。圍了清白的火盆坐著的我們一行中有一妓女請翻譯問我，是否我能夠從手掌上看出未來休咎。我答說，不會從手掌上，但會從臉上看。她們於是用了種種問題圍攻我了。她們還要多久留在這妓院裡？她們將來可以嫁人麼，那麼什麼時候？她們會有小孩麼，那麼幾個？她們的生著病的母親會好麼？還有許多別的種種問題。

「我研究她們的臉，特別是嘴邊的一圈，告訴她們一兩句話，都顯明地給予一種印感。女郎一個個的進來，隔壁妓院的女郎也來了，佣人們被叫了來，女主人們也出現了，總而言之，一時有點走不出這地方的情形。使我特別感動的是那小高森的羞慚愁苦的臉，她剛在前一日被她母親送到這裡來，在幾小時前被破了童貞的。我告訴她，在幾年之內會成為一個幸福的母親，那時她蒼白的小臉才明朗一點，像是一個聖母的臉。」

無論在日本的《江戶繁昌記》或是中國的《秦淮畫舫錄》裡，都找不出這類文章，「西儒」終不可及也。半生所讀書中，性學書給我影響最大，藹理斯、福勒耳、勃洛赫、鮑耶爾、凡佛耳台、希耳須茀耳特之流，皆我師也，他們所給的益處比聖經賢傳為大，使我心眼開擴，懂得人情物理，雖然結局所感到的還是「怎麼辦」（Chto dielat？）這一句話，不抄《福音書》而重引契耳尼舍夫斯奇，可見此事之更難對付了。

談日本文化書

實秋先生：

前日在景山後面馬路上遇見王君，轉達尊意，叫我寫點關於日本的文章。這個我很願意盡力，這是說在原則上，若在事實上卻是很不大容易。去年五月我給《國聞週報》寫了一篇小文，題曰「日本管窺」，末節有說明云：

「我從舊曆新年就想到寫這篇小文，可是一直沒有工夫寫，一方面又覺得不大好寫，這就是說不知怎麼寫好。我不喜歡做時式文章，意思又總是那麼中庸，所以生怕寫出來時不大合式，抗日時或者覺得未免親日，不抗日時又似乎有點不夠客氣了。」

這個意思到現在還是一樣，雖然並不為的是怕挨罵或吃官司。國事我是不談的，原因是對於政治外交以及軍事都不懂。譬如想說抗日，歸根是要預備戰才行，可是我沒有一點戰事的專門知識，不能贊一辭，若是「雖敗猶榮」云云乃是策論文章的濫調，可以搖筆即來，人人能做，也不必來多抄他一遍了。我所想談的平常也還只是文化的一方面，而這就不容易談得好。在十二三年前我曾這樣說過：

「中國在他獨特的地位上特別有瞭解日本的必要與可能，但事實上卻並不然，大家都輕蔑日本文化，以為古代是模仿中國，現代是模仿西洋的，不值得一看。日本古今的文化誠然是取材於中國與西洋，卻經過一番調劑，成為他自己的東西，正如羅馬文明之出於希臘而自成一家，所以我們盡可以說日本自有他的文明，在藝術與生活方面最為顯著，雖然沒有什麼哲學思想。」

這幾句老話在當時未必有人相信，現在更是不合時宜，但是在我這意見還是沒有變，豈非頑固之至乎。日本從中國學去了漢字，才有他的文學與文字，可是在奈良時代（西曆八世紀）用漢字所寫的兩部書就有他特殊的價值，《萬葉集》或者可以比中國的《詩經》，《古事記》則是《史記》，而其上卷的優美的神話太史公便沒有寫，以淺陋的知識來妄說這只有希臘的故事是同類吧。

平安時代的小說又是一例，紫式部的《源氏物語》五十二卷成於十世紀時，中國正是宋太宗的時候，去長篇小說的發達還要差五百年，而此大作已經出世，不可不說是一奇蹟。近年英國瓦萊（A.Waley）的譯本六冊刊行，中國讀者也有見到的了，這實在可以說是一部唐朝《紅樓夢》，彷彿覺得以唐朝文化之豐富本應該產生這麼的一種大作，不知怎的這光榮卻被藤原女士搶了過去了。

江戶時代的平民文學正與明清的俗文學相當，似乎我們可以不必滅自己的威風了，但是我讀日本「滑稽本」，還不能不承認這是中國所沒有的東西。滑稽，——日本音讀作kokkei，顯然是從太史公的《滑稽列傳》來的，中國近來卻多喜歡讀若泥滑滑的滑了！據說這是東方民族所缺乏的東西，日本人自己也常常慨嘆，慚愧不及英國人。

這所說或者不錯，因為聽說英國人富於「幽默」，其文學亦多含「幽默」趣味，而此幽默一語在日本常譯為滑稽，雖然在中國另造了這兩個譯音而含別義的字，很招了人家的不喜歡，有人主張改譯「酉靺」，亦仍無濟於事。且說這「滑稽本」起於文化文政（一八〇四年至二九）年間，全沒有受著西洋的影響，中國又並無這種東西，所以那無妨說是日本人自己創作的玩意兒，我們不能說比英國小說家的幽默何如，但這總可證明日本人有幽默趣味要比中國人為多了。

我將十返舍一九的《東海道中膝栗毛》（膝栗毛者以腳當馬，即徒步旅行也）式亭三馬的《浮世風呂》與《浮世床》（風呂者澡堂，床者今言理髮處。此種漢字和用，雖似可笑，世間卻多有，如希臘語帳篷今用作劇場的背景，跳舞場今用作樂隊也）放在旁邊，再一一回憶我所讀過的中國小說，去找類似的作品，或者一半因為孤陋寡聞的緣故，一時竟想不起來。

借了兩個旅人寫他們路上的遭遇，或寫澡堂理髮鋪裡往來的客人的言動，本是「氣質物」的流派，亞里士多德門下的退阿佛拉斯多斯（Theophrastos）就曾經寫有一冊書，可算是最早，從結構上說不能變成近代的好小說，但平凡的述說裡藏著會心的微笑，特別是三馬的書差不多全是對話，更覺得有意思。中國滑稽小說我想不出有什麼，自《西遊記》，《儒林外史》以至《何典》，《常言道》，都不很像，講到描寫氣質或者還是《儒林外史》裡有幾處，如高翰林那種神氣便很不壞，只可惜不多。

總之在滑稽這點上日本小說自有造就，此外在詩文方面有「俳諧」與俳文的發展，也是同一趨勢，可以值得注意的。關於美術我全是外行，不敢妄言，但是我看浮世繪（ukiyo-e，意思是說描寫現世事物的畫，西洋稱作日本彩色木板畫者是也，真的只在公家陳列處見過幾張，自己所有都只是複刻影印）覺得這是一種很特別的民眾畫，不但近時的「大廚美女」就是乾隆時的所謂「姑蘇板」也難以相比，他總是那麼現世的，專寫市井風俗，男女姿態，不取吉祥頌禱的寓意。

中國後來文人畫占了勢力，沒法子寫仕女了，近代任渭長的畫算有點特色，實在也是承了陳老蓮的大頭短身子的怪相的遺傳，只能講氣韻而沒有豔美，普通繡像的畫工之作又都是呆板的，比文人畫只有差，因為他連氣韻也沒了。日本浮世繪師本來是畫工，他們卻至少能抓得住豔美，只須隨便翻開鈴木春信，喜多川歌麻呂（末二字原係拼作一字寫）或磯田湖龍齋的畫來看，便可知道，至於刻工印工的精緻那又是別一事情。

古時或者難說，現今北平紙店的信箋無論怎樣有人恭維，總不能說可以趕得上他們。我真覺得奇怪，線畫與木刻本來都是中國的東西，何以自己弄不好，《十竹齋箋譜》裡的蠡湖洙泗等畫原也很好，但與一立齋廣重的木板風景畫相比較，便不免有後來居上之感。

我是繪畫的門外漢，所說不能有完全的自信，但是，日本畫源出中國而自有成就，浮世繪更有獨自的特色，如不是勝過也總是異於中國同類的作品，可以說是特殊的日本美術之一，這是我相信不妨確說的了。上邊拉雜的說了一通，意思無非是說日本有他的文化值得研究，至於因為與中國古代文化有密切的關係，所以這種研究也很足為我國國學家之參考，這是又一問題，這裡不想說及。

這裡想順便一提的，便是談這些文化有什麼用處。老實說，這沒有用處。好的方面未必能救國，壞的方面也不至賣國。近時有些時髦的呼聲，如文化侵略或文化漢奸等，不過據我看來，文化在這種關係上也是有點無能為力的。

去年年終寫《日本管窺之三》時，在最末一節說：

「但是要瞭解一國文化，這件事固然很艱難，而且實在又是很寂寞的。平常只注意於往昔的文化，不禁神馳，但在現實上往往不但不相同，或者還簡直相反，這時候要使人感到矛盾失望。其實這是不足怪的。古今時異，一也。多寡數異，又其二也。天下可貴的事物本不是常有的，山陰道士不能寫《黃庭》，曲阜童生也不見得能講《論語》，研究文化的人想遍地看去都是文化，此不可得之事也。

「日本文化亦是如此，故非耐寂寞者不能著手，如或太熱心，必欲使心中文化與目前事實合一，則結果非矛盾失望而中止不可。不佞嘗為學生講日本文學與其背景，常苦於此種質問之不能解答，終亦只能承認有好些高級的文化是過去的少數的，對於現今的多數是沒有什麼勢力，此種結論雖頗暗淡少生意，卻是從自己的經驗得來，故確是誠實無假者也。」

這裡說得不很明白，大意是說，文化是民族的最高努力的表現，往往是一時而非永在，是少數而非全體的，故文化的高明與現實的粗惡常不一致。研究文化的人對於這種事情或者只能認為無可如何，總不會反覺得愉快，譬如能鑒賞《源氏物語》或浮世繪者見了柳條溝，滿洲國，藏本失蹤，華北自治與走私等等，一定只覺得醜惡愚劣，不，即日本有教養的藝術家也都當如此，蓋此等事既非真善亦並無美也。

古今專制政治利在愚民，或用錮閉，或用宣傳，務期人民心眼俱昏才為有利，今若任人領略高等文化之美，即將使其對於醜惡愚劣的設施感到嫌惡，故如以真的文化傳播作專制或侵略的先鋒，恰是南轅而北其轍，對於外國之「文化事業」所以實是可為而不可為，此種事業往往有名無實亦正非無故耳。亂七八糟的寫了好些，終於不得要領，只好打住了。

我這裡只說日本文化之可以談，但是談的本文何時起頭則尚有年無月，因為這只是在原則上要談，事實上還須再待理會也。妄談，多費清時，請勿罪。匆匆，順頌撰安。

廿五年七月五日，知堂白。

談日本文化書（其二）

亢德先生：

得知《宇宙風》要出一個日本與日本人特刊，不佞很代為憂慮，因為相信這是要失敗的。不過這特刊如得有各位寄稿者的協力幫助，又有先生的努力支持，那麼也可以辦得很好，我很希望「幸而吾言不中」。

目下中國對於日本只有怨恨，這是極當然的。二十年來在中國面前現出的日本全是一副吃人相，不但隋唐時代的那種文化的交誼完全絕滅，就是甲午年的一刀一槍的廝殺也還痛快大方，覺得已不可得了。現在所有的幾乎全是卑鄙齷齪的方法，與其說是武士道還不如說近於上海流氓的拆梢，固然該怨恨卻尤值得我們的輕蔑。

其實就是日本人自己也未嘗不明白。前年夏天我在東京會見一位陸軍將官，雖是初見彼此不客氣的談天，講到中日關係我便說日本有時做的太拙，損人不利己，大可不必，例如藏本事件，那中將接著說，說起來非常慚愧，我們也很不贊成那樣做。去年冬天河北鬧什麼自治運動，有日本友人對了來遊歷的參謀本部的軍官談及，說這種做法太拙太醃臢了，軍官也大不贊成，問你們參謀本部不與聞的麼，他笑而不答。

這都可見大家承認日本近來對中國的手段不但凶很而且還卑鄙可醜，假如要來老實地表示我們怨恨與輕蔑的意思，恐怕就是用了極粗惡的話寫上一大冊也是不會過度的。但是《宇宙風》之出特輯未必是這樣用意罷？而且實力沒有，別無辦法，只想在口頭筆頭討點便宜，這是我國人的壞根性，要來助長他也是沒有意思的事。那麼，我們自然希望來比較公平地談談他們國土與人民，——但是，這是可能的麼？這總恐怕很不容易，雖然未必是不可能。

本來據我想，一個民族的代表可以有兩種，一是政治軍事方面的所謂英雄，一是藝文學術方面的賢哲。此二者原來都是人生活動的一面，但趨向並不相同，有時常至背馳，所以我們只能分別觀之，不當輕易根據其一以抹殺其二。如有人因為喜愛日本的文明，覺得他一切都好，對於其醜惡面也加以回護，又或因為憎惡暴力的關係，翻過來打倒一切，以為日本無文化，這都是同樣的錯誤。

第一類裡西洋人居多，他們的親日往往近於無理性，雖是近世文人也難免，如小泉八雲（Lafcadio Hearn），法國古修（Paul-Louis Couchoud），葡萄牙摩拉藹思（W.de Moraes）。他們常將日本人的敬神尊祖忠君愛國看得最重，算作頂高的文明，他們所佩服的昔時的男子如不是德川家康，近時的女人便是町山勇子。這種意見不佞是不以為然的。

我頗覺得奇怪，西洋人亦自高明，何以對於遠東多崇拜英雄而冷落賢哲呢？這裡我想起古希臘的一件故事來：據說在二千五百年前，大約是中國衛懿公好鶴的時候，蒲桃酒有名的薩摩思島上有一位大富翁，名叫耶特蒙，家裡有許多許多奴隸，其中卻有兩個出名的，其一男的即寓言作家伊索（Aisopos），其一女的名曰薔薇頰（Rhodopis），古代美人之一，後來嫁給了女詩人薩福的兄弟。

故事就只是這一點，我所要說的是，耶特蒙與伊索薔薇頰那邊可以做大家的代表。老實說，耶特蒙並不是什麼壞人，雖然他後來把薔薇頰賣給克散妥思去當藝伎，卻也因伊索能寫寓言詩而解放了他，又一方面說，他們大眾與伊索薔薇頰也恐怕著實有些隔膜，但如要找他們的代表，這自然還該是二人而不是耶特蒙吧。因為奴隸裡有了伊索和薔薇頰，便去頌揚奴主，這也正可以不必。

中國人對於日本文化取這樣態度的差不多沒有，所以這裡可以無須多說，在中國比較常有的倒是上文所說的第二類，假如前者可以稱作愛屋及烏，則後者當是把腳盆裡的孩子連水一起潑了出去也。這與上一派雖是愛憎不同，其意見卻有相同之點，即是一樣的將敬神尊祖忠君愛國當作日本文化看，遂斷論以為這不足道，這斷論並不算錯，毛病就只在不去求文化於別方面耳。

但是一個人往往心無二用，我們如心目中老是充滿著日本古今的英雄，而此英雄者實在乃只是一種較大的流氓，旁觀者對於他的成功或會叫好，在受其害的自然不會得有好感（雖然代遠年湮，記憶迷糊了的時候，也會有的，如中國人之頌揚忽必烈汗是也。），更無暇去聽別的賢哲在市井山林間說什麼話，低微的聲音亦已為海螺聲所掩蓋了。如此，則亦人情也。唯或聽見看見了，卻以為此賢哲者也不過是英雄的家人，他們蓋為老爺傳宣來也，這種看法也可以說是人情，不過總是錯誤了。永井荷風在《江戶藝術論》中云：

「希臘美術發生於以亞坡隆為神的國土，浮世繪則由與蟲豸同樣的平民之手製作於日光曬不到的小胡同的雜院裡。現在雖云時代全已變革，要之只是外觀罷了。若以合理的眼光一看破其外皮，則武斷政治的精神與百年以前毫無所異。江戶木板畫之悲哀的色彩至今全無時間的間隔，深深沁入我們的胸底，常傳親密的私語者，蓋非偶然也。」

浮世繪工不外繪師雕工印工三者，在當時誠只是蟲豸同樣的平民，然而我們現在卻不能不把他歸入賢哲部類，與聖明的德川家的英雄相對立。我們要知道日本這國家在某時期的政治軍事上的行動，那麼德川家康這種英雄自然也該注意，因為英雄雖然多非善類，但是他有作惡的能力，做得出事來使世界震動，人類吃大苦頭，歷史改變，不過假如要找出這民族的代表來問問他們的悲歡苦樂，則還該到小胡同大雜院去找，浮世繪工亦是其一。

我的意思是，我們要研究，理解，或談日本的文化，其目的不外是想去找出日本民族代表的賢哲來，聽聽同為人類為東洋人的悲哀，卻把那些英雄擱在一旁，無論這是怎樣地可怨恨或輕蔑。這是可以做到的麼？我不能回答。做不到也無怪，因為這是人情之常。但是假如做不到，則先生的計畫便是大失敗了。

先生這回所出賦得日本與日本人的題目實在太難了，我自己知道所繳的卷考不到及格分數，雖然我所走的不是第一條也不是第二條的路，——或者天下實無第三條路亦未可知，然則我的失敗更是「實別」活該耳。

八月十四日，知堂白。

懷東京

我寫下這個題目，便想起谷崎潤一郎在《攝陽隨筆》裡的那一篇《憶東京》來。已有了谷崎氏的那篇文章，別人實在只該閣筆了，不佞何必明知故犯的來班門弄斧呢。但是，這裡有一點不同。谷崎氏所憶的是故鄉的東京，有如父師對於子弟期望很深，不免反多責備，雖然溺愛不明，不知其子之惡者世上自然也多有。

谷崎文中云：

「看了那尾上松之助的電影，實在覺得日本人的戲劇，日本人的面貌都很醜惡，把那種東西津津有味的看著的日本人的頭腦與趣味也都可疑，自己雖生而為日本人，卻對於這日本的國土感覺到可厭惡了。」

從前堀口大學有一首詩云：

「在生我的國裡

反成為無家的人了。
沒有人能知道罷——
將故鄉看作外國的
我的哀愁。」

正因為對於鄉國有情，所以至於那麼無情似的譴責或怨嗟。我想假如我要寫一篇論紹興的文章，恐怕一定會有好些使得鄉友看了皺眉的話，不見得會說錯，就只是嚴刻，其實這一點卻正是我所有對於故鄉的真正情愫。

對於故鄉，對於祖國，我覺得不能用今天天氣哈哈哈的態度。若是外國，當然應當客氣一點才行，雖然無須瞎恭維，也總不必求全責備，以至吹毛求疵罷。這有如別人家的子弟，只看他清秀明慧處予以賞識，便了吾事。

世間一般難得如此，常有為了小兒女玩耍相罵，弄得兩家媽媽扭打，都滾到泥水裡去，如小報上所載，又有「白麵客」到癮發時偷街坊的小孩送往箕子所開的「白麵房子」裡押錢，也是時常聽說的事（門口的電燈電線，銅把手，信箱銅牌，被該客借去的事尤其多了，寒家也曾經驗，至今門口無燈也。），所以對於別國也有斷乎不客氣者，不過這些我們何必去學乎。

我曾說過東京是我第二故鄉，但是他究竟是人家的國土，那麼我的態度自然不能與我對紹興相同，亦即是與谷崎氏對東京相異，我的文章也就是別一種的東西了。我的東京的懷念差不多即是對於日本的一切觀察的基本，因為除了東京之外我不知道日本的生活，文學美術中最感興趣的也是東京前身的江戶時代之一部分。

民族精神雖說是整個的，古今異時，變化勢所難免，我們無論怎麼看重唐代文化的平安時代，但是在經過了室町江戶時代而來的現代生活裡住著，如不是專門學者，要去完全瞭解他是很不容易的事，正如中國講文化總推漢唐，而我們現在的生活大抵是宋以來這一統系的，雖然有時對於一二模範的士大夫如李白韓愈還不難懂得，若是想瞭解有社會背景的全般文藝的空氣，那就很有點困難了。

要談日本把全空間時間的都包括在內，實在沒有這種大本領，我只談談自己所感到的關於東京的一二點，這原是身邊瑣事，個人偶感，但他足以表示我知道日本之範圍之小與程度之淺，未始不是有意思的事情。

我在東京只繼續住過六年，但是我愛好那個地方，有第二故鄉之感。在南京我也曾住過同樣的年數，學校內外有過好些風波，紀念也很不淺，我對於他只是同杭州彷彿，沒有忘不了或時常想起的事。

北京我是喜歡的，現在還住著，這是別一回事，且不必談。辛亥年秋天從東京歸國，住在距禹跡寺季彭山故里沈園遺址都不過一箭之遙的老屋裡，覺得非常寂寞，時時回憶在東京的學生生活，勝於家居吃老米飯。曾寫一篇擬古文，追記一年前與妻及妻弟往尾久川釣魚，至田端遇雨，坐公共馬車（囚車似的）回本鄉的事，頗感慨繫之。

這是什麼緣故呢？東京的氣候不比北京好，地震失火一直還是大威脅，山水名勝也無餘力遊玩，官費生的景況是可想而知的，自然更說不到娛樂。我就喜歡在東京的日本生活，即日本舊式的衣食住。此外是買新書舊書的快樂，在日本橋神田本鄉一帶的洋書和書新舊各店，雜誌攤，夜店，日夜巡閱，不知疲倦，這是許多人都喜歡的，不必要我來再多說明。

回到故鄉，這種快樂是沒有了，北京雖有市場裡書攤，但情趣很不相同，有些朋友完全放棄了新的方面，回過頭來鑽到琉璃廠的古書堆中去，雖然似乎轉變得急，又要多花錢，不過這也是難怪的，因為在北平實在只有古書還可買，假如人有買書的癮，回國以後還未能乾淨戒絕的話。

去年六月我寫《日本管窺之二》，關於日本的衣食住稍有說明。我對於一部分的日本生活感到愛著，原因在於個人的性分與習慣，文中曾云：

「我是生長於東南水鄉的人，那裡民生寒苦，冬天屋內沒有火氣，冷風可以直吹進被窩來，吃的通年不是很鹹的醃菜也是很鹹的醃魚，有了這種訓練去過東京的下宿生活，自然是不會不合適的。」

還有第二的原因，可以說是思古之幽情。文中云：

「我那時又是民族革命的一信徒，凡民族主義必含有復古思想在裡邊，我們反對清朝，覺得清以前或元以前的差不多都好，何況更早的東西。」

為了這個理由我們覺得和服也很可以穿，若袍子馬褂在民國以前都作胡服看待，在東京穿這種衣服即是奴隸的表示，弘文書院照片裡（裡邊也有黃軫胡衍鴻）前排靠邊有楊晢子的袍子馬褂在焉，這在當時大家是很為駭然的。

我們不喜歡被稱為清國留學生，寄信時必寫支那，因為認定這摩訶脂那，至那以至支那皆是印度對中國的美稱，又《佛爾雅》八，釋木第十二云：「桃曰至那你，漢持來也。」覺得很有意思，因此對於支那的名稱一點都沒有反感，至於現時那可憐的三上老頭子要替中國正名曰支那，這是著了法西斯的悶香，神識昏迷了，是另外一件笑話。

關於食物我曾說道：

「吾鄉窮苦，人民努力吃三頓飯，唯以醃菜臭豆腐螺螄當菜，故不怕鹹與臭，亦不嗜油若命，到日本去吃無論什麼都不大成問題。有些東西可以與故鄉的什麼相比，有些又即是中國某處的什麼，這樣一想也很有意思。如味噌汁與乾菜湯，金山寺味噌與豆板醬，福神漬與醬咯㗳（咯㗳猶骨朵，此言醬大頭菜也。），牛蒡獨活與蘆筍，鹽鮭與勒鮝，皆相似的食物也。

「又如大德寺納豆即鹹豆豉，澤庵漬即福建的黃土蘿蔔，蒟蒻即四川的黑豆腐，刺身（sashimi）即廣東的魚生，壽司（sushi）即古昔的魚鮓，其製法見於《齊民要術》，此其間又含有文化交通的歷史，不但可吃，也更可思索。家庭宴集自較豐盛，但其清淡則如故，亦仍以菜蔬魚介為主，雞豚在所不廢，唯多用其瘦者，故亦不油膩也。」

谷崎氏文章中很批評東京的食物，他舉出鯽魚的雀燒（小鯽魚破背煮酥，色黑，形如飛雀，故名）與疊鰯（小魚曬乾，實非沙丁魚也）來做代表，以為顯出脆薄，貧弱，寒乞相，毫無腴潤豐盛的氣象，這是東京人的缺點，其影響於現今以東京為中心的文學美術之產生者甚大。

他所說的話自然也有一理，但是我覺得這些食物之有意思也就是這地方，換句話可以說是清淡質素，他沒有富家廚房的多油多團粉，其用鹽與清湯處卻與吾鄉尋常民家相近，在我個人是很以為好的。

假如有人請吃酒，無論魚翅燕窩以至熊掌我都會吃，正如大蔥卵蒜我也會吃一樣，但沒得吃時絕不想吃或看了人家吃便害饞，我所想吃的如奢侈一點還是白鯗湯一類，其次是鰲（鄉俗讀若米）魚鯗湯，還有一種用擠了蝦仁的大蝦殼，砸碎了的鞭筍的不能吃的「老頭」（老頭者近根的硬的部分，如甘蔗老頭等），再加乾菜而蒸成的不知名叫什麼的湯，這實在是寒乞相極了，但越人喝得滋滋有味，而其有味也就在這寒乞即清淡質素之中，殆可勉強稱之曰俳味也。

日本房屋我也頗喜歡，其原因與食物同樣的在於他的質素。我在《管窺之二》中說過：

「我喜歡的還是那房子的適用，特別便於簡易生活。」下文又云：

「四席半一室面積才八十一方尺，比維摩斗室還小十分之二，四壁蕭然，下宿只供給一副茶具，自己買一張小几放在窗下，再有兩三個坐褥，便可安住。坐在幾前讀書寫字，前後左右皆有空地，都可安放書卷紙張，等於一大書桌，客來遍地可坐，容六七人不算擁擠，倦時隨便臥倒，不必另備沙發，深夜從壁櫥取被攤開，又便即正式睡覺了。昔時常見日本學生移居，車上載行李只鋪蓋衣包小幾或加書箱，自己手提玻璃洋油燈在車後走而已。

「中國公寓住室總在方丈以上，而板床桌椅箱架之外無多餘地，令人感到局促，無安閒之趣。大抵中國房屋與西洋的相同都是宜於華麗而不宜於簡陋，一間房子造成，還是行百里者半九十，非是有相當的器具陳設不能算完成，日本則土木功畢，鋪席糊窗，即可居住，別無一點不足，而且還覺得清疏有致。從前在日本旅行，在吉松高鍋等山村住宿，坐在旅館的樸素的一室內憑窗看山，或著浴衣躺席上，要一壺茶來吃，這比向來住過的好些洋式中國式的旅舍都要覺得舒服，簡單而省費。」

從別方面來說，他缺少闊大。如谷崎潤一郎以為如此紙屋中不會發生偉大的思想，萩原朔太郎以為不能得到圓滿的戀愛生活，永井荷風說木造紙糊的家屋裡適應的美術其形不可不小，其質不可不輕，與鋼琴油畫大理石雕刻這些東西不能相容。這恐怕都是說得對的，但是有什麼辦法呢。

事實是如此，日本人縱使如田口卯吉所說日日戴大禮帽，反正不會變成白人，用洋灰造了文化住宅，其趣味亦未必遂勝於四席半，若不佞者不幸生於遠東，環境有相似處，不免引起同感，這原只是個人愛好，若其價值是非那自可有種種說法，並不敢一句斷定也。

日本生活裡的有些習俗我也喜歡，如清潔，有禮，灑脫。灑脫與有禮這兩件事一看似乎有點衝突，其實卻並不然。灑脫不是粗暴無禮，他只是沒有宗教與道學的偽善，沒有從淫逸發生出來的假正經。最明顯的例是對於裸體的態度。藹理斯在《論聖芳濟及其他》（「St.Francis and others」）文中有云：

「希臘人曾將不喜裸體這件事看作波斯人及其他夷人的一種特性，日本人——別一時代與風土的希臘人——也並不想到避忌裸體，直到那西方夷人的淫逸的怕羞的眼告訴了他們。我們中間至今還覺得這是可嫌惡的，即使單露出腳來。」

他在小注中引了時事來證明，如不列顛博物院閱覽室不准穿鏤空皮鞋的進去，又如女伶光腿登臺，致被檢察，結果是謝罪於公眾，並罰一鉅款云。

日本現今雖然也在竭力模仿文明，有時候不許小說裡親嘴太多，或者要叫石像穿裙子，表明官吏的眼也漸漸淫逸而怕羞了，在民間卻還不盡然，浴場的裸體群像仍是「司空見慣」，女人的赤足更不足希奇，因為這原是當然的風俗了。

中國萬事不及英國，只有衣履不整者無進圖書館之權，女人光腿要犯法，這兩件事倒是一樣，也是很有意思的。不，中國還有纏足，男女都纏，不過女的裹得多一點，縛得小一點，這是英國也沒有的，不幸不佞很不喜歡這種出奇的做法，所以反動的總是讚美赤足，想起兩足白如霜不著鴉頭襪之句，覺得青蓮居士畢究是可人，不管他是何方人氏，只要是我的同志就得了。

我常想，世間鞋類裡邊最美善的要算希臘古代的山大拉（Sandala），閒適的是日本的下馱（Geta），經濟的是中國南方的草鞋，而拖鞋之流不與也。凡此皆取其不隱藏，不裝飾，只是任其自然，卻亦不至於不適用與不美觀。不佞非拜腳狂者，如傳說中的辜湯生一類，亦不曾作履物之搜集，本不足與語此道，不過鄙意對於腳或身體的別部分以為解放總當勝於束縛與隱諱，故於希臘日本的良風美俗不能不表示讚美，以為諸夏所不如也。

希臘古國恨未及見，日本則幸曾身歷，每一出門去，即使別無所得，只見憧憧往來的都是平常人，無一裹足者在內，令人見之愀然不樂，如現今在北平行路每日所經驗者，則此事亦已大可喜矣。我前寫《天足》一小文，於今已十五年，意見還是仍舊，真真自愧對於這種事情不能去找出一個新看法新解釋來也。

上文所說都是個人主觀的見解，蓋我只從日本生活中去找出與自己性情相關切的東西來，有的是在經驗上正面感到親近者，就取其近似而更有味的，有的又反面覺到嫌惡，如上邊的裹足，則取其相反的以為補償，所以總算起來這些東西很多，卻難有十分明確的客觀解說。不過我愛好這些總是事實。這都是在東京所遇到，因此對於東京感到懷念，對於以此生活為背景的近代的藝文也感覺有興趣。

永井荷風在《江戶藝術論》第一篇浮世繪之鑒賞中曾有這一節話道：

「我反省自己是什麼呢，我非威耳哈倫（Verhaeren）似的比利時人而是日本人也，生來就和他們的運命及境遇迥異的東洋人也。戀愛的至情不必說了，凡對於異性之性欲的感覺悉視為最大的罪惡，我輩即奉戴此法制者也。承受『勝不過啼哭的小孩和地主』的教訓的人類也，知道『說話則唇寒』的國民也。使威耳哈倫感奮的那滴著鮮血的肥羊肉與芳醇的蒲桃酒與強壯的婦女之繪畫，都於我有什麼用呢。

「嗚呼，我愛浮世繪。苦海十年為親賣身的遊女的繪姿使我泣。憑倚竹窗茫然看著流水的藝妓的姿態使我喜。賣宵夜麵的紙燈寂寞地停留著的河邊的夜景使我醉。雨夜啼月的杜鵑，陣雨中散落的秋天樹葉，落花飄風的鐘聲，途中日暮的山路的雪，凡是無常無告無望的，使人無端嗟嘆此世只是一夢的，這樣的一切東西，於我都是可親，於我都是可懷。」

永井氏是在說本國的事，所以很有悲憤，我們當作外國藝術看時似可不必如此，雖然也很贊同他的意思。是的，卻也不是。生活背景既多近似之處，看了從這出來的藝術的表示，也常令人有《癦旅文》的「吾與爾猶彼也」之感。大的藝術裡吾爾彼總是合一的，我想這並不是老托爾斯泰一個人的新發明，雖然御用的江湖文學不妨去隨意宣傳，反正江湖訣（Journalism）只是應時小吃而已。

還有一層，中國與日本現在是立於敵國的地位，但如離開現時的關係而論永久的性質，則兩者都是生來就和西洋的運命及境遇迥異的東洋人也，日本有些法西斯中毒患者以為自己國民的幸福勝過至少也等於西洋了，就只差未能吞併亞洲，稍有愧色，而藝術家乃感到「說話則唇寒」的悲哀，此正是東洋人之悲哀也，我輩聞之亦不能不惘然。

木下杢太郎在他的《食後之歌》序中云：「在雜耍場的歸途，戲館的歸途，又或常盤木俱樂部，植木店的歸途，予常嘗此種異香之酒，耽想那卑俗的，但是充滿眼淚的江戶平民藝術以為樂。」

我於音樂美術是外行，不能瞭解江戶時代音曲板畫的精妙，但如永井木下所指出，這裡邊隱著的哀愁也是能夠隱隱的感著的。這不是代表中國人的哀愁，卻也未始不可以說包括一部分在內，因為這如上文所說其所表示者總之是東洋人之悲哀也。

永井氏論木板畫的色彩，云這暗示出那樣暗黑時代的恐怖與悲哀與疲勞。俗曲裡禮讚戀愛與死，處處顯出人情與禮教的衝突，偶然聽唱義太夫，便會遇見紙治，即是這一類作品。日本的平民藝術彷彿善於用優美的形式包藏深切的悲苦，這是與中國很不同的。不過我已聲明關於這些事情不甚知道，中國的戲尤其是不懂，所以這只是信口開河罷了，請內行人見了別生氣才好。

我寫這篇小文，沒有能夠說出東京的什麼真面目來，很對不起讀者，不過我借此得以任意的說了些想到的話，自己倒覺得愉快，雖然以文章論也還未能寫得好。此外本來還有些事想寫進去的，如書店等，現在卻都來不及再說，只好等將來另寫了。

廿五年八月八日，於北平。

東京的書店

說到東京的書店第一想起的總是丸善（Maruzen）。他的本名是丸善株式會社，翻譯出來該是丸善有限公司，與我們有關係的其實還只是書籍部這一部分。最初是個人開的店鋪，名曰丸屋善七，不過這店我不曾見過，一九〇六年初次看見的是日本橋通三丁目的丸善，雖鋪了地板還是舊式樓房，民國以後失火重建，民八往東京時去看已是洋樓了，隨後全毀於大地震，前年再去則洋樓仍建在原處，地名卻已改為日本橋通二丁目。

我在丸善買書前後已有三十年，可以算是老主顧了，雖然賣買很微小，後來又要買和書與中國舊書，財力更是分散，但是這一點點的洋書卻於我有極大的影響，所以丸善雖是一個法人，而在我可是可以說有師友之誼者也。

我於一九〇六年八月到東京，在丸善所買最初的書是聖茲伯利（G.Saintsbury）

的《英文學小史》一冊與泰納的英譯本四冊，書架上現今還有這兩部，但已不是那時買的原書了。我在江南水師學堂學的外國語是英文，當初的專門是管輪，後來又奉督練公所命令改學土木工學，自己的興趣卻是在文學方面，因此找一兩本英文學史來看看，也是很平常的事。

但是實在也並不全是如此，我的英文始終還是敲門磚，這固然使我得知英國十八世紀以後散文的美富，如愛迭生、斯威夫忒、闌姆、斯替文生、密倫、林特等的小品文我至今愛讀，那時我的志趣乃在所謂大陸文學，或是弱小民族文學，不過借英文做個居中傳話的媒婆而已。

一九〇九年所刊的《域外小說集》二卷中譯載的作品，以波蘭、俄國、波思尼亞芬蘭為主，法國有一篇摩波商（即莫泊三），英美也各有一篇，但這如不是犯法的淮爾特（即王爾德）也總是酒狂的亞倫坡。

俄國不算弱小，其時正是專制與革命對抗的時候，中國人自然就引為同病的朋友，弱小民族蓋是後起的名稱，實在我們所喜歡的乃是被壓迫的民族之文學耳。這些材料便是都從丸善去得來的。

日本文壇上那時有馬場孤蝶等人在談大陸文學，可是英譯本在書店裡還很缺少，搜求極是不易，除俄法的小說尚有幾種可得外，東歐北歐的難得一見，英譯本原來就很寥寥。我只得根據英國倍寇（E.Baker）的《小說指南》（A Guide to the Best Fictions），抄出書名來，托丸善去定購，費了許多的氣力與時光，才能得到幾種波蘭、勃爾伽利亞、波思尼亞、芬蘭、匈加利、新希臘的作品。

這裡邊特別可以提出來的有育珂摩耳（Jokai Mor）的小說，不但是東西寫得好，有匈加利的司各得之稱，而且還是革命家，英譯本的印刷裝訂又十分講究，至今還可算是我的藏書中之佳品，只可惜在紹興放了四年，書面上因為潮濕生了好些黴菌的斑點。

此外還有一部插畫本土耳該涅夫（Turgeniev）小說集，共十五冊，伽納忒夫人譯，價三鎊。這部書本平常，價也不能算貴，每冊只要四先令罷了，不過當時普通留學官費每月只有三十三圓，想買這樣大書，談何容易，幸而有蔡谷清君的介紹把哈葛德與安特路朗合著的《紅星佚史》譯稿賣給商務印書館，凡十萬餘字得洋二百元，於是居然能夠買得，同時定購的還有勃闌兌思（Georg Brandes）的一冊《波蘭印象記》，這也給予我一個深的印象，使我對於波蘭與勃闌兌思博士同樣地不能忘記。

我的文學店逐漸地關了門，除了《水滸傳》《吉訶德先生》之外不再讀中外小說了，但是雜覽閒書，丹麥安徒生的童話，英國安特路朗的雜文，又一方面如威斯忒瑪克的《道德觀念發達史》，部丘的關於希臘的諸講義，都給我很愉快的消遣與切實的教導，也差不多全是從丸善去得來的。

末了最重要的是藹理斯的《性心理之研究》七冊，這是我的啟蒙之書，使我讀了之後眼上的鱗片倏忽落下，對於人生與社會成立了一種見解。古人學藝往往因了一件事物忽然省悟，與學道一樣，如學寫字的見路上的蛇，或是雨中在柳枝下往上跳的蛙而悟，是也。不佞本來無道可悟，但如說因「妖精打架」而對於自然與人生小有所瞭解，似乎也可以這樣說，雖然字派的同胞聽了覺得該罵亦未可知。《資本論》讀不懂（後來送給在北大經濟系的舊學生杜君，可惜現在墓木已拱矣！），考慮婦女問題卻也會歸結到社會制度的改革，如《愛的成年》的著者所已說過。藹理斯的意見大約與羅素相似，贊成社會主義而反對「共產法西斯底」的罷。

藹理斯的著作自《新精神》以至《現代諸問題》都從丸善購得，今日因為西班牙的反革命運動消息的聯想又取出他的一冊《西班牙之魂靈》來一讀，特別是吉訶德先生與西班牙女人兩章，重複感嘆，對於西班牙與藹理斯與丸善都不禁各有一種好意也。

人們在戀愛經驗上特別覺得初戀不易忘記，別的事情恐怕也是如此，所以最初的印象很是重要。丸善的店面經了幾次改變了，我所記得的還是那最初的舊樓房。樓上並不很大，四壁是書架，中間好些長桌上攤著新到的書，任憑客人自由翻閱，有時站在角落裡書架背後查上半天書也沒人注意，選了一兩本書要請算帳時還找不到人，須得高聲叫夥計來，或者要勞那位不良於行的下田君親自過來招呼。

這種不大監視客人的態度是一種愉快的事，後來改築以後自然也還是一樣，不過我回想起來時總是舊店的背景罷了。記得也有新聞記者問過，這樣不會缺少書籍麼？答說，也要遺失，不過大抵都是小冊，一年總計才四百圓左右，多雇人監視反不經濟云。

當時在神田有一家賣洋書的中西屋，離寓所比丸善要近得多，可是總不願常去，因為夥計跟得太凶。聽說有一回一個知名的文人進去看書，被監視得生起氣來，大喝道，你們以為客人都是小偷麼！這可見別一種的不經濟。但是不久中西屋出倒於丸善，改為神田支店，這種情形大約已改過了罷，民國以來只去東京兩三次，那裡好像竟不曾去，所以究竟如何也就不得而知了。

因丸善而聯想起來的有本鄉真砂町的相模屋舊書店，這與我的買書也是很有關係的。

一九〇六年的秋天我初次走進這店裡，買了一冊舊小說，是匈加利育珂原作美國薄格思譯的，書名曰《髑髏所說》（Told by the Death's Head），卷首有羅馬字題曰，K.Tokutomi,Tokyo Japan,June 27th.1904，一看就知是《不如歸》的著者德富健次郎的書，覺得很是可以寶貴的，到了辛亥歸國的時候忽然把他和別的舊書一起賣掉了，不知為什麼緣故，或者因為育珂這長篇傳奇小說無翻譯的可能，又或對於德富氏晚年篤舊的傾向有點不滿罷。但是事後追思有時也還覺得可惜。

民八春秋兩去東京，在大學前的南陽堂架上忽又遇見，似乎他直立在那裡有八九年之久了，趕緊又買了回來，至今藏在寒齋，與育珂別的小說《黃薔薇》等作伴。相模屋主人名小澤民三郎，從前曾在丸善當過夥計，說可以代去拿書，於是就托去拿了一冊該萊的《英文學上的古典神話》，色剛姆與尼珂耳合編的《英文學史》繡像本第一分冊，此書出至十二冊完結，今尚存，唯《古典神話》的背皮脆裂，早已賣去換了一冊青灰布裝的了。

自此以後與相模屋便常有往來，辛亥回到故鄉去後，一切和洋書與雜誌的購買全托他代辦，直到民五小澤君死了，次年書店也關了門，關係始斷絕，想起來很覺得可惜，此外就沒有遇見過這樣可以談話的舊書商人了。

本鄉還有一家舊書店郁文堂，以賣洋書出名，雖然我與店裡的人不曾相識，也時常去看看，曾經買過好些書至今還頗喜歡所以記得的。這裡邊有一冊勃闌兌思的

《十九世紀名人論》，上蓋一橢圓小印朱文曰勝彌，一方印白文曰孤蝶，知係馬場氏舊藏，又一冊《斯干地那微亞文學論集》，丹麥波耶生（H.H.Boyesen）用英文所著，卷首有羅馬字題曰 November 8th.08.M.Abe. 則不知是那一個阿部君之物也。

兩書中均有安徒生論一篇，我之能夠懂得一點安徒生，差不多全是由於這兩篇文章的啟示，別一方面安特路朗（Andrew Lang）的人類學派神話研究也有很大的幫助，不過我以前只知道格林兄弟輯錄的童話之價值，若安徒生創作的童話之別有價值則至此方才知道也。

論文集中又有一篇勃闌兌思論，著者意見雖似右傾，但在這裡卻正可以表示出所論者的真相，在我個人是很喜歡勃闌兌思的，覺得也是很好的參考。前年到東京，於酷熱匆忙中同了徐君去過一趟，卻只買了一小冊英詩人《克刺勃傳》（Crabbe），便是丸善也只匆匆一看，買到一冊瓦格納著的《倫敦的客店與酒館》而已。

近年來洋書太貴，實在買不起，從前六先令或一圓半美金的書已經很好，日金只要三圓，現在總非三倍不能買得一冊比較像樣的書，此新書之所以不容易買也。

本鄉神田一帶的舊書店還有許多，挨家的看去往往可以花去大半天的工夫，也是消遣之一妙法。庚戌辛亥之交住在麻布區，晚飯後出來遊玩，看過幾家舊書後忽見行人已漸寥落，坐了直達的電車迂迴地到了赤羽橋，大抵已是十一二點之間了。

這種事想起來也有意思，不過店裡的夥計在賬台後蹲山老虎似的雙目炯炯地睨視著，把客人一半當作小偷一半當作肥豬看，也是很可怕的，所以平常也只是看看，要遇見真是喜歡的書才決心開口問價，而這種事情也就不甚多也。

廿五年八月廿七日，於北平。

北平的好壞

不佞住在北平已有二十個年頭了。其間曾經回紹興去三次，往日本去三次，時間不過一兩個月，又到過濟南一次，定縣一次，保定兩次，天津四次，通州三次，多則五六日，少或一天而已。因此北平於我的確可以算是第二故鄉，與我很有些情分，雖然此外還有紹興，南京，以及日本東京，我也住過頗久。紹興是我生長的地方，有好許多山水風物至今還時時記起，如有閒暇很想記述一點下來，可是那裡天氣不好，寒暑水旱的時候都有困難，不甚適於住家。

南京的六年學生生活也留下好些影響與感慨，背景卻是那麼模糊的，我對於龍蟠虎踞的鍾山與浩蕩奔流的長江總沒有什麼感情，自從一九〇六年肩鋪蓋出儀鳳門之後，一直沒有進城去瞻禮過，雖似薄情實在也無怪的。

東京到底是人家的國土，那是另外的一件事情。歸根結蒂在現今說來還是北平與我最有關係，從前我曾自稱京兆人，蓋非無故也，不過這已是十年前的事了，現在不但不是國都，而且還變了邊塞，但是我們也能愛邊塞，所以對於北京仍是喜歡，小孩們坐慣的破椅子被決定將丟在門外，落在打小鼓的手裡，然而小孩的捨不得之情故自深深地存在也。

我說喜歡北平，究竟北平的好處在那裡呢？這條策問我一時有點答不上來，北平實在沒有什麼了不得的好處。我們可以說的，大約第一是氣候好吧。據人家說，北平的天色特別藍，太陽特別猛，月亮也特別亮。習慣了不覺得，有朋友到江浙去一走，或是往德法留學，便很感著這個不同了。

其次是空氣乾燥，沒有那泛潮時的不愉快，於人的身體總當有些益處。民國初年我在紹興的時候，每到夏天，玻璃箱裡的幾本洋書都長上白毛，有些很費心思去搜求來的如育珂的《白薔薇》，因此書面上便有了「白雲風」似的瘢痕，至今看了還是不高興。搬到北京來以後，這種毛病是沒有了，雖然瘢痕不會消滅，那也是沒法的事。

第二，北平的人情也好，至少總可以說是大方。大方，這是很不容易的，因為這裡邊包含著寬容與自由。我覺得世間最可怕的是狹隘，一切的干涉與迫害就都從這裡出來的。中國人的宿疾是外強中乾，表面要擺架子，內心卻無自信，隨時懷著恐怖，看見別人一言一動，便疑心是在罵他或是要危害他，說是度量窄排斥異己，其實是精神不健全的緣故。小時候遇見遠親裡會拳術的人，因為有恃無恐，取人己兩不犯的態度，便很顯得大方，從容。

北平的人難道都會打拳，但是總有那麼一種空氣，使居住的人覺得安心，不像在別的都市彷彿已嚴密地辦好了保甲法，個人的舉動都受著街坊的督察，儀式起居的一點獨異也會有被窺伺或告發的可能。中國的上上下下的社會都不掃自己門前的雪，卻專管人家屋上的霜，不惜踏碎鄰家的瓦或爬坍了牆頭，因此如有不是那麼做的，也總是難得而可貴了。從別一方面說，也可以說這正是北平的落伍，沒有統制。

不過天下事本不能一律而論，有喜歡統制人或被統制的，也有都不喜歡的，這有如宗教信仰，信徒對了菩薩叩頭如搗蒜，用神方去醫老太爺的病，在少信的人無妨看作泥塑木雕的偶像，根據保護信教自由的法令，固然未便上前搗毀，看了走開，回到無神的古廟去歇宿，只好各行其是耳。

北平也有我所不喜歡的東西，第一就是京戲。小時候看過些敬神的社戲，戲臺搭在曠野中間，不但看的人自由來去，鑼鼓聲也不大喧鬧，鄉下人又只懂得看，即使不單賞識斤斗翻得多，也總要看這裡邊的故事，唱得怎麼是不大有人理會的。

乙巳（一九〇五）的冬天與二十三個同學到北京練兵處來應留學考試，在西河沿住過一個月，曾經看了幾次戲，租看的紅紙戲目，木棍一樣窄的板凳，臺上扮演的丫鬟手淫，都還約略有點記得。查那時很簡單的北行日記，還剩有這幾條記錄：

「十二月初九日，下午偕公岐采卿椒如至中和園觀劇，見小叫天演時，已昏黑矣。」

「初十日，下午偕公岐椒如至廣德樓觀劇，朱素雲演《黃鶴樓》，朱頗通文墨云。」

「十六日，下午同采卿訪榆蓀，見永嘉胡儼莊君，同至廣德樓觀劇。」

三十二年中人事變遷得很多，榆蓀當防疫處長，染疫而歿，已在十多年前，椒如為渤海艦隊司令，為張宗昌所殺，徐柯二君亦久不通音信了，我自己有三十年以上不曾進戲園，也可以算是一種改變吧。

我厭惡中國舊劇的理由有好幾個。其一，中國超階級的升官發財多妻的腐敗思想隨處皆是，而在小說戲文裡最為濃厚顯著。其二，虛偽的儀式，裝腔作勢，我都不喜歡，覺得肉麻，戲臺上的動作無論怎麼有人讚美，我總看了不愉快。其三，唱戲的音調，特別是非戲子的在街上在房中的清唱，不知怎的我總覺得與八股鴉片等有什麼關係，有一種麻痹性，胃裡不受用。至於金革之音，如德國性學大師希耳息茀爾特在他的遊記《男與女》第二十四節中所說，「樂人在銅鑼上打出最高音」，或者倒還在其次，因為這在中國不算最鬧也。

遊記同節中云：「中國人的聽覺神經一定同我們構造得不同，這在一個中國旅館裡比在中國戲園還更容易看出來。」由是觀之，銅鑼的最高音究竟還是樂人所打的，比旅館裡的通夜蜜蜂窠似地哄哄然終要勝一籌也。

我反對舊劇的意見不始於今日，不過這只是我個人的意見，自己避開戲園就是了，也本不必大聲疾呼，想去警世傳道，因為如上文所說，趣味感覺各人不同，往往非人力所能改變，固不特鴉片小腳為然也。但是現在情形有點不同了，自從無線電廣播發達以來，出門一望但見四面多是歪斜碎裂的竹竿，街頭巷尾充滿著非人世的怪聲，而其中以戲文為多，簡直使人無所逃於天地之間，非硬聽京戲不可，此種壓迫實在比苛捐雜稅還要難受。

中國不知從那一年起，唱歌的技術永遠失傳了，唐宋時妓女能歌絕句和詞，明有擘破玉打草竿掛枝兒等，清朝窯姐兒也有窯調的小曲，後來忽地消滅，至今自上至下都只會唱戲，我無閒去打茶圍，慚愧不知道八大胡同唱些什麼，但看酒宴餘興，士大夫無復念唐詩或試帖者，大都高歌某種戲劇一段，此外白晝無聊以及黑夜怕鬼的走路人口中哼哼有詞，也全是西皮二黃而非十杯酒兒，可知京戲已經統制了中國國民的感情了。

無線電臺專門轉播戲園裡的音樂正無足怪，而且本是很順輿情的事，不幸城門失火殃及池魚，要叫我硬聽這些我所不要聽的東西，即使如德國老博士在旅館一樣用棉花塞了耳朵孔也還是沒用，有時真使人感到道地的絕望。俗語云，黃連樹下彈琴，苦中作樂。中國人很有這樣精神，大家裝上無線電，那些收音機卻似乎都從天橋地攤上買來的，恐怕不過三四毛一個，發出來的聲音老是那麼古怪，似非人間世所有。

這不但是戲文，便是報告也都是如此，聲音蒼啞澀滯，聲調局促呆板，語句固然難聽懂，只覺得嘈雜不好過。看畫報上所載，電臺裡有好幾位漂亮的女士管放送的事，不知道什麼時候才開口，為什麼我們現在所聽見的總是這樣難聽的古怪話呢。我有時候聽了不禁消極，心想中國話果真是如此難聽的一種言語麼？我不敢相信，但耳邊聽著這樣的話，實在覺得十分難聽。

我想到，中國現今各方面似乎都缺少人。我又想到，中國接收外來文化往往不善利用，弄得反而醜惡討厭。無線電是頂好的一個例。這並不限定是北平一地方的事，但是因北平的事實而感到，所以也就算在他的賬上了。

總而言之，我對於北平大體上是很喜歡的，他的氣候與人情比別處要好些，

希臘人的好學

看英國瑞德的《希臘晚世文學史》，第二章講到歐幾里得（Euclid）云：

「在普多勒邁一世時有一人住在亞力山大城，他的名字是人人皆知，他的著作至少其一是舉世皆讀，只有聖書比他流傳得廣。現在數學的教法有點變更了，但著者還記得一個時代那時歐幾里得與幾何差不多就是同意語，學校裡的幾何功課也就只是寫出歐幾里得的兩三個設題而已。

「歐幾里得，或者寫出他希臘式的原名歐克萊德思（Eukleides），約當基督二百九十年前生活於亞力山大城，在那裡設立一個學堂，下一代的貝耳伽之亞波羅紐思即他弟子之一人。關於他的生平與性格我們幾於一無所知，雖然有他的兩件軼事流傳下來，頗能表示出真的科學精神。其一是說普多勒邁問他，可否把他的那學問弄得更容易些，他回答道，大王，往幾何學去是並沒有御道的。又云，有一弟子習過設題後問他道，我學了這些有什麼利益呢？他就叫一個奴隸來說道，去拿兩角錢來給這廝，因為他是一定要用他所學的東西去賺錢的。

「後來他的名聲愈大，人家提起來時不叫他的名字，只說原本氏（Stoikheiotes）就行，亞剌伯人又從他們的言語裡造出一個語源解說來，說歐幾里得是從烏克里（阿剌伯語云鑰）與地思（度量）二字出來的。」

後邊講到亞奇默得（Archimedes），又有一節云：

「亞奇默得於基督二八七年前生於須拉庫色，至二一二年前他的故鄉被羅馬所攻取，他叫一個羅馬兵站開點，不要踹壞地上所畫的圖，遂被殺。起重時用的滑車，抽水時用的螺旋，還有在須拉庫色被圍的時候所發明的種種機械，都足證明他的實用的才能，而且這也是他說的話：給我一塊立足的地方，我將去轉動這大地。但他的真的興趣是在純粹數學上，自己覺得那圓柱對於圓球是三與二之比的發明乃是他最大的成功。他的全集似乎到四世紀還都存在，但是我們現在只有論平面平衡等八九篇罷了。」

蘇俄類佐夫等編的《新物理學》中云：

「距今二千二百年前，力學有了一個偉大的進步。古代最大的力學者兼數學者亞奇默得在那時候發明了約四十種的力學的器具。這些器具中，有如起重機，在建築家屋或城堡時都是必要，又如抽水機，於汲井水泉水也是必要的，但其大多數卻還是供給軍事上必要的各種的器具。

須拉庫色與其強敵羅馬抗戰的時候，兵數比羅馬要少得多，但因為有各色的石炮，所以能夠抵抗得很久。在當時已經很考究與海軍爭鬥的各手段了。如敵船冒了落下來的石彈向著城牆下前進，忽然牆上會出現槓桿，把上頭用鐵索繫著的鐵鉤對了敵船拋去，在帆和帆索上鉤住。於是因了牆後的槓桿的力將敵船拉上至相當高度，一剎那間晃蕩一下便把它摔出去。船或者沉沒到海裡去，或是碰在岩石上粉碎了。」

這些玩藝兒自然也是他老先生所造的了，但是據說他自己頗不滿意，以為學問講實用便是不純淨，所以走去仍自畫他的圖式，結果把老命送在裡頭（享年七十五），這真不愧為古今的書呆子了。

後世各部門的科學幾乎無不發源於希臘，而希臘科學精神的發達卻實在要靠這些書呆子們。柏拉圖曾說過，好學（To philomathes）是希臘人的特性，正如好貨是斐尼基人與埃及人的特性一樣。他們對於學，即知識，很有明其道不計其功的態度。英國部丘教授在《希臘的好學》這篇講義裡說道：

「自從有史以來，知這件事在希臘人看來似乎它本身就是一件好物事，不問它的所有的結果。他們有一種眼光銳利的，超越利益的好奇心，要知道大自然的事實，人的行為與工作，希臘人與外邦人的事情，別國的法律與制度。他們有那旅人的心，永遠注意著觀察記錄一切人類的發明與發現。」

又云：

「希臘人敢於發為什麼的疑問。那事實還是不夠，他們要找尋出事實（To hoti）後面的原因（To dioti）。對於為什麼的他們的答案常是錯誤，但沒有憂慮躊躇，沒有牧師的威權去阻止他們冒險深入原因的隱秘區域裡去。在抽象的數學類中，他們是第一個問為什麼的，大抵常能想到正確的答案。

「有一件事是古代的中國印度埃及的建築家都已知道的，即假如有一個三角，其各邊如以數字表之為三與四與五，則其三與四的兩邊當互為垂直。幾個世紀都過去了，未見有人發這問題：為什麼如此？在基督約千一百年前，中國一個皇帝周公所寫的一篇對話裡（案這是什麼文章一時記不得，也不及查考，敬候明教。），他自己也出來說話，那對談人曾舉示他這有名的三角的特性。皇帝說，真的，奇哉！但他並不想到去追問其理由。這驚奇是哲學所從生，有時卻止住了哲學。直到希臘人在歷史上出現，才問這理由，給這答案。

「總之，希臘的幾何學是人類思想史上的一件新東西。據海羅陀多思說，幾何學發生於埃及，但那是當作應用科學的幾何學，目的在於實用，正如在建築及量地術上所需要的。理論的幾何學是希臘人自己創造出來的，它的進步很快，在基督前五世紀中，歐幾里得的《原本》裡所收的大部分似乎都已具備明確的論理的形式。希臘人所發現的那種幾何學很可表示那理想家氣質，這在希臘美術文藝上都極明顯易見的。有長無廣的線，絕對的直或是曲的線，這就指示出來，我們是在純粹思想的界內了。經驗的現實狀況是被擱置了，心只尋求著理想的形式。聽說比達戈拉思因為得到一個數學上的發現而大喜，曾設祭謝神。在古代文明裡，還有什麼地方是用了這樣超越利害的熱誠去追求數學的呢？」

我這裡抄了許多別人的文章，實在因為我喜歡，禮讚希臘人的好學。好學亦不甚難，難在那樣的超越利害，純粹求知而非為實用。——其實，實用也何嘗不是即在其中。中國人專講實用，結果卻是無知亦無得，不能如歐幾里得的弟子賺得兩角錢而又學了幾何。中國向來無動植物學，恐怕直至傳教師給我們翻譯洋書的時候。只在《詩經》《離騷》《爾雅》的箋注，地志，農家醫家的書裡，有關於草木蟲魚的記述，但終於沒有成為獨立的部門，這原因便在對於這些東西缺乏興趣，不真想知道。本來草木蟲魚是天地萬物中最好玩的東西，尚且如此，更不必說抽象的了。

還有一件奇怪的事，中國格物往往等於談玄，有些在前代弄清楚了的事情，後人反而又糊塗起來，如螟蛉負子梁朝陶弘景已不相信，清朝邵晉涵卻一定說是祝誦而化。又有許多倫理化的鳥獸生活傳說，至今還是大家津津樂道，如烏反哺，羔羊跪乳、梟食母等。

亞里斯多德比孟子還大十歲，已著有《生物史研究》，據英國勝家博士在《希臘的生物學與醫學》上所說，他記述好些動物生態與解剖等，證以現代學問都無差謬，又講到頭足類動物的生殖，這在歐洲學界也到了十九世紀中葉才明白的。我們不必薄今人而愛古人，但古希臘人之可欽佩卻是的確的事，中國人如能多注意他們，能略學他們好學求知，明其道不計其功的學風，未始不是好事，對於國家教育大政方針未必能有補救，在個人正不妨當作寂寞的路試去走走耳。

（廿五年八月）

談「七月在野」

小時候讀《詩經》，最喜歡豳風裡的《七月》與《東山》兩篇。郝蘭皋著《詩說》卷上云：「《七月》詩中有畫，《東山》亦然。」實在說得極好。

但是《詩經》沒有好的新注釋本，讀下去常有難懂處，有些是訓詁，有些難懂的卻是文章。如《七月》第五章云：

「五月斯螽動股，六月莎雞振羽。七月在野，八月在宇，九月在戶，十月蟋蟀入我床下。穹窒熏鼠，塞向墐戶。嗟我婦子，曰為改歲，入此室處。」

這裡「七月在野」三句實在不容易瞭解，句意本來明白，就只不知道這在野的是什麼。古來的解說也很不一樣，鄭氏箋云：

「自七月在野至十月入我床下，皆謂蟋蟀也。言三物之如此，著將寒有漸，非卒來也。」

孔氏《正義》云：

「以入我床下是自外而入，在野在宇在戶從遠而至於近，故知皆謂蟋蟀也。退蟋蟀之文在十月之下者，以人之床下非蟲所當入，故以蟲名附十月之下，所以婉其文也。戶宇言在，床下言入者，以床在其上，故變稱入也。《月令》季夏云蟋蟀居壁，是從壁內出在野。」

嚴氏《詩緝》與郝氏《詩問》也都如此說，這可以稱作甲說。朱氏《集傳》可稱乙說，說得最是奇怪：

「斯螽莎雞蟋蟀，一物隨時變化而異其名。動股，始躍而以股鳴也，振羽，能飛而以翅鳴也。宇，簷下也。暑則在野，寒則依人。」

但是這顯然不合事理，後人多反對者，最利害的要算是毛西河。《毛詩寫官記》卷二云：

「六月莎雞振羽，十月蟋蟀入我床下。甲曰，莎雞蟋蟀本一物而殊其名，敢取是？寫官曰，莎雞，絡緯也，即俗稱紡婦者也。蟋蟀，促織也，即俗稱績婦者也。非一物矣。莎雞聲沙然，又以及時而鳴也，雞鳴必以時，故曰雞也。蟋蟀聲悉然，然又能帥之以鬥，故名蟀。陸氏云，蟀即。」

「敢取是，七月在野，八月在宇，九月在戶，何謂也？豈一物而異其處歟，抑群物者歟？夫既一物而三名焉矣，則夫在野者之為何名也，在宇在戶者又何也？

且夫一物而既動股又振羽，則必以時變焉耳，在野之後其以時變耶，抑猶然振羽者耶，抑猶非耶？天下有詞之蒙義之如是者哉？曰，非也。此言農人居處之有節耳，夏則露居，及秋而漸處於內也。西成早晚，刈獲有時，或簷或戶，於焉聚語耳，故下即云十月之後當蟋蟀入床之際，而其為居又已異也。昔在戶，今墐戶也。昔在宇，今將在室也。若以為莎雞然也，則絡緯無入戶宇者。以為蟋蟀然，則《月令》季夏之月即已蟋蟀居壁矣，安得七月尚在野。」

西河駁朱傳極妙，但自己講解莎雞蟋蟀亦殊欠妥，雞字蟀字之說尤為牽強，關於此點不及郝氏遠甚。《詩說》卷上云：

「斯螽莎雞蟋蟀，《集傳》云，一物隨時變化而異名，竊恐未安。斯螽即螽斯，周南既云蝗屬，召南《草蟲》亦云蝗屬，又云，阜螽，蠜也，此用《爾雅》文。陸璣云，今人謂蝗子為螽子。陸佃云，今謂之蜉，亦跳亦飛，飛不能遠。然則螽斯草蟲阜螽本一物，性好負，故《爾雅》謂草蟲負蠜也。

「莎雞者，陸璣云，如蝗而斑色，毛翅數重，其翅正赤，六月中飛而振羽，索索作聲。愚謂索索猶莎莎也，今俗謂之沙沙蟲，沙與莎聲轉耳。然則名莎雞者或此蟲喜藏莎草中，抑或飛時莎莎作聲，皆未可知。蟋蟀者促織也，暑則在野，寒則依人，惟蟋蟀如此，今驗之良然，彼二蟲者不能也。且斯螽莎雞亦無變化蟋蟀之理。

鄭康成曰，自七月在野至十月入我床下，皆謂蟋蟀也，言此三物之如此者，著將寒有漸，非卒來也。愚謂既云三物則不得謂之一物矣，竊疑鄭箋極分明宜從之，《集傳》或未及改訂耳。」

郝氏依鄭箋之說，而辨別三蟲極為詳明，最為可取。西河在《白鷺洲主客說詩》又有一節，積極地說明他的主張，說在野云云是指豳民的居處有節：

「庚曰，朱氏以格物自命，特其說詩則往有可疑者，如斯螽莎雞蟋蟀隨時變化，一物而異其名，則向曾驗之，並不其然。特七月在野，八月在宇，九月在戶，十月蟋蟀入我床下，此四句不可解耳。曰，有何難解，人自不讀書耳。予向聽寫官說此詩，謂蟋蟀季夏即居壁，絡緯至死不入戶，此但言農夫出入之節，夏則露居，及秋而漸處於內，或簷或戶，農隙聚語，至蟋蟀入床之後而在戶者今墐戶，在宇者將在室，其候如此。向寫官說詩未嘗引據，人或以杜撰置之，不知此《漢書》也。

「漢食貨志云，春令民畢出在野，冬則畢入於邑。其出也則如《詩》曰，四之日舉趾，同我婦子，饁彼南畝。其入也，則如《詩》曰，十月蟋蟀入我床下，嗟我婦子，曰為改歲，入此室處。又曰，春將出民，里胥平旦坐於右塾，鄰長坐於左塾，畢出然後歸，夕亦如之。冬民既入，婦人同巷相從夜績，女工一月得四十五日，必相從者，所以省燎火，同巧拙而合習俗也。然則《漢書》所志與寫官相證如此。人苟善讀書，何在非漢學耶。」

這裡引《漢書》說得很巧妙，但是我懷疑《漢書》裡所說就未必是事實，大約只是讀書人的一種想像罷了。范蘅洲著《詩沈》卷十有云：

「斯螽莎雞蟋蟀非一物而隨時變化者。斯螽，蜙蝑，即蚱蜢。莎雞，絡緯，即織婦。蟋蟀，促織也。三者皆草蟲，而促織化生不一，不盡依草，在野在宇在戶在床下，惟蟋蟀為然。洪氏邁曰，此二句本言豳民出入之時，鄭氏併入蟋蟀中，正已不然，蓋豳民戒寒之語也。」

由此可知西河之說蓋本於洪氏，不過更詳細說明一下而已。

《毛詩寫官記》前引二節有秦樂天附語云：

「斯螽莎雞蟋蟀本非一物，且從不變化，此考之前書與驗之所見，其乖謬不待言也。即以詩體言之，《七月》凡八章，每章以天時人事相間成文，凡作兩層，豈有此章獨自五月至十月單指時物，且單指一物而毫不及人事之理。況入室承宇戶，次第秩然，其以七月在野承六月莎雞振羽，猶上章八月其獲承五月鳴蜩耳。不善讀書，相沿貿貿，得此曠然若發矇矣。」

此從文體上來證明西河之說，也頗有趣味，不過他的證據恐亦不十分確實，蓋在國風裡未必真有那麼嚴密的章法存在也。以上是關於《七月》的丙說，是以毛西河為主的。

姚首源的算是丁說，見於所著《詩經通論》卷八。他解釋五月至十月這六句很是特別：

「首言斯螽莎雞，末言蟋蟀，中三句兼三物言之，特以斯螽莎雞不入人床下，惟蟋蟀則然，故點蟋蟀於後。古人文章之妙不顧世眼如此，然道破亦甚平淺，第從無人能解及此，則使古人平淺之文變為深奇矣。鄭氏曰，自七月在野至十月入我床下，皆謂蟋蟀也。笨伯哉。後人皆從之，且有今世自詡為知文者，謂七月三句全不露蟋蟀字，於下始出，以為文字之奇，則又癡叔矣。

「羅願曰，莎雞鳴時正當絡絲之候，故豳詩云，六月莎雞振羽，七月在野，八月在宇，九月在戶也。此又以七月三句單承莎雞言，益不足與論矣。《集傳》曰，斯螽莎雞蟋蟀，一物隨時變化而異其名。按陸璣云，斯螽，蝗類，長而青，或謂之蚱蜢。莎雞色青褐，六月作聲如紡絲，故又名絡緯（今人呼紡績娘）。若夫蟋蟀，則人人識之。幾曾見三物為一物之變化乎。且《月令》六月蟋蟀居壁，《詩》言六月莎雞振羽，二物同在六月，經傳有明文，何云變化乎。依其言則必如詩五月之斯螽六月變為莎雞，七月變為蟋蟀，整整一月一變乃可，世有此格物之學否。」

羅端良所說見於《爾雅翼》卷二十五，似可列為異說之一，唯同卷蟋蟀條中又用鄭箋原文，謂七月至十月皆謂蟋蟀，又申明之曰：「說者解蟋蟀居壁引詩七月在野，以為不合，今蟋蟀有生野中及生人家者，至歲晚則同耳。」孔疏欲彌縫二說乃云：「是從壁內出在野」，未免可笑，羅說自為勝，但云在野外的蟋蟀至歲暮也搬進人家裡來亦未必然。

羅氏對於七月三句蓋無一定意見，似以為並屬莎雞蟋蟀，然則大體還是與姚首源相近，評為益不足與論，過矣。末了還有戊說可以舉出來，乃是乾隆的御說，見於《御纂詩義折中》卷九。上邊仍說在野在宇在戶入床下者皆蟋蟀也，後面卻又說道：「聖人觀物以宜民，一夫授五畝之宅，其半在田，其半在邑，春令民畢出，如在野而動股振羽也，冬令民畢入，如在宇在戶而入床下也。豳民習此久矣。」

其意蓋欲調和鄭箋與毛說而頗為支離，道光年間刻《詩經通論》時編校者遂增入此條，說明之曰，「七月在野三句應兼指農人棲息而言，方有意味。」其實據我看來卻毫無意味，倒還不如讓他分立，或鄭或毛都可以說得過去，更不必硬要拉攏來做傻表叔也。

總結以上所說，古來對於「七月在野」三句的解釋大抵共有五派，列舉於下：

一，甲派，鄭玄說，皆謂蟋蟀。

二，乙派，朱熹說，斯螽莎雞蟋蟀一物隨時變化而異其名。但似未說明七月至九月該蟲是何名也。

三，丙派，毛奇齡說，言農人居處之有節。

四，丁派，姚際恆說，兼三物言之。

五，戊派，乾隆說，皆謂蟋蟀，又兼指農人棲息而言。似謂《七月》詩皆賦體，唯此章前六句乃是賦而比也，後五句卻又是賦了。

這五派又可以歸併作兩類，即一是指物的，甲乙丁三派屬之，一是指人的，丙派屬之，戊派則是蝙蝠似的，雖然能飛終是獸類，恐怕只能仍附第一類下罷。指人指物都講得通，鄭康成毛西河所說均乾淨簡單，不像別人的牽強，朱晦庵固然謬誤，即姚首源亦未免支離，而乾隆拖泥帶水的話更可以不提了。由我看來還覺得鄭氏說最近是。孔氏《正義》像煞有介事的講究文法，雖然也很好玩，於闡明詩義別無多大用處。

自夏至秋，聽得蟲聲自遠而近，到末了連屋裡也有叫聲，這樣情景實是常有，詩中所寫彷彿如此。「十月蟋蟀入我床下」，這八字句我讀了很是喜歡，但看到主觀的一「我」字又特別有感觸，覺得這與平常客觀地描寫時物有點不同，不過說來又容易流於穿鑿，所以可不多談，以免一不小心蹈了乾隆的覆轍也。

我在這裡深切地感到的是國故整理之無成績，到了現在還沒有一本重要的古書整理出來，可以給初學看看。古書裡的《詩經》與《論語》，《莊子》，《楚辭》，似乎都該有一部簡要的新注，一部完備的集注，這比牛角灣的研究院工作似乎不高尚，但是更為有益於人。假如有了這樣的書，那麼這「七月在野」的疑問早就可以在那裡去找得解答，不至於像現在的要去東翻西查而終於得不了要領了。

（廿五年五月）

《常言道》

十天前我寫一封信給一位朋友，說在日本文化裡也有他自己的東西，講到滑稽小說曾這樣說道：

「江戶時代的平民文學正與明清的俗文學相當，似乎我們可以不必滅自己的威風了，但是我讀日本的所謂滑稽本，還不能不承認這是中國所沒有的東西。滑稽，——日本音讀作 kokkei，顯然是從太史公的《滑稽列傳》來的，中國近來卻多喜歡讀若泥滑滑的滑了！

「據說這是東方民族所缺乏的東西，日本人自己也常常慨嘆，慚愧不及英國人。這所說或者不錯，因為聽說英國人富於『幽默』，其文學亦多含幽默趣味，而此幽默一語在日本常譯為滑稽，雖然在中國另造了這兩個譯音而含別義的字，很招了人家的不喜歡，有人主張改譯『酉鞣』，亦仍無濟於事。且說這滑稽本起於文化文政（一八〇四至二九）年間，全沒有受著西洋的影響，中國又並無這種東西，所以那無妨說是日本人自己創作的玩意兒，我們不能說比英國小說家的幽默何如，但這總可證明日本人有幽默趣味要比中國人為多了。

「我將十返舍一九的《東海道中膝栗毛》（膝栗毛者以腳當馬，即徒步旅行也）式亭三馬的《浮世風呂》與《浮世床》（風呂者澡堂，床者今言理髮處。此種漢字和讀雖似可笑，世間卻多有，如希臘語帳篷今用作劇場的背景，跳舞場今用作樂隊是也）放在旁邊，再一一回憶我所讀過的中國小說，去找類似的作品，或者一半因為孤陋寡聞的緣故，一時竟想不起來。」

當時我所注意的是日本從「氣質物」（katagimono,characters）出來的，寫實而誇張的諷刺小說，特別是三馬的作品，差不多全部利用對話，卻能在平凡的閒話裡藏著會心的微笑，實在很不容易，所以我舉出《西遊記》，《儒林外史》，以至《何典》，《常言道》，卻又放下，覺得都不很像，不能相比。但若是單拿這幾部書來說，自然也各有他們的好處，不可一筆抹殺。

現在單說《何典》與《常言道》，我又想只側重後者，因為比較不大有人知道。《常言道》有嘉慶甲子（一八〇四）光緒乙亥（一八七五）兩刻本，《何典》作者是乾嘉時人，書至光緒戊寅（一八七八）始出版，民國十五年又由劉半農先生重刊一次，並加校注，雖然我所有的一冊今已不見，但記得的人當甚不少也。

本來講起這些東西，至少總得去回顧明季一下，或者從所謂李卓吾編的《開卷一笑》談起，但是材料還不易多找，所以這裡只得以乾嘉之際為限。這一類的書通行的有下列幾種，今以刊行年代為序：

一，《豈有此理》四卷，嘉慶己未（一七九九）。

二，《更豈有此理》四卷，嘉慶庚申（一八〇〇）。

三，《常言道》四卷，嘉慶甲子（一八〇四）。

四，《何典》十回，乾嘉時人作。

五，《皆大歡喜》四卷，道光辛巳（一八二一）。

六，《文章遊戲》四集各八卷，初集嘉慶癸亥（一八〇三），四集道光辛巳（一八二一）出版。這裡邊以《文章遊戲》為最有勢力，流通最廣，可是成績似乎也最差，這四集刊行的年月前後垂二十年，我想或者就可以代表諧文興衰的時代吧。

《豈有此理》與《更豈有此理》二集，論內容要比《文章遊戲》更佳，很有幾篇饒有文學的風味。《皆大歡喜》卷二，《韻鶴軒雜著》下，有《跋豈有此理》云：

「《豈有此理》者吾友周君所著，書一出即膾炙人口，周君歿，其家恐以口過致冥責，遂毀其板，欲購而不可得矣。余於朱君案頭見之，惜其莊不勝諧，雅不化俗，務快一時之耳目，而無以取信於異日，然如《諧富論》，《良心說》二作已為《常言道》一書所鼻祖，則知周君者固尚留餘地，猶未窮形極相也。」

又《跋夢生草堂紀略後》云：

「周子《夢生草堂紀略》述劍南褚鐘平弱冠讀《西廂記》感雙文之事，思而夢，夢而病，病而垂死。……」

卷四，《韻鶴軒筆談》下，《觴佐》中有云：

「周竹君著《人龜辨》一首，以龜為神靈之物，若寡廉鮮恥之輩，不宜冒此美名，遂以烏龜為汙閨之誚，究是臆說。」

又云：

「《常言道》中以吳中俚語作對，如大媽霍落落，阿姨李菹菹，固屬自然，餘因仿作數聯，以資一笑。」

查《豈有此理》卷二有《人龜辨》，卷三有《夢生草堂紀略》，可知此書作者為周竹君，雖此外無可查考，但此類書署名多極詼詭，今乃能知其姓名，亦已難得了。

又據上文得略知《常言道》與《豈有此理》的關係，鼻祖云云雖或未必十分確實，卻亦事出有因，《諧富》《良心》二文對於富翁極嬉笑怒罵之致，固與《常言道》之專講小人國獨家村柴主錢士命的故事同一用意，第三回描寫錢士命的住宅有云：「堂屋下一口天生井，朝外掛一頂狒軸，狒軸上面畫的是一個狒狒，其形與猩猩相似，故名曰假猩猩。兩邊掛著一副對聯，上聯寫著大姆哈落落，下聯寫著阿謎俚沮沮。梁上懸著一個杜漆扁額，上書夢生草堂四字。」

這裡夢生草堂的意思雖然不是一樣，卻正用得相同，似非偶然。

下文敘夢生草堂後的自室云：

「自室中也有小小的一個扁額，題我在這廬四字，兩邊也掛著一副對聯，上聯寫著青石屎坑板，下聯寫著黑漆皮燈籠。」

第十五回中則云後來對聯換去，改為大話小結果，東事西出頭二句，《鵤佐》所記俚語對百六聯，這兩副卻都寫在裡頭，《更豈有此理》卷三有俗語對，共一百八十四聯，這與做俗語詩的風氣在當時大約都很盛，而且推廣一步看去，諧文亦即是這種集俗語體的散文，《常言道》與《何典》則是小說罷了。

這種文章的要素固然一半在於滑稽諷刺，一半卻也重在天然湊泊，有行雲流水之妙，——這一句濫調用在這裡卻很新很切貼，因為這就是我從前為《莫須有先生》作序時所說水與風的意思。

《常言道》的西土癡人序有云：

「處世莫不隨機應變，作事無非見景生情。」

又云：

「別開生面，止將口頭言隨意攀談，屏去陳言，只舉眼前事出口亂道。言之無罪，不過巷議街談，聞者足戒，無不家喻戶曉。雖屬不可為訓，亦復聊以解嘲，所謂常言道俗情也云爾。」

《何典》著者過路人自序云：

「無中生有，萃來海外奇談，忙裡偷閒，架就空中樓閣。全憑插科打諢，用不著子曰詩云，詎能嚼字咬文，又何須之乎者也。不過逢場作戲，隨口噴蛆，何妨見景生情，憑空搗鬼。一路順手牽羊，恰似拾蒲鞋配對，到處搜鬚捉虱，賽過挖迷露做餅。」

這裡意思說得很明白。《豈有此理》序後鈐二印，一曰逢場作戲，一曰見景生情。《更豈有此理》序云：

「一時高興，湊成枝枝節節之文，隨意攀談，做出荒荒唐唐之句。點綴連篇俗語，盡是脫空，推敲幾首歪詩，有何來歷。付濫調於盲詞，自從盤古分天地，換湯頭於小說，無非依樣畫壺盧。嚼字咬文，一相情願，插科打諢，半句不通。無頭無腦，是趕白雀之文章，說去說來，有倒黃黴之意思。縱奇談於海外，亂墜天花，獻醜態於場中，現成笑話。既相仍乎豈有此理之名，才寬責於更其不堪之處。亦曰逢場作戲，偶爾為之，若云出口傷人，冤哉枉也。」

他們都喜歡說逢場作戲云云，可見這是那一派的一種標語，很可注意。普通像新舊官僚似的苟且敷衍，常稱曰逢場作戲，蓋謂有如戲子登臺，做此官行此禮，在後臺裡還是個濫戲子也。這裡卻並不同，此乃是誠實的一種遊戲態度，有如小孩的玩耍，忽然看見一個土堆，不免要爬了上去，有一根棒，忍不住要拿起來揮舞一回，這是他的快樂的遊戲，也即是他誠實的工作，其聚精會神處迥出於職業的勞作之上，更何況職業的敷衍乎。這才是逢場作戲，也可以說就是見景生情，文學上的遊戲亦是如此。

《常言道》第七回的回目云：

化僧飽暖思行浴，印詭饑寒起道心。

我們看了覺得忍俊不禁，想見作者落魄道人忽然記起這兩句成語，正如小孩見了土堆，爬山的心按捺不住了，便這麼的來他一下子，「世之人見了以予言為是，無非點頭一笑，以予言為非，亦不過搖頭一笑」，也就都不管了。

這樣寫法不能有什麼好結構，在這一點真是還比不過同路的《何典》，但是那見景生情的意思我們也可以瞭解，用成語喜雙關並不是寫文章必然的義法，但偶見亦復可喜，如莎士比亞與蘭姆何嘗被人嫌憎，不過非其人尤其是非其時的效颦乃是切忌耳。吳中俗語實在太多太好了，難怪他們愛惜想要利用，雖然我讀了有些也不懂，要等有研究的篤學的注釋。

《何典》作者為上海張南莊，《常言道》序作於虎阜，《豈有此理》作者周竹君是吳人，《皆大歡喜》序亦稱是蘇人所作，《文章遊戲》的編者則仁和繆蓮仙也，我們想起明末清初的馮夢龍、金聖歎、李笠翁諸人，覺得這一路真可以有蘇杭文學之稱，而前後又稍不同，彷彿是日本德川時代小說之京阪與江戶兩期。因此我又深感到中國這類文學的特色，其漂亮與危險，奉告非蘇杭人，學也弗會，蘇杭人現在學會了也沒意思，所以都無是處。至於看看原本無妨，萬一看了也會出毛病，那麼看官本身應負其責，究竟看書的都已經不是搖籃裡的小寶寶了，咀嚼嘗味之力當自有之，若患不消化症便不能再多怪他人也。

廿五年七月十六日，於北平。

【補記】

沈赤然《寒夜叢談》卷三有一則云：

「文士著述之餘，或陶情筆墨，記所見聞及時事之可悲可喜可驚可怪者，未為不可。自蒲松齡著《聊齋志異》，多借題罵世，於是汨泥揚波之徒踵相接矣。近年《諧鐸》一書，已如國狗之瘈，無不噬也，甚至又有《豈有此理》及《更豈有此理》等書名，讕穢褻，悖理喪心，非惟為棗梨之災，實世道人心之毒藥也。而逐臭諸君子方且家有一編，津津焉以資為談柄，又何異承人下竅而嘆其有如蘭之臭耶。」

沈梅村著作所見有《五硯齋文》及《寄傲軒讀書隨筆》三集，其人亦頗有見識者，此乃未免鄙陋，似並未見《豈有此理》等書，只因其題名詼詭，遂爾深惡痛絕，其實二書品位還當在《諧鐸》之上，且其性質亦並不相同也。沈君承下竅云云，卻頗有《諧鐸》之流風，為不佞所不喜，惜乎作者不能自知耳。

廿五年九月八日記。

《常談叢錄》

前日拿出孫仲容的文集《籀廎述林》來隨便翻閱，看見卷十有一篇《與友人論動物學書》，覺得非常喜歡。孫君是樸學大師，對於他的《周禮》《墨子》的大著我向來是甚尊敬卻也是頗有點怕的，因為這是專門之學，外行人怎麼能懂，只記得《述林》中有記印度麻的一篇，當初讀了很有意思。這回見到此書，不但看出著者對於名物的興趣，而且還有好些新意見，多為中國學者所未曾說過的。文云：

「動物之學為博物之一科，中國古無傳書。《爾雅》蟲魚鳥獸畜五篇唯釋名物，罕詳體性。《毛詩》陸疏旨在詁經，遺略實眾。陸佃鄭樵之論，摭拾浮淺，同諸自鄶。……至古鳥獸蟲魚種類今既多絕滅，古籍所紀尤疏略，非徒《山海經》《周書·王會》所說珍禽異獸荒遠難信，即《爾雅》所云比肩民比翼鳥之等咸不為典要，而《詩》《禮》所云螟蛉果臝，腐草為螢，以逮鷹鳩爵蛤之變化，稽核物性亦殊為疏闊。……今動物學書說諸蟲獸，有足者無多少皆以偶數，絕無三足者，而

《爾雅》有鱉三足能，龜三足賁，殆皆傳之失實矣。……中土所傳云龍鳳虎休徵瑞應，則揆之科學萬不能通，今日物理既大明，固不必曲徇古人耳。」

一個多月以前我在《希臘人的好學》這篇小文裡曾說：「中國向來無動植物學，恐怕直至傳教師給我們翻譯洋書的時候。只在《詩經》《離騷》《爾雅》的箋注，地志，農家醫家的書裡，有關於草木蟲魚的記述，但終於沒有成為獨立的部門，這原因便在對於這些東西缺乏興趣，不真想知道。本來草木蟲魚是天地萬物中最好玩的東西，尚且如此，更不必說抽象的了。還有一件奇怪的事，中國格物往往等於談玄，有些在前代弄清楚了的事情，後人反而又糊塗起來，如螟蛉負子梁朝陶弘景已不相信，清朝邵晉涵卻一定說是祝誦而化。又有許多倫理化的鳥獸生活傳說，至今還是大家津津樂道，如烏反哺，羔羊跪乳，梟食母等。」

現在從《述林》裡見到差不多同樣的話，覺得很是愉快，因為在老輩中居然找到同志，而且孫君的態度更為明白堅決，他聲明不必曲徇古人，一切以科學與物理為斷，這在現代智識界中還不易多得，此所以更值得我們的佩服也。

我平常看筆記類的閒書也隨時留意，有沒有這種文章，能夠釋名物詳體性，或更進一步能斟酌情理以糾正古人悠謬的傳說的呢。並不是全然沒有，雖然極少見。李登齋著《常談叢錄》九卷，有道光二十八年序，刻板用紙均不佳，卻有頗好的意見，略可與孫君相比。其例言之二有云：「是書意在求詳，故詞則繁而不殺，紀唯從實，故言必信而有徵。」這頗能說出他的特色來，蓋不盲從，重實驗，可以說是具有科學的精神也。

卷一有「蛇不畏雄黃」一則云：

「蛇畏雄黃，具載諸醫方本草，俱無異辭。憶嘉慶庚辰假館於分水村書室，有三尺長蛇來在廚屋之天井中，計取之，以長線縛其腰而懸於竿末，若釣魚然，蜿蜒宛轉，揭以為戲。因謂其畏雄黃，盍試之，覓得明潤雄黃一塊，氣頗酷烈，研細俾就蛇口，殊不曲避，屢伸舌舐及之，亦無所苦。如此良久，時方朝食後也，傍晚蛇猶活動如故，乃揭出門外，縛稍緩，入於石罅而逝。然則古所云物有相制，當不盡然也。又嘗獲一活蜈蚣長四五寸，夾向大蜒蚰，至口輒鉗之不釋，蜒蚰涎湧質縮且中斷。是蜒蚰能困蜈蚣而為其所畏，其說載於宋蔡絛《鐵圍山叢談》者，俱未足信。凡若此類，苟非親試驗之，亦曷由而知其不然也。」

又卷六有「虎不畏傘」一則云：

「《物理小識》云，行人張蓋而虎不犯者，蓋虎疑也。《升庵外集》亦云虎畏傘，張向之不敢犯。以予所聞則不然。上楊村武生楊昂青恆市紙於貴溪之栗樹山，鄰居有素習老儒某館於近村，清明節歸家展墓畢欲復往，時日將晡又微雨，楊勸使俟明晨，謂山有虎可虞也。某笑曰，幾見讀書人而罹虎災者乎，竟張傘就道。「雨亦暫止，楊與二三儕伍送之，見其逾田隴過對面山下，沿山麓行，忽林中有虎躍出，作勢蹲伏於前，某驚惶旋傘自蔽，虎提其傘擲數十步外，撲某於地，曳之入林去。眾望之駭懼莫能為，馳告其家，集族人持械往覓不可得，已迫暮復雨，姑返，次日得一足掌於深山中，是虎食所餘也，拾而葬之。此楊親為予言者。由此觀之，虎固未嘗疑畏於張蓋也。又由此而推之，則凡書籍所載制禦毒暴諸法之不近理者，豈可盡信耶。」

楊升庵方密之都是古之聞人，覺得他們的話不盡可信，已是難得，據陸建瀛序文說，李君是學醫的人，對於醫方本草卻也取懷疑的態度，更是常人所不易及了。其記述生物的文章，觀察亦頗細密，如卷七小蚌雙足一則，可為代表。其文云：

「春夏之交，溪澗淺水中有蚌蛤，如豆大，外黑色，時張其殼兩扇若翼，中出細筋二條，如繡線，長幾及寸，淡紅色可愛。其筋下垂，能蹀躞行沙泥上甚駛，蓋以之為足也。稍驚觸之，即斂入殼，闔而臥不動，俄復行如前。抄逐而捉搦之，則應手碎，與泥滓混融不可辨，以其質微小而脆薄故也。水田內亦間有之，老農云，是取陂池底積淤以肥田，挾與俱來，其實蚌子不生育於田也。

「計惟以杯瓢輕物側置水中，手圍令入而仰承之，連取數枚，帶水挈歸，養以白瓷盆盎，列幾間殊可玩。其行時殼下覆，不審紅筋如何綴生，蚌蛤稍大者即無之，亦不知何時化有為無，意或如蝌蚪有尾，至其時尾自脫落化成蝦蟆也。四蟲各三百六十，而介蟲類目前獨少，蚌居介類之一，人知蚌之胎珠而不識蚌之胎子其孕產若何，古人書中皆未詳載，是亦當為格物者所不遺也。」

這篇小文章初看並不覺得怎麼好，但與別的一比較便可知道。

張林西著《瑣事閒錄》卷下有講蜘蛛的一節云：

「傳聞蜘蛛能飛，非真能飛也，大約因銜絲借風蕩漾，即能凌空而行。予前在楊橋曾於壁頭起除蛛網一團，見有小蛛數十枚，銜斷絲因風四散，大蛛又復吐絲，墜至半壁亦因風而起。前聞蜘蛛皆能御空，即此是也。」

小蜘蛛乘風離窠四散，這是事實，見於法布耳的《昆蟲記》，《閒錄》能記錄下來也是難得，但說銜絲亦仍有語弊，平常知道蠶吐絲，蜘蛛卻是別從後竅紡絲，所以這裡觀察還有欠周密處。

《叢錄》說小蚌雙足固然寫得很精細，而此事實又特別有趣，今年夏天，我的小侄兒從荷花缸裡捉了幾個小蛤蜊，養在小盆裡，叫我去看，都小如綦豆，伸出兩條腳在水中爬行，正如文中所敘一樣，在我固是初見，也不知道別的書中有無講到過。李君所寫普通記述名物的小篇亦多佳作，《叢錄》卷一有畫衫婆一則云：

「予鄉溪澗池塘中常有小魚，似鯽細鱗，長無逾三寸者，通身皆青紅紫橫紋相間，映水視之，光采閃爍不定，尾亦紫紅色，甚可觀，俗名之曰畫衫婆。肉粗味不美，外多文而內少含蘊，士之華者類是也。此魚似為《爾雅》《詩蟲魚疏》以下諸書所不載。」

這種魚小時候也常看見，卻不知其名，江西的這畫衫婆的名字倒頗有風趣，《爾雅》《詩疏》古代詁經之書豈足與語此，使郝蘭皋獨立著書，仿《記海錯》而作蟲魚志，當必能寫成一部可讀的自然書耳。

李登齋的意見不能全然脫俗，那也是無怪的，特別是關於物化這一類事，往往憑了傳聞就相信了，如卷三有竹化螳螂一則，這在孫仲容當然是說「亦殊為疏闊」的。但有些地方也頗寫得妙，卷一青蛙三見中說金谿縣有青蛙神三，是司瘟疫的，常常出現，下文卻又云：「大要其神不妄作威福，即有不知而輕侮之，甚至屠踐之者，未嘗降之以禍，諂事之者亦未得其祐助。」

在作者並無成心，卻說得很有點幽默，蓋其態度誠實，同樣地記錄其見聞疑信，不似一般撰志異文章者之故意多所歪曲渲染也。

廿五年九月廿八日，在北平。

《常談叢錄》之二

今年夏天從隆福寺買到一部筆記，名曰「常談叢錄」，凡九卷，金谿李元復著，有道光廿八年陸建瀛序，小板竹紙，印刷粗惡，而內容尚佳，頗有思想，文章亦可讀。卷三女子裹足一則有云：

「女子裹足諸書雖嘗為考證，然要皆無確據，究不知始於何時，其風至遍行天下，計當在千數百年之前耳。女子幼時少亦必受三年楚毒，而後得所謂如蓮鉤如新月者，作俑之人吾不知其歷幾萬萬劫受諸惡報，永無超拔也。其實女之美豈必在細足，古西施鄭旦初不聞其以纖趾而得此美名也。滿洲自昔無裹足之風，予間見其婦女出行，端重窈窕，較漢之躡弓鞋步傾倚者轉覺安詳可悅，然則創此者真屬多事也。」

裹足這件事真大奇，不知何以那麼久遠地流行，也不知何時才能消滅。計自南宋至今已有七百年了，大家安之若素，很少有人驚怪，我看明末清初算是近世的思想解放時代，但顧亭林與李笠翁都一樣的贊成或是不反對小腳，可見國人精神之欠健全了。只有做那《板橋雜記》的余澹心稍表示態度，他在替笠翁寫的《閒情偶寄》序中本已說過：

「獨是冥心高寄，千載相關，深惡王莽王安石之不近人情，而獨愛陶元亮之閒情作賦。」

他有一篇《婦人鞋襪辨》附錄在《偶寄》卷三中，開頭便云：

「古婦人之足與男子無異。」

後又云：「宋元豐以前纏足者尚少，自元至今將四百年，矯揉造作，亦已甚矣。」

其次是俞理初，他有很明達的思想，但想起來有點可笑，在《癸巳類稿》卷十三裡有一大篇纏足考，卻題名曰「書舊唐書輿服志後」。他簡要地結論云「弓足出舞利屣」，說明道：

「大足利屣，則屣前銳利有鼻而弓。古弓靴履，不弓足。南唐弓足，束指就屣鼻利處而纖向上。宋理宗時纖直，後乃纖向下。此其大略也。」

又批判曰：「古有丁男丁女，裹足則失丁女，陰弱則兩儀不完。又出古舞屣賤服，女賤則男賤。女子心不可改者，由不知古大足時有貴重華美之履，徒以理折之不服也。」

李君亦主張不裹足，其理由較為卑近，曰：

「予謂當今不裹足殆有四善。從聖朝正大樸厚之風，無戾俗之嫌，一也。免婦女幼年慘痛之厄，二也。得操作奔走以佐男子之事，三也。提抱嬰孩，安穩無傾跌之患，四也。人奈何無卓然之見，毅然為之哉。若以為細故，則安民之政細於此者多矣，豈通論乎。」

李君蓋深贊成滿人不裹足的風俗，所以第一條是那樣說法，他又猜想在清初當有過禁令，因故中止，說道：「意必有明之遺臣在位者，持因循之說相勸沮，固謂為閨閫閒情，無與於政治之大，遂亦聽任之也，斯人真可謂無識矣。」

這所推測的並不錯，俞文中云：

「本朝崇德三年七月有效他國裹足者重治其罪之制，後又定順治二年以後所生女子禁裹足，康熙六年弛其禁。」

又據《池北偶談》卷三八股一則云：

「康熙二年以八股制藝始於宋王安石，詔廢不用，科舉改三場為二場，首場策五道，二場四書五經各論一首，表一道，判語五條，起甲辰會試訖丁未會試皆然。會左都御史王公熙疏請酌復舊章，予時為儀制員外郎，乃條上應復者八事，復三場舊制其一也。尚書錢塘黃公機善之而不能悉行，乃止請復三場及寬民間女子裹足之禁，教官會試五次不中者仍准會試三事，皆得俞旨。餘五事後為台省次第條奏，以漸皆復，如寬科場處分條例，復恩拔歲貢，復生童科歲兩考等是也。」

原來這都是漁洋山人的主張，恢復考八股文與裹足，他的筆記雜文雖還有可觀，頭腦可是實在不行，真可稱之曰無識。

中國的文人與學者都一樣的不高明，即在現今青年中似亦仍不乏愛好細足者，讀余澹心俞理初的文章，殊有空谷足音之感，李登齋本無盛名而亦有此達識，更足使人佩服了。

《常談叢錄》記名物的文章亦多佳作，蓋觀察周到而見識足以副之。如卷四有攢盒一則云：

「祝允明《猥談》云，江西俗儉，果盒作數格，唯中一味或果或菜可食，餘悉充以雕木，謂之子孫果盒。今予鄉尚有此，但同稱攢盒，不聞有子孫果盒之名。其盒之精緻者則不為木格而為紙胎灰漆碟，一圓碟居中，旁攢以扇面碟四五，或多至七八，外為一大盤統承之，形制圓，有蓋，不用則覆之，髹畫斑斕，足為供玩。中多設瓜子，貧乏家則以炸炒熟豆，所謂菜則乾乾鹽菜也。餘間充以不可食之果，如柏子梧子相思子之類，或亦用蘇州油蠟采飾看果數色，雕木具絕少。若富室則糕餅果餌皆可食者，然亦第為觀美，無或遍嘗焉，究何異於雕木哉。予性雅不喜此，為其近於偽也。客至瀹茗清談，佐以果食，即一二味亦可，正不貴多品，奈何使不堪入口而僅飫人目哉，斯已失款客之誠矣。婦女膠於沿習，雖相隨設之，意終未善之也。」

又卷六鳥蟲少一則中云：「連歲荒歉，百物之產漸見虧縮，至道光十四年甲午而極。屋脊牆頭恆終日無一禽鳥翔集，行山間二三里，或絕無飛鳴形聲，回憶少時林間池畔頡頏喧噪之景象，大不侔矣。水中魚蝦十僅一二，攜漁具者每廢然空歸。凡春末交夏，入暮則蛙鳴聒耳，令人難寐，至此則幾於寂靜，火照漁蛙者寥寥。夏秋數月，蒼蠅叢嘬，盤碗羹飯為黑，糞汙器物密點如麻，至此則疏疏落落，一堂之內或不盈十。此數物者並不資生於穀粟，若蒼蠅又非可充人飽餐，而亦隨凶年而減少，殆於僅存，豈非天地生生之氣至此忽索然欲竭耶。」

像這兩篇文章，在普通筆記裡也不大容易找到。攢盒各地多有，但只存於耳目之間，少見紀載，蓋文人所喜談者非高雅的詩文則果報與鬼怪耳，平常生活情形以及名物體性皆不屑言也。鳥蟲少一節不但其事有意義，文章亦頗佳，如將這態度加以廓大，便可以寫地方的自然史，雖不能比英國的懷德，亦庶幾略得其遺意乎。近來亂讀清人筆記，覺得此類文字最不易得，李登齋的《叢錄》在這點上其價值當在近代諸名流之上也。

廿五年十月三日，在北平。

《藤花亭鏡譜》

偶然得到梁廷枏《藤花亭鏡譜》八卷的木刻本，覺得很是喜歡。我說偶然，因為實在是書賈拿來，偶爾碰見，並不是立志搜求得來的。寒齋所有的古鏡說來說去，只有宋石十五郎造照子與明薛晉侯的既虛其中云云這兩面，不但著實夠不上有玩古董的資格，就是看譜錄也恐怕要說尚早，不過虛誇僭越總是人情之常，不敢玩古董的也想看看譜錄吧，就難免見了要買一點兒。最先是買了兩本排印的《鏡譜》，不大能滿意，這回遇著木刻本，自然覺得好多了，不怕重複又買了下來，說到這裡，於是上邊所說的偶然畢竟又變成了非偶然了。

排印本的《藤花亭鏡譜》首葉後大書云，順德龍氏中和園印，板心前下每葉有自明誠樓叢書六字，末有跋，署云甲戌長夏順德龍官崇。梁氏自序題道光乙巳（一八四五），我們極容易誤會以為甲戌當是同治十三年（一八七四），不過那時雖有鉛印卻並無這種機制粉連，所以這正是民國廿三年無疑，至於寫干支那自然是遺老的一種表示吧。

我最厭惡洋粉連。在《關於紙》的小文裡我曾說：「洋連史分量仍重而質地又脆，這簡直就是白有光紙罷了。」有光紙固然不好，但他本是不登大雅之堂的東西，拿去印印《施公案》之流，倒也算了，反正不久看破隨即換了「洋取燈兒」，洋粉連則彷彿是一種可以印書之物，由排印以至影印，居然列於著作之林，殆可與湖南的毛頭紙比醜矣。

龍氏印的《鏡譜》既用此紙，而且又都是橫紋的，古人云醜女簪花，此則是醜女而蒙不潔了。中國近來似乎用紙對於橫直都不甚注意，就是有些在《北平箋譜》上鼎鼎大名的南紙店也全不講究，圓復道人蔬果十箋我數年前買的還是直紋，今年所買便已橫了，君子於此可以觀世變矣，印工著色之漸趨於粗糙也是當然的。但是信箋雖然橫紋，這紙總還是可以寫字的單宣或奏本，印書的卻是洋粉連，而又橫摺，看了令人不禁作惡大半日。

因為這個緣故，見到有一部木刻本，焉得而不大喜，急忙把他買下。原書每鏡皆有圖，龍氏印本無，跋中有云：「先生舉累世珍玩著為譜錄，意其初必有拓本，別藏於家，及觀序稱即拓本摹繪其原形而說以繫之，則益信，顧代遠年湮，難可再遇，殊堪惋惜。」似龍氏所據本乃並無圖，或係原稿本歟。

又查龍氏印本前四卷共收有銘識鏡六十七品，後四卷收無銘識鏡七十品，而印本則前半加添十一品，後半加添三品，共增十四種，書中文字亦有不同處，可知不是同一原本。最明顯處是卷四的宋官鏡以下十器，龍氏印本釋作宋鏡，刻本於虎鏡後添刻一節云：

「曩見王見大文誥藏數柄，云偕夢樓太守文治冊封琉球時得於彼國，國人謂趙宋時所鑄，意自東洋流至潮郡，爰以次此。」

而目錄在官鏡下又加小注云：「以下十器皆日本製，按中國時代隸此。」蓋皆是增訂時所為。

梁氏此譜共錄百五十一器，在清代算是一部大著了，但其考釋多有錯誤，如以宋石十姐為南唐，明薛惠公為宋，均是。我覺得還是他的圖最有意思，今如去圖存說，真不免是買櫝還珠了。梁君釋日本各鏡，訛誤原不足怪，有幾處卻說錯得很滑稽，如虎鏡云：

「下作土坡，苔點草莎，饒有畫意，其上樹竹三株，幹葉皆作雙鉤，幾個篔簹，蕭疏可愛。左馳一虎，張口豎尾，作跑突搏噬狀，勢絕凶猛。質地空處密布細點如粟，銘凡六字，行書，曰天下一作淚乎，體帶草意，第五字戶下稍泐，惟左水旁右邊一點甚明，若作渡則右無點矣。然文義殊不可曉，意其時有虎患，又或傷於苛政，而憤時嫉俗未敢明著於言，乃假是器以達之，理或然歟。」

山水松雲鏡云：

「銘在器右，凡六字，正書，頗歪斜，曰天下一出雲守，令人徒費十日思，無緣索解也。」

大葵花鏡云：

「銘在其左，凡六字，行書，曰天下一美人作，語亦過求奇詭，繹揣其意非寓解語之喻，即謂簪戴人非至美莫稱矣。天下之不通文義偏好拈弄筆墨者往往如斯，彼固道其所見，而不自知其出語之可哂，從古以來，堪發浩嘆者難屈指計矣。」

又桃花鏡云：

「銘在器左，凡五字，行書，曰天下一美作，語與今所收大葵花鏡相似，此美下獨無人字。予於葵花鏡已疑所識為歆羨彼美之詞，矧以此之嫣然笑風，尤非樊素巧倩之口不足以當之，兩相取證而義益顯矣。」

這都說得很有風趣，雖然事實上有些不很對。第一，鏡上的虎就只是一隻老虎，沒有什麼別的意思，葵花實在乃是帶花的桐葉，在日本是一種家族的徽章，俗稱五三桐，因其花中五而左右各三也。第二，虎鏡題字當讀作「天下一佐渡守」，與「天下一出雲守」正是一例，大葵花與桃花鏡都是「天下一美作」，猶言美作守也，看刻本圖上大葵花鏡美下也並無人字，不知梁氏何以加入。

《日本考古圖錄大成》第八輯和鏡八十六圖桐竹鏡有銘云，「天下一青家次天正十六」，據廣瀨都巽解說云天下一的款識蓋起於此時，天正十六年（一五八八）即萬曆戊子，至天和二年（一六八二）即康熙壬戌禁止，故此種有銘的鏡當成於明末清初的約一百年中，所云趙宋時代亦不確實。

香取秀真著《日本鑄工史》卷一關於鏡師文中有云：

「鏡師雖說署名，當初也只是云天下一而已。天下一者本來並不限於鏡師，凡是能面師（製造能樂假面的工人），塗師（漆工），土風爐師，釜師諸工藝家也都通用，意思是說天下第一的匠人。《信長記》十三云，有鏡工宗伯者，由村井長門守引見信長公，進呈手鏡，鏡背鑄有天下一字樣，公見之曰，去春有某鏡工所獻之鏡背亦銘曰天下一，天下一者只有一人才行，今天下一乃有二人，則是不合理的事也。征諸遺品，只題作天下一的也可以知道是起於信長的時代。」

按織田信長專政在天正二至十年頃（一五七四至八二），即萬曆之初。文又云：

「鏡上有記天下一佐渡，天下一但馬，天下一出雲，天下一美作，天下一若狹等者，這些都是受領任官的國名，並非在這些地方製成的出品，乃是作者的銘耳。同時又有增一守字作因幡守，伊賀守等者，也有再添一作字，曰天下一伊賀守作。」

自佐渡以至伊賀都是日本的地名，佐渡守等則是官名，但在這裡卻只是「受領職」，非實缺而是頭銜，殆猶陸放翁之渭南伯，不過更為渺小罷了。據《鏡師名簿》所錄，佐渡守出雲守美作守（亦即美作）均屬於江戶前期，如上文所說天下一的名稱本來只在那一時期流行也。看《鏡譜》卷四模刻諸圖原畫似本不甚精美，而梁君已甚為讚賞，如虎鏡項下所記，又有關於山水松雲鏡的一節云：

「沿邊一圍，中作小景山水。斧劈石數疊，清泉繞其下，排綴松株，僅露梢頂，稍高一磴則古松夭矯，彷彿畫院中劉松年法。絕頂一浮圖突出雲際，最後遠峰反在其下。有橋橫水，渡橋而右復有松石苔點，錯落於雲水相間中，鉤抹細利，倘加以青翠，描以金碧，便居然一小李將軍得意筆。畫理家法兩得其妙如此，當時必倩名手為之，或縮摹院本，不然工藝匠作之輩即略解八法，亦安能深知其意，為是工力雙絕之小品宮扇耶。」

梁君兩次所說的都是和鏡之繪畫的文樣，與中國之偏重圖案者不同，這的確是值得注意的一點。

中國鏡的文樣似乎與瓦當走的是同一條路，而和鏡則是與「鐔」（tsuba）相近。《藤花亭鏡譜》是木刻的，圖難免走樣罷，近來新出的《小檀欒室鏡影》六卷，所收共有三百八十三鈕，又以打本上石，「披圖無異於攬鏡」，自然要好得多了，但是看了還是覺得失望。鏡文多近於浮雕，墨拓不能恰好，石印亦欠精善，都是事實，也就罷了，最奇怪的是在這許多鏡中竟無小品宮扇似的繪畫。

宣哲《鏡影》序有云：

「鏡背所繪畸人列士，仙傳梵經，凡衣冠什物均隨時代地域異狀，名花嘉卉，美木秀竹，以至飛走潛躍，跂息蠕動之蕃衍，莫不皆有。」

這所說不算全虛，不過鏡文中所表示動植的種類實在很少，而且又大都是圖案的，不能及和鏡的豐富。我所有和鏡圖錄只有廣瀨所編的一帙，價錢不及《鏡影》的十六分之一，內容也只八十九圖，卻用珂羅板印，其中有四十九是照相，四十是拓本，都印得很清楚，真無異於看見原物。

第六十圖是鐮倉初期的籬笆飛雀鏡，作於南宋前半，據解說云：

「下方有流水洗岩，右方置一竹笆，旁邊茂生胡枝子狗尾巴草桔梗之屬，瓦雀翻飛，蜘蛛結網，寫出深秋的林泉風景，宛如看繪卷的一段。」

又第六七圖秋草長方鏡亦鐮倉時代作，上下方均圖案的畫胡枝子花葉，右出狗尾巴草二穗，左出桔梗花一，二雀翻飛空中，花下一蟋蟀又一蝴蝶，栩栩如生。此幅用墨拓，故與中國相較愈看出不同來，覺得宣君的話似乎反是替人家說也。

《鏡影》的又一缺點是沒有解說，宣序卻云，「是編不繫釋文，不綴跋尾，一洗穿鑿附會之習，其善二也」，未免太能辯了。就鏡審視要比單憑拓本為可靠，奈何坐失此機會，若只列圖樣，了無解釋，則是骨董店的繪圖目錄而已。考古大難，豈能保證一定不錯，只要誠實的做去，正是敗亦可喜。梁君非不穿鑿附會，但我們不因此而菲薄他，而且還喜歡他肯說話有意思，雖然若以為釋文勝於圖形，遂取彼棄此，則又未免矯枉過直，大可不必耳。

廿五年七月廿四日，在北平。

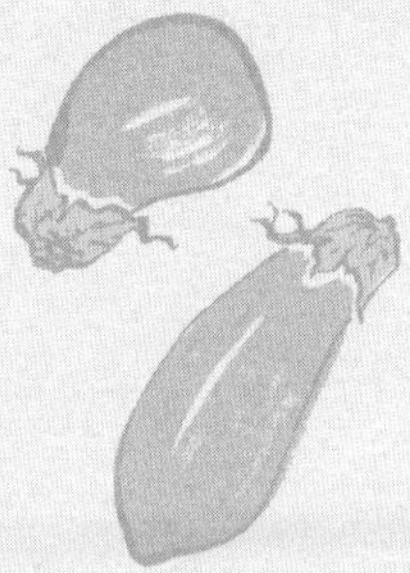

第二卷　自己的文章

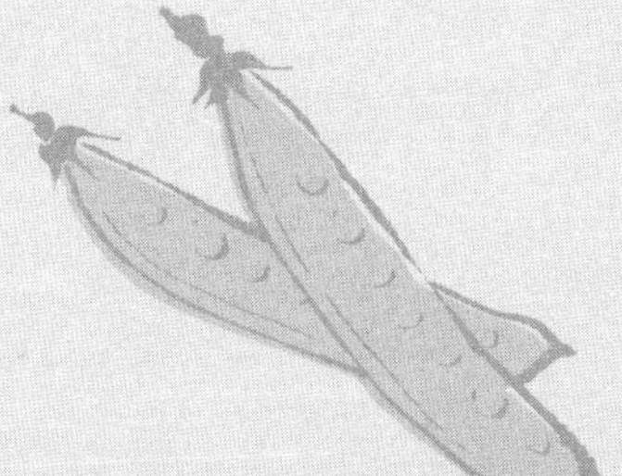

關於試帖

我久想研究八股文，可是至今未敢下手，因為怕他難，材料多，篇幅長。近來心機一轉，想不如且看看試帖詩吧，於是開始搜集一點書。這些書本來早已無人過問，就是在現今高唱尊經拜孔的時代，書店印目錄大抵都不列入，查考也不容易，所以現在我所收得的不過只有五十多種而已。

關於試帖的書，普通也可以分作別集總集詩文評三類。詩文評類中有梁章鉅的《試律叢話》，見於《書目答問》，云十卷未刊，但是我卻得到一部刻本，凡八卷四冊，板心下端題「知足知不足齋」六字，而首葉後則云同治八年（一八六九）高安縣署重刊。寒齋有《知足知不足齋詩存》，馬佳氏寶琳著，今人編《室名索引》亦載，「知足知不足齋，清滿洲寶琳。」卻不能知道刻書者是否此人，查詩集其行蹤似不出直隸奉天，而梁氏則多在廣東，恐怕無甚關係，高安縣重刊或者是梁恭辰乎？

《書目答問》作於光緒元年，卻尚未知，不知何也。其次有倪鴻的《試律新話》四卷，題云同治癸酉（一八七三）閏六月野水閒鷗館開雕，蓋係其家刻，倪氏又著有《桐陰清話》八卷，則甚是知名，掃葉山房且有石印本了。

梁氏《叢話》的編法與講制藝的相同，稍覺平板，卷一論唐人試律，卷二三論紀曉嵐的《我法集》與《庚辰集》，卷四五分論九家及七家試帖，卷六說王戌科同榜，卷七說福建同鄉，卷八說梁氏同宗是也，但資料豐富，亦有可取。倪氏《新話》近於普通詩話，隨意翻讀頗有趣味，卻無統係次序也。

別集太多不勝記，亦並不勝收集。總集亦不少，今但舉出寒齋所有的唐人試律一部分於下。最早者有《唐人試帖》四卷，康熙四十年（一七〇一）刊，毛奇齡編，係與王錫田易三人共評注者，其時科舉尚未用試帖詩也。《叢話》卷二云：

「康熙五十四年乙未（一七一五）始定前場用經義性理，次場刊去判語五道，易用五言六韻一首，至於大小試皆添用試律，始於乾隆丁丑（一七五七）。」

葉忱葉棟編注的《唐詩應試備體》十卷，即成於康熙乙未，魯之亮馬廷相評釋的《唐試帖細論》六卷，牟欽元編的《唐詩五言排律箋注》七卷，都是康熙乙未年所撰，乾隆戊寅年重刊的。錢人龍所編《全唐試律類箋》十卷，亦是乾隆己卯年重刊，可見都是那時投機的出版，錢氏原序似在糾正毛西河的缺誤，其初版想當更早，惜無年代可查。

臧嶽編《應試唐詩類釋》十九卷，乾隆戊子（一七六八）重刊，原本未見，唯己卯年紀昀著《唐人試律說》一卷，最得要領，為同類中權威之作，其中已引用臧氏之說，可知其出版亦當在丁丑左右也。說唐律的書尚不少，因無藏本故不具舉。

我去八股而就試帖的原因一半固然在於避難趨易，另外還有很好玩的理由：因為試帖比八股要古得多，而且他還是八股的祖宗。經義起於宋，但是要找到像樣的八股文章須得到了明朝後半，試帖詩則唐朝早有，如膾炙人口的錢起詩句，「曲終人不見，江上數峰青」，作於天寶十年，還在馬嵬事件的五年前呢。

關於試帖與八股的問題，毛西河在《唐人試帖》序中有云：「且世亦知試文八比之何所昉乎？漢武以經義對策，而江都平津太子家令並起而應之，此試文所自始也，然而皆散文也。天下無散文而復其句，重其語，兩疊其話言作對待者，惟唐制試士改漢魏散詩而限以比語，有破題，有承題，有頷比頸比腹比後比，而後結以收之。六韻之首尾即起結也，其中四韻即八比也，然則試文之八比視此矣。今日為試文，亦曰為八比，而試問八比之所自始，則茫然不曉，是試文且不知，何論為詩。」

這實在說得明白曉暢，所以後人無不信服，即使在別方面對於毛西河不以為然。《試律叢話》卷二引紀曉嵐說云：

「西河毛氏持論好與人立異，所選唐人試律亦好改竄字句，點金成鐵，然其謂試律之法同於八比，則確論不磨。」

又卷一引林辛山《館閣詩話》云：

「毛西河檢討謂試帖八韻之法當以制藝八比之法律之，此實為作試帖者不易之定論，金雨叔殿撰《今雨堂詩墨》嘗引伸其說。」

《詩墨》惜尚未得見，唯《叢話》卷二錄其自序，其中有云：

「余謂君等勿以詩為異物也，其起承轉合，反正淺深，一切用意佈局之法，直與時文無異，特面貌各別耳。」這都從正面說得很清楚。

紀曉嵐於乾隆乙卯年（一七九五）著《我法集》二卷，有些話也很精妙，如卷上賦得池水夜觀深一首後評云：「此真極小之題，極窄之境，而加以難狀之景，紫芝於樓鐘池水一聯幾於百煉乃得之，詩話具載其事，方虛谷《瀛奎律髓》所謂詩眼，即此種之隔日瘧也，於詩家為魔道，然既以魔語命題，不能不隨之作魔語，譬如八比以若是乎從者之廋也命題，不能不作或人口氣，誣孟子門人作賊也。」

又賦得棲煙一點明一首後評云：

「此題是神來之句，所以勝四靈者，彼是刻意雕鏤，此是自然高妙也。當時終日苦吟，乃得此一句，形容難狀之景，終未成篇，今更形容此句，豈非剪綵之花持對春風紅紫乎。然既命此題，不能不作，宋人所謂應官詩也。」

無論人家怎樣討厭紀大煙斗，他究竟是高明，說的話漂亮識趣，這裡把詩文合一的道理也就說穿了。劉熙載在《藝概》卷六經義概中有一節云：

「文莫貴於尊題。尊題自破題起講始，承題及分比只是因其已尊而尊之。尊題者，將題說得極有關係，乃見文非苟作。」

尊題也即是作應官詩，學者知此，不但八股試帖得心應手，就是一切宣傳文章也都不難做了，蓋土洋黨各色八股原是同一章法者也。

民國二十一年在輔仁大學講演中國新文學的源流，我曾說過這幾句話：「和八股文相連的有試帖詩。古代的律詩本只八句，共四韻，後來加多為六韻，更後成為八韻。在清朝，考試的人都用八股文的方法去作詩，於是律詩完全八股化而成為所謂試帖。」

這所說的與上文大同小異，但有一點不徹底的地方，便是尚未明白試帖是八股的祖宗，在時間上不免略有錯誤。我又說這些應試詩文與中國戲劇有關係，民間的對聯，謎語與詩鐘也都與試帖相關，這卻可以算是我的發現，未經前人指出。中國向來被稱為文字之國，關於這一類的把戲的確是十分高明的，在平時大家尚且樂此不疲，何況又有名與利的誘引，那裡會不耗思殫神地去做的呢。

俗傳有詠出恭者，以試帖體賦之云：「七條嚴婦訓，四品待夫封。」蓋古有婦人七出之條，又夫官四品則妻封為恭人，分詠題面，可謂工整絕倫，雖為笑談，實是好例。李楨編《分類詩腋》（嘉慶二十二年）卷二詮題類引吳錫麒十八學士登瀛洲句云：「天心方李屬，公等合松呼。」注云，「李松拆出十八，新極，然此可遇而不可求。」《試律新話》卷三說拆字切題法，亦引此二句云，「以李松拆出十八二字，工巧之極，惜此外不多見耳。」

又《新話》卷二云：「吳縣潘篆仙茂才遵禮嘗以五言八韻作戲目詩數十首，語皆工煉，余舊有其本，今不復存矣，惟記其思凡一聯云，畫眉真誤我，摩頂悔從師。今茂才已久登鬼籙，而詩稿亦流落人間，能無人琴俱亡之感耶。」

這是詩話的很好的談資，忍不住要抄引，正可以證明中國文字之適用於遊戲與宣傳也。

試帖詩的總集還有兩種值得一提。其一是《試帖詩品鉤元》二十四卷，道光乙巳（一八四五）江蘇學政張芾選，其二是《試律標準》二卷，道光丙午山東學政何桂清輯也。張何皆道光乙未科翰林，刊書只差了一年，在這方面的成績與工夫當然是很不錯的，在別方面就可惜都不大行了。

後來太平天國事起，何桂清為浙江巡撫，棄城而逃，坐法死，張芾事則見於汪悔翁《乙丙日記》，卷三記咸豐丙辰（一八五六）六月間事云：

「張芾派兵守祁門之大洪嶺，見有賊來，不知其假道以赴東流建德也，皆失魂而逃，賊見其逃也，故植旗於嶺。此兵等遂來告，張芾驚欲遁，城內人皆移居。十五申刻賊從容拔旗去，張芾始有生氣，然亦幾斃矣。既蘇，並不責逃兵，而猶從容寫小楷哦試帖，明日又官氣如故矣，必飾言偽言擊退以冒功也。噫，欺君如此，真可惡哉，而仗馬不言，真不可解。」

悔翁快人，說得非常痛快，恐怕也不是過甚之詞。我記得了這一番話，所以翻閱《試帖詩品鉤元》時常不禁發笑，蓋如上文所述，賊從容拔旗去，官從容寫小楷哦試帖，這一幅景象真是好看煞人也。

我想談談試帖，不料亂寫了一陣終於不得要領，甚是抱歉。不過這其實也是難怪的，因為我還正在搜集研究中，一點都沒有得結果，可以供獻給大家，現在只是說這裡很有意思，有興趣的人無妨來動手一下，有如指了一堆核桃說這頗可以吃，總是要等人自己剝了吃了有滋味，什師有言，嚼飯哺人，反令噦吐，關於試帖亦是如此，我就以此權作解嘲了。

廿五年九月二十日，於北平苦茶庵。

關於尺牘

桂未谷跋《顏氏家藏尺牘》云：「古人尺牘不入本集，李漢編昌黎集，劉禹錫編河東集，俱無之。自歐蘇黃呂，以及方秋崖盧柳南趙清曠，始有專本。」所以講起尺牘第一總叫人想到蘇東坡黃山谷，而以文章情思論，的確也是這兩家算最好，別人都有點趕不上。明季散文很是發達，尺牘寫得好的也出來了好些。萬曆丁巳郁開之編刊《明朝瑤箋》四卷，前兩卷收永樂至嘉隆時人百三十六，第三卷五十三，皆萬曆時人，第四卷則四人。凡例第二中云：

「四卷專以李卓吾袁石浦陶歇庵袁中郎四先生匯焉。四先生共屣浮名，互觀無始，臭味千古，往還一時，則又不可以他箋雜。箋凡一百五十有三。」

這所說很有見識，雖然四人並不一定以學佛重，但比餘人自更有價值，而其中又以李卓吾為最。《瑤箋》中共收三十六箋，大都是李氏《焚書》中所有，我很喜歡他的答以女人學道為見短書，末節云：

「不聞龐公之事乎？龐公爾楚之衡陽人也，與其婦龐婆女靈照同師馬祖，求出世道，卒致先後化去，作出世人，為今古快事，願公師其遠見可也。若曰，待吾與市井小兒輩商之，則吾不能知矣。」

又復焦弱侯之一云：

「黃生過此，聞其自京師往長蘆抽豐，復跟長蘆長官別赴新任，至九江遇一顯者，乃捨舊從新，隨轉而北，衝風冒寒，不顧年老生死。既到麻城，見我言曰，我欲遊嵩少，彼顯者亦欲遊嵩少，拉我同行，是以至此，然顯者俟我於城中，勢不能一宿，回日當復道此，道此則多聚三五日而別，茲卒卒誠難割捨云。其言如此，其情何如。

「我揣其中實為林汝寧好一口食難割捨耳。然林汝寧向者三任，彼無一任不往，往必滿載而歸，茲尚未厭足，如餓狗思想隔日屎，乃敢欺我以為遊嵩少。夫以遊嵩少藏林汝寧之抽豐來嗛我，又恐林汝寧之疑其為再尋己也，復以捨不得李卓老當再來訪李卓老以嗛林汝寧，名利兩得，身行俱全，我與林汝寧皆在黃生術中而不悟，可不謂巧乎。今之道學何以異此。今之講道學者皆遊嵩少者也，今之患得患失，志於高官重祿，好田宅，美風水，以為子孫蔭者，皆其託名於林汝寧以為捨不得李卓老者也。」

讀這兩節，覺得與普通尺牘很有不同處。第一是這幾乎都是書而非札，長篇大頁的發議論，非蘇黃所有，但是卻又寫得那麼自然，別無古文氣味，所以還是尺牘的一種新體。第二，那種嬉笑怒罵也是少見。我自己不主張寫這類文字，看別人的言論時這樣潑辣的態度卻也不禁佩服，特別是言行一致，這在李卓吾當然是不成問題的。

古人云，學我者病，來者方多。所以這裡要聲明一聲，外強中乾的人千萬學他不得，真是要畫虎不成反為一條黃狗也。虎還可以有好幾隻，李卓老的人與文章卻有點不可無一，不能有二。

他又有與耿楚倥的一箋云：「夫所謂仙佛與儒，皆其名耳。孔子知人之好名也，故以名教誘之。大雄氏知人之怕死也，故以死懼之。老氏知人之貪生也，故以長生引之。皆不得已權立名目以化誘後人，非真實也，唯顏子知之，故曰夫子善誘。今某之行事，有一不與公同者乎？亦好做官，亦好富貴，亦有妻孥，亦有廬舍，亦有朋友，亦會賓客。公豈能勝我乎？何為乎公獨有學可講，獨有許多不容已處也。我既與公一同，則一切棄人倫，離妻室，削髮披緇等語，公亦可以相忘於無言矣。何也？僕未嘗有一件不與公同也，但公為大官耳。學問豈因大官長乎？學問若因大官長，則孔孟當不敢開口矣。」

所云化誘一節未知是否，若後半則無一語不妙，不佞亦深有同意，蓋有許多人都與我們同一，所不同者就只是為大官而已，因其為大官也於是其學問似乎亦遂大長，而可與孔孟為伍矣。李卓老天下快人，破口說出，此古今大官們乃一時失色，此真可謂有益於世道人心的尺牘也。

其二

清初承明季文學的潮流也可以說是解放的時代，尺牘中不乏名家，如金聖歎，毛西河，李笠翁，以至乾隆時的袁子才，鄭板橋。《板橋家書》卻最為特別，自序文起便很古怪爽利，令人讀了不能釋卷，這也是尺牘的一種新體。這一卷書至今膾炙人口，可以知道他影響之大，在當時一定也很被愛讀，雖然文獻的證據不大容易找。但是我也曾找到一點兒。

郝蘭皋在《曬書堂外集》卷上有與舍弟第一書云：

「告懿林：

陶征士詩，眾鳥欣有托，吾亦愛吾廬。子曾子云，勿寓人我室，毀傷其薪木。古人於居處什器，意所便安，深致係戀如此。吾與爾同氣雖無分別，但吾廬之愛豈能忘情，薪木無傷，鳥欣有托，吾意拳拳為此耳，莫謂汝嫂臨行封鎖門戶便為小器，此亦流俗之情宜爾也。吾輩非聖賢，豈能忘爾我之見，今人媳婦歸寧，往返數十日，尚且鎖閉門庭，收藏器皿，豈畏公婆偷盜哉，蓋此兒女之私情，雖聖賢不能禁也。吾與爾老親在堂，幸尚康健，故我得薄宦遊違膝下，然亦五六年後便當為歸養之計。

「我與爾年方強壯，共財分甘，日月正長，而吾親垂垂已老，天倫樂事得不少圖幾年歡聚耶。我西家房屋及器用汝須留神照看，勿寓人我室，令有毀傷，庶吾歸時欣鳥有托，此亦爾守器挈瓶之智也。言至此不覺大笑，汝莫復笑我小器如嫂否？所要朱砂和藥，今致二錢，頗可用，惜乎不多耳。應泰近業如何，常至城否？見時可為我致意。逢辰及小女兒知想大爺大娘否，試問之。桂女勿令使性懶惰，好為人家作媳婦也。《醫方便覽》二本未及披閱，俟八月寄下。《呂氏春秋》，《秘書二十一種》，便中寄至京，俟秋冬間不遲。我新病初起，意緒無聊，因修家書，信筆抒寫，遂爾絮絮不休，讀畢大家一笑，更須藏此書，留為後日笑話也。

嘉慶五年庚申七月八日，哥哥書。」

又在邵西樵所編《師友尺牘偶存》卷上有王西莊札七通，其末一篇云：

「承示寄懷大作，拍手朗唱一味天真無畔岸句，不覺亂跳亂叫，滾倒在床上，以其能搔著癢撓著痛也。怪哉西樵，七個字中將王郎全副寫照出來。快拿紹興（京師酒中之最佳者）來吃，大醉中又夢老兄，起來又讀。因竊思之，人生少年時初出來涉世交友，視朋友不甚愛惜也，及至足跡半天下，回想舊朋友，實覺其味深長。蓋升沉顯晦，聚散離合，轉盼間恍如隔世，於極空極幻之中，七零八落，偶然剩幾個舊朋友在世，此舊物也，能不想殺，況此舊友實比新友之情深十倍耶。而札云，天上故人猶以手翰下及，怪哉西樵而猶為此言乎。

「集中圈點偶有不當處，如弟釀花小圃云，閉門無剝啄，只有蜜蜂喧二句，應密圈密密圈。弟嘗論詩要一開口便吞題目，譬如吃東西，且開口先將此物一齊吞在口內，然後嚼得粉碎，細細咀味，此之謂善吃也。奈何今人作詩，將此物放在桌上，呆看一回，又閒閒評論其味一回，終不到口，安得成詩。弟此二句能將釀花圃三字一齊吞完，而尚囫圇未曾嚼破，此為神來之筆，應密圈也。近來詩之一道實在難言，只因俱是詩皮詩渣，青黃黑白配成一副送官禮傢伙耳。只如一味天真四字，固已掃盡浮詞，抉開真面矣，而無畔岸三字更奇更確更老辣，只此三字豈今日之名公所能下。

「弟平生友朋投贈之什，無能作此語者，蓋大兄詩有真性情，故非詩皮詩渣所能及，而弟十年來尤好為無畔岸之文，汪洋浩渺，一望無際，以寫其胸次之奇，所存詩二千首，文七百餘篇，皆無畔岸者也，得一知己遂以三字為定評。……倘有便羽，萬望賜之手書，且要長篇，多說些舊朋友蹤跡，近時大兄之景況，云間之景況，瑣事閒話，拉拉雜雜，方有趣，切不可寥寥幾行，作通套了世情生活。專此磕頭磕頭，哀懇哀懇。翹望湘波，未知把手何日，想煞想煞。餘不一。」

王郝二君為乾嘉時經師，而均寫這樣的信札，這是很有意思的事，並且顯然看得出有板橋的痕跡，「哥哥書」是確實無疑的了，「亂叫亂跳」恐怕也是吧，看其餘六封信都不是這樣寫法，可知其必然另有所本也。但是這種新體尺牘我總懷疑是否適於實用，蓋偶一為之固然覺得很新鮮，篇篇如此不但顯得單調，而且也不一定文情都相合，便容易有做作的毛病了。板橋的十六通家書，我不能說他假，也不大相信他全是真的，裡邊有許多我想是他自己寫下來，如隨筆一般，也同樣的可以看見他的文章思想，是很好的作品，卻不見得是一封封的寄給他舍弟的罷。

其三

看《秋水軒尺牘》，在現代化的中國說起來恐怕要算是一件腐化的事，但是這尺牘的勢力卻是不可輕視的，他或者比板橋還要有影響也未可知。他的版本有多少種我不知道，只看在尺牘裡有箋注的單有《秋水軒》一種，即此可以想見其流行之廣了。朱熙芝的《芸香閣尺一書》卷一中有致許夢花一篇云：

「嘗讀秋水尺一書，驂古人，甲今人，四海之內，家置一編。余生也晚，不獲作當風桃李，與當階蘭桂共遊，茲晤鏡人，知閣下為秋水之文郎，與鏡人作名門之僚婿，倩其介紹，轉達積忱。培江左鄙人也，棘闈鏖戰，不得志於有司，迫而為幕，仍戀戀於舉業，是以未習刑錢，暫襄筆札，河聲嶽色，兩度名邦，劍膽琴心，八年異地，茫茫身世，感慨繫之。近繪小影，名曰航海逢春，拍天浪擁乘槎，不是逃名，大地春回有美，非關好色。群仙廣召，妙句爭題，久慕大才，附呈圖說，如荷增輝尺幅，則未拜尊人光霽，得求閣下琳琅，足慰向來願矣。」

芸香閣之恭維秋水軒不是虛假的，他自己的《尺一書》也是這一路，如上文可見。不佞近來稍買尺牘書，又因鄉曲之見也留心紹興人的著作，所以這秋水軒恰巧落在這二重範圍之內，略略有點知道。寒齋收藏許葭村的著作有道光辛卯刊《秋水軒尺牘》二卷，光緒甲申刊《續秋水軒尺牘》一卷，詩集《燕遊草》一卷，其子又村所著有光緒戊寅刊《夢巢詩草》二卷。上文所云許夢花蓋即又村，《詩草》卷上有七言絕句一首，題曰，「同伴高鏡人襟兄卸裝平原，邀留兩日，作詩一章以謝。」

又有七言律詩一首，題曰，「題朱熙芝航海逢春圖。」題下有小注云：

「圖中一書生，古巾服，攜書劍，破浪乘槎，有美人掉小舟，採各種花，順流至，遠望仙山樓閣，隱現天光雲影間。」

詩不足錄，即此可以見二人的關係，以及圖中景色耳。朱君雖瓣香秋水，其實他還比較的有才情，不過資望淺，所以勝不過既成作家。如《尺一書》卷一覆李松石(《鏡花緣》的作者麼？)云：

「承示過岳王祠詩，結句最得《春秋》嚴首惡之義：王構無迎二聖心，相檜乃興三字獄。特怪武穆自量可以滅金，何不直搗黃龍，再請違旨之罪，乃拘拘於君命不可違，使奸相得行其計，致社稷不能復，二聖不能還，其輕重得失固何如耶。俟有暇擬將此意作古風一章，即以奉和。」

又致顧仲懿云：

「蒲帆風飽，飛渡大江，夢穩扁舟，破曉未醒，推篷起視，而黃沙白草，茅店板橋，已非江南風景，家山易別，客地重經，唯自詠何如風不順，我得去鄉遲之舊句耳。所論岳武穆何不直搗黃龍再請違旨之罪，知非正論，姑作快論，得足下引《春秋》大義辨之，所謂天王明聖臣罪當誅，純臣之心惟知有君也。前春原嵇丈評弟《郭巨埋兒辨》云，惟其愚之至，是以孝之至。事異論同，皆可補芸香一時妄論之失。」

關於岳飛的事大抵都是愚論，芸香亦不免，郭巨辨未見，大約是有所不滿吧。但對於這兩座忠孝的偶像敢有批評，總之是頗有膽力的，即此一點就很可取，顧嵇二公是應聲蟲，原不足道，就是秋水相形之下也顯然覺得庸熟了。

《尺一書》末篇答韻仙云：

「困人天氣，無可為懷，忽報鴻來，餉我玫瑰萬片，供養齋頭，魂夢都醉。因沽酒一罈浸之，餘則囊之耳枕，非曰處置得宜，所以見寢食不忘也。」文雖未免稍纖巧（因為是答校書的緣故吧？）卻也還不俗惡，在《秋水軒》中亦少見此種文字，不佞論文無鄉曲之見，不敢說尺牘是我們紹興的好也。

廿五年十月八日，於北平。

【附記】

第二節中所記王郝二君的尺牘成績當然不能算好，蓋其性情本來不甚相近，勉強寫詼詭文字，猶如正經人整衣危坐曰，現在我們要說笑話了！無論笑話說得如何，但其態度總是可愛也。王西莊七百篇文未見，郝蘭皋集中不少佳作，不過是別一路，樸實而有風趣，與板橋不相同。九日又記。

關於童二樹

《越風》卷二十云：「童鈺字二如，改二樹，號璞岩，會稽人，著有《竹嘯集》，《抱影廬詩鈔》。」又云：

「二樹髫歲即受知於太守顧某，下筆千言立就，兼工畫梅，善隸草書，名滿大江南北。豐邑令盧齋愛其詩，為刻《詩略》，《摘句圖詩》，《秋蟲吟》等集。」

《全浙詩話》卷四十九云：「鈺字二如，改二樹，號璞岩，又稱二樹山人，會稽布衣。」又云：

「按二樹屢應童子試不利，遂棄舉業，專攻詩古文。客大梁最久，性豪俠，不為家計，賣文錢隨手散盡，卒於邗江。」

《隨園詩話》卷六云：「鄭板橋愛徐青藤詩，嘗刻一印云徐青藤門下走狗鄭燮。童二樹亦重青藤，題青藤小像云，抵死目中無七子，豈知身後有中郎。又曰，尚有一燈傳鄭燮，甘心走狗列門牆。」

「二樹名鈺，山陰詩人。幼時，女史徐昭華抱置膝上，為梳髻課詩。及長，少所許可，獨於隨園詩矜寵太過，奈從未謀面，今春在揚州特渡江見訪，適余遊天臺相左。嗣後寄聲欲秋間再來，余以將往揚州故作札止之，旋為他事滯留，到揚時則童已歿十日矣。」

「童病中夢二叟，自稱紫閣真人浮白老人，手牽鶴使騎，童辭衣裝未備，真人曉以詩云云，童答云云，吟畢求寬期，紫閣真人立二指示之，果越二十日而卒。」

「二樹臨終滿床堆詩高尺許，所以殷殷望余者，為欲校定其全稿而加一序故也。余感其意，為編定十二卷，作序外錄其《黃河》云云。二樹畫梅題七古一篇，疊須字韻八十餘首，神工鬼斧，愈出愈奇，余雅不喜疊韻而見此詩不覺嘆絕。」

又《補遺》卷一云：「高怡園亡時貧甚，家有九棺未葬，夜見夢於二樹，以箋紙索畫梅十幅。畫成，適河南施我真太守見之嘆曰，畫梅助葬，真盛德事。乃取其畫而助葬資二百金。」

《冷廬雜識》卷六有童二樹畫梅一則，文云：「童二樹畫梅少粉本，時於月下濡翰，縱橫欹側，皆成妙畫，故所繪無一復者。幼時，友人劉鳳岡夢童化為梅二樹，因以為號。生平題畫詩往往奇驗。嘗元旦為周進士世績題畫，有第一朝開第一花之句，是年周發解。湯容熠有僕僮乞畫藕，因題詩曰，具此清淨姿，何為乎泥中。僮數日殤。」

《寄龕丁志》卷三云：「往時於故人秦秋伊處見二樹山人畫貓，題句云，食有魚腥臥有氈，瑣窗日午惱銜蟬，宵來黠鼠跳樑甚，卻向花陰自在眠。」

又云：

「二樹山人童鈺，乾隆中山陰布衣，詩書畫稱三絕。先以畫貓名，有童貓之目，因棄其故技而畫梅，前志畫貓截句蓋少作。山人畫必有詩，畫梅詩尤多，嘗疊須字韻至八十餘首，隨園稱為神工鬼斧，愈出愈奇。先有萬樹梅花萬首詩小印，晚年自料恐浮其數，因改鐫為一樹梅花一首詩。嫁女同郡吳氏，惟以畫梅百幅充奩，集中有句云，但有梅花藏書篋，並無黃犬作奩資，蓋紀實也。吳氏得之大喜過望。余外舅息巢鐘先生先世與吳氏有連，嘗分得其一，余及見之，先生因為余言如此。」

以上所記頗多可喜，但與二樹詩集對勘，亦有出入之處。寒齋所有二樹山人著作只有下列四種：

一，《二樹詩略》五卷，乾隆戊辰（一七四八）刊本。

二，《抱影廬詩》一卷，乾隆癸酉（一七五三）刊越中三子詩鈔本。

三，《秋蟲吟》一卷，乾隆辛巳（一七六一）序，原已刊版，今係抄本。

四，《二樹山人寫梅歌》一卷，續編一卷，乾隆己亥（一七七九）刊本。

《二樹詩略》下署會稽童鈺璞岩稿，璞岩下有小注二行，卷一二云「一字借庵」，卷三云「倚樹」，卷四云「梅影」，卷五云「如如」。越中三子之一劉鳳岡著《梅芝館詩》有《閒中習靜懷逃禪二友》一首，注中第二人云「童二十八借庵自號夢摩居士。」又《秋蟲吟》自序後署「鏡曲山農童鈺題於蠅須館」。《寫梅歌》續編中四十九疊韻首二句云：

「童二如，鬑鬑鬚。」二如下注云，「予幼字也。」又三十三疊韻詩題云：

「先母李太君曾夢髯翁驅一牛負梅花相授，且曰，好種子，勿負也。越日生予，歲值辛丑。先君子以為佳徵，常舉以相勖，特不識髯翁為誰。後讀鄭元祐題元章墨梅詩，有留得髯翁醉時筆歲寒仍舊髮枯槎句，始知煮石山農固髯翁也。此事素不語人，無知之者。老友馮鑒塘贈予寫梅歌起句云，閒散大夫今白鬚，不意竟以元章呼我，怦然有感，爰述其事，並答鑒塘。」

詩中有云：「昔者先子絕愛吾，庭植二樹吾與俱，詩翁忽過為書額，題字頓使人間呼。」注云：「予幼讀書處先君子感舊夢植梅二株，愛異群卉，予亦晨夕處其中，顏曰抱影廬，金丈補山過廬改題二樹書屋，嗣後人咸以二樹呼余矣。」

這裡說明改號的事很是清楚，《冷廬雜識》所云蓋係傳聞異辭，亦有點近於道聽塗說。《抱影廬詩》中有《畫梅引贈劉鳳岡》一首，中有云：

「聞君去年學畫初，夢中親見羅浮姝。」注云：「鳳岡客四明，夢人以梅花兩枝見贈。」這顯然是劉鳳岡自己的私事，與二樹山人絲毫無涉者也。

二如雖然改了二樹，可是舊名似乎並未完全廢去。如《詩略》卷五之「一字如如」即其一例。家中舊藏石章一方，黑色甚堅硬，三角自然形，印文長圓，長約二寸寬半寸，文曰「如之何如之何」，邊款云：「丙戌九秋作，二樹鈺」。文中隱藏兩如字，亦即二如或如如之意。

二樹生於辛丑，即康熙六十年（一七二一），《寫梅歌》五十八疊韻詩題云，「九月十二日為余生辰」，案此可以考見其誕生月日，至乾隆丙戌（一七六六）已四十六歲，可知其時尚保留二如字義也。卒年未能詳，《隨園詩話》所云今春不知是那一年，或者查小倉山房詩文有遊天臺的年月，即可知道，唯手頭無此書，容再考耳。

袁子才好名，詩話所記多過於誇詡，文章亦特無趣味，蓋其缺點也，唯二樹之推崇隨園蓋亦係事實，《詩略》卷四有題袁香亭《轂音集》詩，其二有云：「楚中昔日稱三道（注，謂中郎兄弟），吳下今知有二袁。」可以推見，但此等事禁不起本人自述，況袁公又缺蘊藉之致耶。

夢高怡園索畫梅花似亦事出有因，《寫梅歌》二十二疊韻題云：

「連夕苦吟，侵曉始得假寐，已月有旬日矣。上元前二日夢一老翁，頎而長，面目蒼黑，虬鬚白且盡，衣冠亦甚古，相接極歡，出箋紙十束，上篆龍鬚二字，索余寫十梅圖，余欣然應之，初不知其夢也，醒後歷歷可憶，噫異矣。」

案《寫梅歌》第一首題云：

「沈又希范孫以長歌索寫梅花，時值臘月，適有凍蜂集余畫梅，又希異其事，為作此歌見贈，愧不敢當，次原韻酬之。」

四十二疊韻詩題又云：

「方柯水輅懸余畫梅於洛陽何六該明府署中，丁酉除夕前三日有凍蜂飛集幀上，又希倡須字韻詩紀事，一時和詩日至，四十二疊前韻謝柯水兼寄同時觀者。」

前題所云上元前二日可知係戊戌（一七七八）年事，《隨園詩話》云高怡園卒於丁巳（一七三七）後四十餘年，計丁巳距戊戌已有四十二年，時代正相當。

又十四疊韻詩注云：

「丙申冬應河南施太守纂修郡志，至今已兩年矣。」續編小引云：

「己亥暮春之初，余以河南郡乘蕆事，由洛返汴，將挈妻子歸越舊居。」計自丙申冬至己亥春二樹在洛陽居施太守幕中，施我真如買畫梅助葬資自亦當在此期間，然則戊戌上元或正其時矣。唯《詩話》云二樹夢中所見老翁乃短而矮者，二樹詩題中則云頎而長，究竟短乎長乎，無從懸揣，不知係二樹的夢境迷離，抑隨園之寓言十九歟，均不可知也。

隨園審定的二樹詩集十二卷今不得見，亦不知曾刊行否。二樹諸集均明署會稽人，不知隨園何以獨誤為山陰，孫寄龕越中名宿乃亦衍其誤，未免過信《詩話》矣。《寫梅歌》前編四十二首，續編二十四首，凡六十六疊前韻，《詩話》與《丁志》又都說有八十餘首，亦誤。《秋蟲吟》本一百首，疊蟲字韻，二樹刪存七十二首，自題後詩中所云化為七十二鴛鴦是也，王雲笠為之刊行，商寶意謂係盧齋所刻，非是。《二樹詩略》蓋盧氏刻，已在《秋蟲吟》十三年前了。越中三子之二陳月泉著《丹棘園詩》中有《二樹山人摘句葉子題詞》二首，蓋即《摘句圖詩》，惜刊本亦未得見。

二樹題畫詩往往奇驗之說，當然只好姑妄聽之。《寫梅歌》四說及山陰何樂天有和詩，今查樂天《停雲軒詩鈔》不錄此詩，樂天子小山著《巢雲閣詩鈔》卷上卻有和詩五首，其第二首中有注云：

「前年山人寓大樑周伯揚解元齋中，冬日畫梅，有蝶繞其筆端。」唱和在戊戌年，前年當係丙申，在未入施太守幕下之前乎，冷廬所云元旦及是年或者即是丙申亦未可知，雖奇驗終無佐證，但是疑問的年代總大略可以明白了。

（中國人記時間喜歡亂用代名詞，如今春是年之類，而上下文並無說明，令人看了茫然，袁陸諸公都有此病。至於敘發解以前事而稱之曰周進士，尤為顛倒事實，使為章實齋所見，必又將大加訓斥了。）

又卷下有題二樹所畫秋雲思歸圖詩二首，首句云，鶴背仙人去不還，下有注云：「山人卒於維揚，曾降乩自稱散仙二樹，故云。」詩仙降乩本是筆記熟套，不足為奇，唯因此亦總可見二樹山人之逐漸神仙化，到了咸豐時便成了預言者了。

關於童貓之說別無可考，或是實事亦未可知。陶篁村著《越畫見聞》卷下有童鈺一則，所記與《全浙詩話》相同，唯末一節云：

「嘗致枕姚芝鄉云，吾畫梅蒙海內諸君子賞鑒，輒賜詩篇，惟陶篁村無一言之贈，但此老不可無詩，懇吾子力圖之，倘得其一語品題，則吾死可無恨。芝鄉即以札示余，余感其意，賦贈七古一首云云，仍屬芝鄉轉寄二樹。嗟乎，余詩何足為二樹增重，二樹乃拳拳不忘若斯。聞其捐館即在是秋之杪，魚鴻迢遞，未知賫書人到揚時二樹猶及見吾詩否，倘書未開函而人先易簀，則吾詩即以當徐君塚上之劍可也。」

原詩亦見《泊鷗山莊集》卷三十一，題云「畫梅行為童二如作」，但亦未繫年，不知所謂是秋何所指也。

考卷中《畫梅行》前有《寄懷廷珍》，後有《久不得珍兒音信，時適蘭州有回寇之警，賦此寄懷》諸詩，查卷九《珍兒哀詞》，廷珍以辛丑（一七八一）大挑知縣分發甘肅，而蘭州之亂則在甲辰（一七八四），然則作《畫梅行》的時日總當在壬寅癸卯之間，二樹山人的卒年亦約略可以推知矣。

廿五年四月廿二日，於北平。

關於邵無恙

《越縵堂日記》光緒八年十月十七日條下云：

「光甫來，以近刻邵無恙《夢餘詩鈔》見貽。無恙名颿，吾邑龍尾山人，乾隆□□舉人，知江蘇桃源阜寧等縣，以事落職歸。邵氏世以詩名，余家舊有無恙《名媛雜詠》，自皇娥至明秦良玉，詩皆七絕，各有小序，寫刻精工，詩亦甚佳，經亂失之。集向未刻，有手抄八卷，在其門人常山梁鉞所，梁以嘉慶戊午舉人，官諸暨縣丞，至咸豐癸丑梁年已八十，以集付天津張鶴賓，至光緒丁丑，天津沈兆淇始刻為兩卷，共五百五十餘首。以乾隆間越人更五朝而刻於燕沽，文字之傳，固有數也。其詩秀朗，多情至語，亦鄉邦風雅所繫，故備述之。」

又光緒十一年十一月十二日條下云：

「閱吾鄉邵無恙《夢餘詩鈔》。其《述懷》五古三首，《憶花樹》五古三首，皆至性藹然，詩亦清老，《風篁嶺》一首，《龍井》一首，秀煉似岑嘉州，近體尤多明秀之作，最愛其《出白門》一絕，淡遠自然，可入唐賢三昧。邵氏世居龍尾山之石湖，岩壑清疏，故其詩善言越中風景，如《憶村居》四首云云，一何清綺，足令久旅增感，羈目暫娛。」

我很有運氣，邵氏的著作居然得到了三部。其一是《歷代名媛雜詠》三卷，乾隆壬子（一七九二）年刻本。其二是《鏡西閣詩選》八卷，道光庚寅（一八三〇）年碧城仙館刻本。其三是《夢餘詩鈔》稿本八卷，即李氏所說光緒丁丑刻二卷本的原底本也。

三種之中《雜詠》較為易得，雖然汪允莊女士在《自然好學齋詩集》卷八《書鏡西閣集後》之九注中已云：「先生嘗著《名媛雜詠》絕句三百首，今版已散佚。」數年前我曾從上海搜得一部，旋贈給友人，後又在北平隆福寺買到一部白紙的，似世間尚多流傳。《鏡西閣詩選》頗少見，李越縵雲集向未刻，梁石川亦未知，稿本梁跋署咸豐癸丑（一八五三），距道光庚寅已二十三年後矣。是時梁石川已歸常山，唯從邵氏嗣君接到稿本時係在諸暨縣丞署，離杭州不遠，據云時在道光丙申丁酉之交，即庚寅後六年，乃竟不知鏡西閣之刻，殊不可解，豈當時消息不易通，抑或流傳之不廣耶，均未可知也。

《鏡西閣詩選》題云陳文述編，而實蓋出其子婦汪允莊手，陳序述刻集的經過有云：「君之識余也，余子裴之甫在襁褓，君生平交遊結納豈無一二知己，乃殘縑斷簡一再散佚，而掇拾裒輯轉成於寒閨嫠婦之手，既請於余，復乞助於余內弟龔君繡山，端侄小米，及閨友席怡珊夫人，並質釵珥以資手民，始成此集，以供海內騷壇題品也。」

蓋慨乎其言之，但天下事無獨有偶，刻《夢餘詩鈔》亦另有一段因緣，令越縵發文字之傳固有數也之嘆。梁跋云：

「師謝世後家計益窘，哲嗣一人援例得少尹，分發無資。詩稿二冊，吾師生平著作親筆自書者，少尹攜至諸暨丞署，欲湊辦分發，鉞官卑祿薄，僅竭力致賻，而是詩遂留以授鉞，時在道光丙申丁酉之交。尊藏多年，幸未損傷，自嘆年屆八旬，風燭在即，無人付託，癸丑夏將此卷托於津門張鶴賓名毓芳，博雅端人，工書法，精鐵筆，有嗜古之癖，此詩得所依歸，不至湮沒。」

光緒丙子（一八七六）付刻時有梅寶璐序云：

「詩本藏常山梁石川先生鉞手，先生為明府高足，久欲刊傳以報師德，詎奈妙手空空（案梁梅二君古文均不甚佳，忍不住要批評一句。），年衰難待，不獲已寄託於津門張君鶴賓手，並綴跋語以志原委。時鶴賓安硯常山鹺館，咸豐癸丑秋粵逆北犯，遂避亂旋津，所遺書卷被人干沒，餘物皆不惜，唯《夢餘詩鈔》以受梁公重托，恆悒悒不去諸懷，亂後訪求得耗，復出重資將此卷贖出，計今藏之又廿有餘年。鶴賓急欲報知己而闡先型，囑余代為選訂，冀籌諸同志，先付手民。……篇中皆明府手訂，何忍擅自芟裁，特恐力有未周，謹於八卷中擇錄過半，計古近體四百七十首。世叔沈竹生先生兆淇，八十老人也，聞而義之，披閱一過，慨然曰，是不可以久湮，願獨力刊傳，以副鶴賓殷殷不忘梁公重托之至意。」

梁張沈三公都很有古道，可謂三難並矣。唯邵無恙兩種詩集的刊行一樣的經過些波折，後來也一樣的少見，很有點奇怪。光緒丁丑年的天津刻本我在北京迄未遇見過，現在碰著這部原稿固然亦復佳，卻是價不廉，不佞未免有鄉曲之見平常喜歡搜集一點越人著作，但出不起重資，而此在我的收藏裡要算是例外之一了。

《夢餘詩鈔》全部共詩九百十首，《鏡西閣詩選》則有一千另九十首。但《詩鈔》有嘉慶己巳（一八〇九）自序，一至七卷平均每卷百二十首，第八卷只六十首，蓋確係自編本，又雖不編年而其詩似均按年代記錄，是其長處，至於兩本異同頃尚未暇細較。

這裡我覺得有意思的是兩者的來源的問題。據陳雲伯序中云：

「乞得先生生平所作詩十餘冊，破十餘晝夜，錄十四五。」案此在嘉慶戊午之前，當為丁巳（一七九七）年。又云：「方余之期君渡江也（案時為己未年），舟中遭胠篋失其稿本，僅存罷官後數卷，後亦間有所作，均為公子民懷攜至中州，及民懷南歸卒於舟次，稿本又復散佚。外舅龔快哉先生君內兄也，端乞求諸其家，就余舊本校訛補缺，重為編輯，始成今本。」

據這裡所說，稿本早已完全散佚了，雖然「其家」（當然不是龔家而是邵家吧？）似乎還有可據以校補的東西，不過沒有說得明白。但是《詩鈔》有自序，題嘉慶己巳正月，蓋邵氏物故的前一年，末云，「編錄所存，輒不禁涕之交頤也。」可見這是他自己的編訂本。

梁跋說明係親筆自書者，他們既是師弟關係，這自然不至於有錯，而其來源又很的確，所謂哲嗣雖未說出名號，必是民懷無疑，蓋據陳雲伯所作傳云：「子一，恩。」民懷即恩的台甫，邵氏只有這一個兒子，此外大約本來還有，但看詩中所記都已早殤了。

可是這裡就有了問題。梁石川在道光丙申丁酉之交從少尹得到詩稿，事在《鏡西閣詩選》刻成後六七年，《詩選》的陳序裡卻已說民懷南歸卒於舟次云云，事實便不相合。我想陳雲伯對於邵家的事也是不見得會弄錯的，或者梁石川老年記錯了年月，原來是道光甲申乙酉之交吧？無論如何陳梁二君的話總合不起來，一個說稿本都已散佚，一個又明明藏著親筆的稿本，而汪允莊乞龔快哉求諸其家的時候似乎也沒有拿出來，因為這裡邊有篇自序是很重要的，不然總當收到《詩選》裡去罷。這中間有什麼事情存在，我們現在是不得而知了。

邵無恙與袁子才的關係到底怎樣，這也是一個不易明白的問題。陳雲伯撰傳中云：「時袁大令枚居金陵以詩文雄長海內，君以詩示之，所論不中肯綮，乃不復與談，亦不再示人。」

又《鏡西閣詩選》書後云：

「夢餘在江左嘗錄其精詣一冊呈隨園，隨園所評不盡當，因以為世無知己，不復出以示人。」

汪允莊題詩之一注云：

「先生存日嘗以詩謁隨園，鑒別無當，遂不復示人，故時罕知之。」

陳雲伯在《詩選》序中亦云：

「山陰邵夢餘先生於詩致力甚深而名未著，時隨園為海內龍門，先生以詩質之，論不合，遂秘所作，絕不示人，謂世無知己，不當覆議此事。」以上所說大約是出於同一根源，雖然總是事出有因，實在卻似乎未必完全如此。

《隨園詩話》卷八云：

「戊申春余阻風燕子磯，見壁上題云，一夜山風歇，僧掃門前花。又云，夜聞椓杙聲，知有孤舟泊。喜其高淡，訪之乃知是邵明府作，未幾以詩見投，長篇不能盡錄，記竹枝云，送郎下揚州，留儂江上住，郎夢渡江來，儂夢渡江去。若耶湖水似西泠，蓮葉波光一片青，郎唱吳歌儂唱越，大家花下並船聽（案蓮葉《詩選》作月映，《詩鈔》作月色。），又夢中得句云，澗泉分石過，村樹接煙生，皆妙。邵名颿，字無恙，山陰人。」

又補遺卷五云：

「顏鑒堂希源有《百美新詠圖》，邵無恙颿亦有《歷代宮闈雜詠圖》，皆乞余為序，余衰老才盡，作散駢兩體文以應之。」

隨園的駢文序至今在《雜詠》卷首，就是在詩集裡也多提到隨園，似乎感情並不壞的樣子。

《詩選》卷五有《簡袁簡齋先生》七律一首（查《詩鈔》稿本無此詩），末聯曰，「十載懷中藏一刺，愛才終向孔融投。」注云：

「余未識先生，先生見余題燕子磯永濟寺詩，極口推許，並錄入詩話。」又卷六有《懷人感舊詩》二十二首，其四即袁簡齋（《詩鈔》共有詩三十首，此為第五），頗致推崇，如云：「曾煩泮巷尋三徑（《詩鈔》三作幽，有注云，余寓白下泮巷西偏。），不到隨園已五年。」則亦頗有交誼，固不僅集中詩酒唱酬可為證據也。

卷八《讀小倉山房詩集書後》有云：「蓋棺新論多嫌刻（注云，近有目以詩妖者。），量斗奇才少角雄。」態度殊為公正，末云：「蘇門尚起橫流嘆，不請刪詩竟負公。」注云：「荷塘曾以《小倉山房全集》屬余選其最勝者，於七千餘首中得百三十餘篇，荷塘嘆曰，今日乃見小倉真面目矣。余屢欲請先生自為刪定全集，仿《漁洋精華錄》之例，卒卒未果也。」

在這一節裡更明顯的看出他的態度，他與隨園論詩意見或者不合一，但是他承認隨園的才與氣魄，說他沒有一點知己之感也並不然，即使他未肯承認隨園知詩，如自序中不說及是也。據我想這未必是「不復示人故時罕知之」，但邵無恙的詩的確時運蹭蹬，刊刻不易，流傳不廣，知道的也很少，真是奇怪。

陶凫亭編《全浙詩話》五十四卷，邵無恙只有一條，即是《隨園詩話》。商寶意選《越風》三十卷，並沒有邵無恙，雖然他們原是相識，《詩鈔》稿本卷四有《戲和商寶意先生橫陳圖》二首，以前後年月考之當在乾隆壬子年，即《名媛雜詠》付梓時也。無恙之祖廷鎬著有《薑畦詩集》六卷，邵氏詩中亦常提及，《全浙詩話》亦根據隨園記其詠廿四堆的一條，卻只題曰「邵薑畦，名未詳」。這《薑畦詩集》寒齋亦有收藏，卻如此不為世所知，殊不可解。邵氏世以詩名，而祖孫文字之緣同一的慳，豈亦數耶？

《鏡西閣詩選》陳雲伯序云：「夢餘先生既歿之二十年為今道光十年。」道光十年庚寅，計二十年前當為庚午，即嘉慶十五年（一八一〇）。又傳云卒年六十一。查《夢餘詩鈔》自序云：「入此歲來，年六十矣。」時為嘉慶己巳（一八〇九），次年為庚午，正與上文所說相合。案推算其生年當在乾隆十五年庚午，即西曆一七五〇年也。

民國廿五年八月二十日，於北平知堂。

關於魯迅

《阿Q正傳》發表以後，我寫過一篇小文章，略加以說明，登在那時的《晨報副鐫》上。後來《阿Q正傳》與《狂人日記》等一併編成一冊，即是《吶喊》，出在新潮社叢書裡，其時傅孟真羅志希諸君均已出國留學去了，《新潮》交給我編輯，這叢書的編輯也就用了我的名義。

出版以後大被成仿吾所挖苦，說這本小說集既然是他兄弟編的，一定好的了不得。——原文不及查考，大意總是如此。於是我恍然大悟，原來關於此書的編輯或評論我是應當回避的。這是我所得的第一個教訓。

不久在中國文壇上又起了《阿Q正傳》是否反動的問題。恕我記性不好，不大能記得誰是怎麼說的了，但是當初決定《正傳》是落伍的反動的文學的，隨後又改口說這是中國普羅文學的正宗者往往有之。這一筆「阿Q的舊賬」至今我還是看不懂，本來不懂也沒有什麼要緊，不過這切實的給我一個教訓，就是使我明白這件事的複雜性，最好還是不必過問。於是我就不再過問，就是那一篇小文章也不收到文集裡去，以免為無論那邊的批評家所援引，多生些小是非。

現在魯迅死了，一方面固然也可以如傳聞鄉試封門時所祝，正是「有恩報恩有怨報怨」的時候，一方面也可以說，要罵的捧的或利用的都已失了對象，或者沒有什麼爭論了亦未可知。這時候我想來說幾句話，似乎可以不成問題，而且未必是無意義的事，因為魯迅的學問與藝術的來源有些都非外人所能知，今本人已死，舍弟那時年幼亦未聞知，我所知道已為海內孤本，深信值得錄存，事雖細微而不虛誕，世之識者當有取焉。這裡所說限於有個人獨到之見獨創之才的少數事業，若其他言行已有人云亦云的毀或譽者概置不論，不但仍以避免論爭，蓋亦本非上述趣意中所攝者也。

魯迅本名周樟壽，生於清光緒辛巳八月初三日。祖父介孚公在北京做京官，得家書報告生孫，其時適有張——之洞還是之萬呢？來訪，因為命名曰張，或以為與灶君同生日，故借灶君之姓為名，蓋非也。書名定為樟壽，雖然清道房同派下群從譜名為壽某，祖父或忘記或置不理均不可知，乃以壽字屬下，又定字曰豫山，後以讀音與雨傘相近，請於祖父改為豫才。戊戌春間往南京考學堂，始改名樹人，字如故，義亦可相通也。留學東京時，劉申叔為河南同鄉辦雜誌曰「河南」，孫竹丹來為拉稿，豫才為寫幾篇論文，署名一曰迅行，一曰令飛，至民七在《新青年》上發表《狂人日記》，於迅上冠魯姓，遂成今名。寫隨感錄署名唐俟，唐者「功不唐捐」之唐，意云空等候也，《阿Q正傳》特署巴人，已忘其意義。

魯迅在學問藝術上的工作可以分為兩部，甲為搜集輯錄校勘研究，乙為創作。今略舉於下：

甲部

一，《會稽郡故書雜集》。
二，謝承《後漢書》（未刊）。
三，《古小說鉤沉》（未刊）。
四，《小說舊聞鈔》。
五，《唐宋傳奇集》。
六，《中國小說史》。
七，《嵇康集》（未刊）。
八，《嶺表錄異》（未刊）。
九，漢畫石刻（未完成）。

乙部

一，小說：《吶喊》，《彷徨》。

二，散文：《朝華夕拾》，等。

這些工作的成就有大小，但無不有其獨得之處，而其起因亦往往很是久遠，其治學與創作的態度與別人頗多不同，我以為這是最可注意的事。豫才從小就喜歡書畫，——這並不是書家畫師的墨寶，乃是普通的一冊一冊的線裝書與畫譜。最初買不起書，只好借了繡像小說來看。光緒癸巳祖父因事下獄，一家分散，我和豫才被寄存在大舅父家裡，住在皇甫莊，是范嘯風的隔壁，後來搬往小皋步，即秦秋漁的娛園的廂房。

這大約還是在皇甫莊的時候，豫才向表兄借來一冊《蕩寇志》的繡像，買了些叫作吳公紙的一種毛太紙來，一張張的影描，訂成一大本，隨後彷彿記得以一二百文錢的代價賣給書房裡的同窗了。

回家以後還影寫了好些畫譜，還記得有一次在堂前廊下影描馬鏡江的《詩中畫》，或是王冶梅的《三十六賞心樂事》，描了一半暫時他往，祖母看了好玩，就去畫了幾筆，卻畫壞了，豫才扯去另畫，祖母有點悵然。後來壓歲錢等等略有積蓄，於是開始買書，不再借抄了。

頂早買到的大約是兩冊石印本岡元鳳所著的《毛詩品物圖考》，這書最初也是在皇甫莊見到，非常歆羨，在大街的書店買來一部，偶然有點紙破或墨汙，總不能滿意，便拿去掉換，至再至三，直到夥計煩厭了，戲弄說，這比姊姊的面孔還白呢，何必掉換，乃憤然出來，不再去買書。這書店大約不是墨潤堂，卻是鄰近的奎照樓吧。

這回換來的書好像又有什麼毛病，記得還減價以一角小洋賣給同窗，再貼補一角去另買了一部。

畫譜方面那時的石印本大抵陸續都買了，《芥子園畫傳》自不必說，可是卻也不曾自己學了畫。此外陳淏子的《花鏡》恐怕是買來的第一部書，是用了二百文錢從一個同窗的本家那裡得來的。家中原有幾箱藏書，卻多是經史及舉業的正經書，也有些小說如《聊齋志異》，《夜談隨錄》，以至《三國演義》，《綠野仙蹤》等，其餘想看的須得自己來買添，我記得這裡邊有《酉陽雜俎》，《容齋隨筆》，《輟耕錄》，《池北偶談》，《六朝事蹟類編》，二酉堂叢書，《金石存》，《徐霞客遊記》等。

新年出城拜歲，來回總要一整天，船中枯坐無聊，只好看書消遣，那時放在「帽盒」中帶了去的大抵是《遊記》或《金石存》，——後者自然是石印本，前者乃是圖書集成局的扁體字的。唐代叢書買不起，托人去轉借來看過一遍，我很佩服那裡的一篇《黑心符》，抄了《平泉草木記》，豫才則抄了三卷《茶經》和《五木經》。好容易湊了塊把錢，買來一部小叢書，共二十四冊，現在頭本已缺無可查考，但據每冊上特請一位族叔題的字，或者名為「藝苑捃華」吧，當時很是珍重耽讀，說來也很可憐，這原來乃是書估從龍威秘書中隨意抽取，雜湊而成的一碗「拼攏坳羹」而已。這些事情都很瑣屑，可是影響卻頗不小，它就「奠定」了半生學問事業的傾向，在趣味上到了晚年也還留下好些明瞭的痕跡。

戊戌往南京，由水師改入陸師附設的路礦學堂，至辛丑畢業派往日本留學，此三年中專習科學，對於舊籍不甚注意，但所作隨筆及詩文蓋亦不少，在我的舊日記中略有錄存。如戊戌年作《戛劍生雜記》四則云：

「行人於斜日將墮之時，暝色逼人，四顧滿目非故鄉之人，細聆滿耳皆異鄉之語，一念及家鄉萬里，老親弱弟必時時相語，謂今當至某處矣，此時真覺柔腸欲斷，涕不可仰。故予有句云，日暮客愁集，煙深人語喧，皆所身歷，非托諸空言也。」

「生鱸魚與新粳米炊熟，魚須斫小方塊，去骨，加秋油，謂之鱸魚飯。味甚鮮美，名極雅飭，可入林洪《山家清供》。」

「夷人呼茶為梯，閩語也。閩人始販茶至夷，故夷人效其語也。」

「試燒酒法，以缸一隻猛注酒於中，視其上面浮花，頃刻迸散淨盡者為活酒，味佳，花浮水面不動者為死酒，味減。」

又《蒔花雜誌》二則云：

「晚香玉本名土鮅螺斯，出塞外，葉闊似吉祥草，花生穗間，每穗四五球，每球四五朵，色白，至夜尤香，形如喇叭，長寸餘，瓣五六七不等，都中最盛。昔聖祖仁皇帝因其名俗，改賜今名。」

「里低母斯，苔類也，取其汁為水，可染藍色紙，遇酸水則變為紅，遇堿水又復為藍。其色變換不定，西人每以之試驗化學。」

詩則有庚子年作《蓮蓬人》七律，《庚子送灶即事》五絕，各一首，又庚子除夕所作《祭書神文》一首，今不具錄。辛丑東遊後曾寄數詩，均分別錄入舊日記中，大約可有十首，此刻也不及查閱了。

在東京的這幾年是魯迅翻譯及寫作小說之修養時期，詳細須得另說，這裡為免得文章線索凌亂，姑且從略。

魯迅於庚戌（一九一〇年）歸國，在杭州兩級師範紹興第五中學及師範等校教課或辦事，民元以後任教育部僉事，至十四年去職，這是他的工作中心時期，其間又可分為兩段落，以《新青年》為界。上期重在輯錄研究，下期重在創作，可是精神還是一貫，用舊話來說可云不求聞達。

魯迅向來勤苦作事，為他人所不能及，在南京的時候手抄漢譯賴耶爾（C.Lyell）的《地學淺說》（案即是Principles of Geology）兩大冊，圖解精密，其他教本稱是，但因為我不感到興趣，所以都忘記是什麼書了。歸國後他就開始抄書，在這幾年中不知共有若干種，只是記得的就有《穆天子傳》、《南方草木狀》、《北戶錄》、《桂海虞衡志》、程瑤田的《釋蟲小記》、郝懿行的《燕子春秋》、《蜂衙小記》與《記海錯》，還有從《說郛》抄出的多種。

其次是輯書。清代輯錄古逸書的很不少，魯迅所最受影響的還是張介侯的二酉堂吧，如《涼州記》，段熲陰鏗的集，都是鄉邦文獻的輯集也。（老實說，我很喜歡張君所著書，不但是因為輯古逸書收存鄉邦文獻，刻書字體也很可喜，近求得其所刻《蜀典》，書並不珍貴，卻是我所深愛。）

他一面翻古書抄唐以前小說逸文，一面又抄唐以前的越中史地書。這方面的成績第一是一部《會稽郡故書雜集》，其中有謝承《會稽先賢傳》、虞預《會稽典錄》、鍾離岫《會稽後賢傳記》、賀氏《會稽先賢像贊》、朱育《會稽土地記》、賀循《會稽記》、孔靈符《會稽記》、夏侯曾先《會稽地志》，凡八種，各有小引，卷首有敘，題曰太歲在閼逢攝提格（民國三年甲寅）九月既望記，乙卯二月刊成，木刻一冊。敘中有云：「幼時嘗見武威張澍所輯書，於涼土文獻撰集甚眾，篤恭鄉里，尚此之謂，而會稽故籍零落，至今未聞後賢為之綱紀，乃創就所見書傳剌取遺篇，累為一帙。」

又云：「書中賢俊之名，言行之跡，風土之美，多有方志所遺，捨此更不可見，用遺邦人，庶幾供其景行，不忘於故。」這裡輯書的緣起與意思都說的很清楚，但是另外有一點值得注意的，敘文署名「會稽周作人記」，向來算是我的撰述，這是什麼緣故呢？

查書的時候我也曾幫過一點忙，不過這原是豫才的發意，其一切編排考訂，寫小引敘文，都是他所做的，起草以至謄清大約有三四遍，也全是自己抄寫，到了付刊時卻不願出名，說寫你的名字吧，這樣便照辦了，一直拖了二十年餘。現在覺得應該說明了，因為這一件小事我以為很有點意義。這就是證明他做事全不為名譽，只是由於自己的愛好。這是求學問弄藝術的最高的態度，認得魯迅的人平常所不大能夠知道的。

其所輯錄的古小說逸文也已完成，定名為「古小說鉤沉」，當初也想用我的名字刊行，可是沒有刻板的資財，托書店出版也不成功，至今還是擱著。此外又有一部謝承《後漢書》，因為謝偉平是山陰人的緣故，特為輯集，可惜分量太多，所以未能與《故書雜集》同時刊板，這從篤恭鄉里的見地說來也是一件遺憾的事。

豫才因為古小說逸文的搜集，後來能夠有小說史的著作，說起緣由來很有意思。豫才對於古小說雖然已有十幾年的用力（其動機當然還在小時候所讀的書裡），但因為不喜誇示，平常很少有人知道。那時我在北京大學中國文學系做「票友」，馬幼漁君正當主任，有一年叫我講兩小時的小說史，我冒失的答應了回來，同豫才說起，或者由他去教更為方便，他說去試試也好，於是我去找幼漁換了別的什麼功課，請豫才教小說史，後來把講義印了出來，即是那一部書。

其後研究小說史的漸多，如胡適之、馬隅卿、鄭西諦、孫子書諸君，各有收穫，有後來居上之概，但那些似只在後半部，即宋以來的章回小說部分，若是唐以前古逸小說的稽考恐怕還沒有更詳盡的著作，這與《古小說鉤沉》的工作正是極有關係的。對於畫的愛好使他後來喜歡翻印外國的板畫，編選北平的詩箋，為世人所稱，但是他半生精力所聚的漢石刻畫像終於未能編印出來，或者也還沒有編好吧。

末了我們略談魯迅創作方面的情形。他寫小說其實並不始於《狂人日記》，辛亥冬天在家裡的時候曾經寫過一篇，以東鄰的富翁為「模特兒」，寫革命的前夜的事，性質不明的革命軍將要進城，富翁與清客閒漢商議迎降，頗富於諷刺的色彩。這篇文章未有題名，過了兩三年由我加了一個題目與署名，寄給《小說月報》，那時還是小冊，係惲鐵樵編輯，承其覆信大加稱賞，登在卷首，可是這年月與題名都完全忘記了，要查民初的幾冊舊日記才可知道。

第二次寫小說是眾所共知的《新青年》時代，所用筆名是魯迅，在《晨報副鐫》為孫伏園每星期日寫《阿Q正傳》則又署名巴人，所寫隨感錄大抵署名唐俟，我也有一兩篇是用這個署名的，都登在《新青年》上，近來看見有人為魯迅編一本集子，裡邊所收就有一篇是我寫的，後來又有人選入什麼讀本內，覺得有點可笑。當時世間頗疑巴人是蒲伯英，魯迅則終於無從推測，教育部中有時紛紛議論，毀譽不一，魯迅就在旁邊，茫然相對，是很有「幽默」趣味的事。他為什麼這樣做的呢？並不如別人所說，因為言論激烈所以匿名，實在只如上文所說不求聞達，但求自由的想或寫，不要學者文人的名，自然也更不為利，《新青年》是無報酬的，《晨報副刊》多不過一字一二厘罷了。以這種態度治學問或做創作，這才能夠有獨到之見，獨創之才，有自己的成就，不問工作大小都有價值，與制藝異也。

魯迅寫小說散文又有一特點，為別人所不能及者，即對於中國民族的深刻的觀察。大約現代文人中對於中國民族抱著那樣一片黑暗的悲觀的，難得有第二個人吧。豫才從小喜歡「雜覽」，讀野史最多，受影響亦最大，——譬如讀過《曲洧舊聞》裡的因子巷一則，誰會再忘記，會不與《一個小人物的懺悔》所記的事情同樣的留下很深的印象呢？

在書本裡得來的知識上面，又加上親自從社會裡得來的經驗，結果便造成一種只有苦痛與黑暗的人生觀，讓他無條件（除藝術的感覺外）的發現出來，就是那些作品。從這一點說來，《阿Q正傳》正是他的代表作，但其被普羅批評家所（曾）痛罵也正是應該的。

這是寄悲憤絕望於幽默，在從前那篇小文裡，我曾說用的是顯克微支、夏目漱石的手法，著者當時看了我的草稿也加以承認的，正如《炭畫》一般裡邊沒有一點光與空氣，到處是愚與惡，而愚與惡又復厲害到可笑的程度。

有些牧歌式的小話都非佳作，《藥》裡稍露出一點的情熱，這是對於死者的，而死者又已是做了「藥」了，此外就再也沒有東西可以寄託希望與感情。不被禮教吃了肉去就難免被做成「藥渣」，這是魯迅對於世間的恐怖，在作品上常表現出來，事實上也是如此。講到這裡我的話似乎可以停止了，因為我只想略講魯迅的學問藝術上的工作的始基，這有些事情是人家所不能知道的，至於其他問題能談的人很多，還不如等他們來談罷。

廿五年十月廿四日，北平。

關於魯迅書後

日前給《宇宙風》寫了一篇關於魯迅的文章，隨後宇宙風社來信說，在東京的一段落未曾寫入，囑再寫一篇當作補遺。

本來在「吃烈士」之風正盛的時候，我不預備多寫以免有嫌疑，但如補前篇的遺漏，那也似乎無妨，所以勉強再寫了一點寄去。這是十一月八日的事，次日接到武昌來的一明信片，其文云：

「魯迅先生死了！

今天看見《宇宙風》二十八期所載下期新目預告，將有《魯迅的學問》一文發表。我想，魯迅先生的學問，先生是不會完全懂得的，此事可不勞費神，且留待別些年輕人去做，若稿已告成，自可東之高閣，不必發表。此上祝好！

武昌田上。」

這種信或文章在我看了是並不覺得希奇的，因為我有點兒像王荊公的樣子覺得人言不足信，自己的短長還是自己知道的最清楚，雖然稱讚當然要比罵好，但聽了總都是耳邊風也。這回對於武昌田君的信片卻特別覺得有興趣。為什麼呢？「明珠」欄剛有長之的小文，題曰「封條」，末節有云：

「現在中國文壇上損失了一位大人物——魯迅。於是我又開始看見各色各樣的封條，大概仍是封好了，不許動，完事。這恐怕是中國人所最善於作的了，作書是為要人看，但在中國卻要藏之名山，書是為要人讀，但在中國卻要束之高閣。」

田君的信片上明明令人「束之高閣」，覺得這是很好的資料，可以給封條主義做個實例。至於我那兩篇文章卻終於發表了，因為我覺得沒有遵命之必要。那文章差不多都是行狀中的零碎材料，假如有毛病，則其唯一的毛病該是遺忘，即在不能完全記得而不在懂得與否。我在這裡覺得很有興趣的，即田君未曾見到文中所說何事而便云不必發表。

老實說，我那篇文章裡遺漏當然很多，如豫才捐刊《百喻經》這一件事，便是剛才讀了《民間》週刊上伏園的文章才記起來的。經末識語云：

「會稽周樹人施洋銀六十元，敬刻此經，連圈計字二萬一千零八十一個，印送功德書一百本，餘資六元撥刻《地藏十輪經》。民國三年秋九月，金陵刻經處識。」

本來事情太多了，老人又記性不好，有些事的確要靠朋友們幫忙才能湊足，自然有些也是別人不會知道的。田君於未見之先便如此不滿足，其殆有先見歟？希望讀後更能匡我不逮，如伏園那麼有所補益，願謹候明教。如或單純是封條主義，則不佞素不喜各色封條，幸恕不能承教耳。

十一月十七日。

關於魯迅之二

我為《宇宙風》寫了一篇關於魯迅的學問的小文之後，便擬暫時不再寫這類文章，所以有些北平天津東京的新聞雜誌社的囑託都一律謝絕了，因為我覺得多寫有點近乎投機學時髦，雖然我所有的資料都是事實，並不是普通《宦鄉要則》裡的那些祝文祭文。說是事實，似乎有價值卻也沒價值，因為這多是平淡無奇的，不是奇蹟，不足以滿足觀眾的欲望。

一個人的平淡無奇的事實本是傳記中的最好資料，但唯一的條件是要大家把他當做「人」去看，不是當做「神」，——即是偶像或傀儡，這才有點用處，若是神則所需要者自然別有神話與其神學在也。乃宇宙風社來信，叫我再寫一篇，略說豫才在東京時的文學的修養，算作前文的補遺，因為我在那裡邊曾經提及，卻沒有敘述。這也成為一種理由，所以補寫了這篇小文，姑且當作一點添頭也罷。

豫才的求學時期可以分作三個段落，即自光緒戊戌（一八九八）至辛丑（一九〇一）在南京為前期，自辛丑至丙午（一九〇六）在東京及仙台為中期，自丙午至己酉（一九〇九）又在東京為後期。這裡我所要說的只是後期，因為如他的自述所說，從仙台回到東京以後他才決定要弄文學。但是在這以前他也未嘗不喜歡文學，不過只是賞玩而非攻究，且對於文學也還未脫去舊的觀念。

在南京的時候豫才就注意嚴幾道的譯書，自《天演論》以至《法意》，都陸續購讀。其次是林琴南，自《茶花女遺事》出後，隨出隨買，我記得最後的一部是在東京神田的中國書林所買的《黑太子南征錄》，一總大約有二三十種罷。其時「冷血」的文章正很時新，他所譯述的《仙女緣》，《白雲塔》我至今還約略記得，還有一篇囂俄（Victor Hugo）的偵探談似的短篇小說，叫作什麼尤皮的，寫得很有意思，蘇曼殊又同陳獨秀在國民日日新聞上譯登《慘世界》，於是一時囂俄成為我們的愛讀書，搜來些英日文譯本來看。

末了是梁任公所編刊的《新小說》。《清議報》與《新民叢報》的確都讀過也很受影響，但是《新小說》的影響總是只有更大不會更小。梁任公的《論小說與群治之關係》當初讀了的確很有影響，雖然對於小說的性質與種類後來意見稍稍改變，大抵由科學或政治的小說漸轉到更純粹的文藝作品上去了。不過這只是不看重文學之直接的教訓作用，本意還沒有什麼變更，即仍主張以文學來感化社會，振興民族精神，用後來的熟語來說，可以說是屬於為人生的藝術這一派的。

丙午年夏天豫才在仙台的醫學專門學校退了學，回家去結婚，其時我在江南水師學堂，前一年的冬天到北京練兵處考取留學日本，在校裡閒住半年，這才決定被派去學習土木工程，秋初回家一轉，同豫才到東京去。豫才再到東京的目的他自己已經在一篇文章中說過，不必重述。

簡單的一句話就是欲救中國須從文學始。他的第一步的運動是辦雜誌。那時留學生辦的雜誌並不少，但是沒有一種是講文學的，所以發心想要創辦，名字定為「新生」，——這是否是借用但丁的，有點記不清楚了，但多少總有關係。其時留學界的空氣是偏重實用，什九學法政，其次是理工，對於文學都很輕視，《新生》的消息傳出去時大家頗以為奇，有人開玩笑說這不會是學台所取的進學新生麼。又有人（彷彿記得是胡仁源）對豫才說，你弄文學做甚，有什麼用處？答云，學文科的人知道學理工也有用處，這便是好處。客乃默然。看這種情形，《新生》的不能辦得好原是當然的。

《新生》的撰述人共有幾個我不大記得了，確實的人數裡有一位許季黻（壽裳），聽說還有袁文藪，但他往西洋去後就沒有通信。結果這雜誌沒有能辦成，我曾根據安特路朗（Andrew Lang）的幾種書寫了半篇《日月星之神話》，稿今已散失，雜誌的原稿紙卻還有好些存在。

辦雜誌不成功，第二步的計畫是來譯書。翻譯比較通俗的書賣錢是別一件事，賠錢介紹文學又是一件事，這所說的自然是屬於後者。結果經營了好久，總算印出了兩冊《域外小說集》。第一冊上有一篇序言，是豫才的手筆，說明宗旨云：

「《域外小說集》為書，詞致樸訥，不足方近世名人譯本，特收錄至審慎，移譯亦期弗失文情。異域文術新宗，由此始入華土。使有士卓特，不為常俗所囿，必將犁然有當於心，按邦國時期，籀讀其心聲，以相度神思之所在。則此雖大海之微漚與，而性解思惟，實寓於此。中國譯界，亦由是無遲莫之感矣。己酉正月十五日。」

過了十一個年頭，民國九年春天上海群益書社願意重印，加了一篇新序，用我出名，也是豫才所寫的，頭幾節是敘述當初的情形的，可以抄在這裡：

「我們在日本留學的時候，有一種茫漠的希望，以為文藝是可以轉移性情，改造社會的。因為這意見，便自然而然的想到介紹外國新文學這一件事。但做這事業，一要學問，二要同志，三要工夫，四要資本，五要讀者。第五樣逆料不得，上四樣在我們卻幾乎全無。於是又自然而然的只能小本經營，姑且嘗試，這結果便是譯印《域外小說集》。

「當初的計畫，是籌辦了連印兩冊的資本，待到賣回本錢，再印第三第四，以至第多少冊的。如此繼續下去，積少成多，也可以約略介紹了各國名家的著作了。於是準備清楚，在一九〇九年二月，印出第一冊，到六月間，又印出了第二冊。寄售的地方，是上海和東京。

「半年過去了，先在就近的東京寄售處結了賬。計第一冊賣去了二十一本，第二冊是二十本，以後可再也沒有人買了。那第一冊何以多賣一本呢？就因為有一位極熟的友人，怕寄售處不遵定價，額外需索，所以親去試驗一回，果然劃一不二，就放了心，第二本不再試驗了。但由此看來，足見那二十位讀者，是有出必看，沒有一人中止的，我們至今很感謝。

「至於上海，是至今還沒有詳細知道。聽說也不過賣出了二十冊上下，以後再沒有人買了。於是第三冊只好停板，已成的書便都堆在上海寄售處堆貨的屋子裡。過了四五年，這寄售處不幸失了火。我們的書和紙板都連同化成灰燼。我們這過去的夢幻似的無用的勞力，在中國也就完全消滅了。」

這裡可以附注幾句。《域外小說集》第一冊印了一千本，第二冊只有五百本。印刷費是蔣抑卮（鴻林）代付的，那時蔣君來東京醫治耳疾，聽見譯書的計畫甚為贊成，願意幫忙，上海寄售處也即是他的一家綢緞莊。那個去試驗買書的則是許季戳也。

《域外小說集》兩冊中共收英美法各一人一篇，俄四人七篇，波蘭一人三篇，波思尼亞一人二篇，芬蘭一人一篇。從這上邊可以看出一點特性來，即一是偏重斯拉夫系統，一是偏重被壓迫民族也。其中有俄國的安特來夫（Leonid Andrejev）作二篇，伽爾洵（V.Garshin）作一篇，係豫才根據德文本所譯。豫才不知何故深好安特來夫，我所能懂而喜歡者只有短篇《齒痛》（「Ben Tobit」），《七個絞死的人》與《大時代的小人物的懺悔》二書耳。

那時日本翻譯俄國文學尚不甚發達，比較的紹介得早且亦稍多的要算屠介涅夫，我們也用心搜求他的作品，但只是珍重，別無翻譯的意思。每月初各種雜誌出版，我們便忙著尋找，如有一篇關於俄文學的紹介或翻譯，一定要去買來，把這篇拆出保存，至於波蘭自然更好，不過除了《你往何處去》，《火與劍》之外不會有人講到的，所以沒有什麼希望。

此外再查英德文書目，設法購求古怪國度的作品，大抵以俄，波蘭，捷克，塞爾比亞，勃耳伽利亞，波思尼亞，芬蘭，匈加利，羅馬尼亞，新希臘為主，其次是丹麥瑙威瑞典荷蘭等，西班牙義大利便不大注意了。那時日本大談自然主義，這也覺得是很有意思的事，但是所買的法國著作大約也只是茀羅貝爾，莫泊三，左拉諸大師的二三卷，與詩人波特萊耳，威耳倫的一二小冊子而已。

上邊所說偏僻的作品英譯很少，德譯較多，又多收入勒克蘭等叢刊中，價廉易得，常開單托相模屋書店向丸善定購，書單一大張而算帳起來沒有多少錢，書店的不憚煩肯幫忙也是很可感的，相模屋主人小澤死於肺病，於今卻已有廿年了。德文雜誌中不少這種譯文，可是價太貴，只能於舊書攤上求之，也得了許多，其中有名叫什麼 **Aus Fremden Zungen**（記不清楚是否如此）的一種，內容最好，曾有一篇批評荷蘭凡藹覃的文章，豫才的讀《小約翰》與翻譯的意思實在是起因於此的。

這許多作家中間，豫才所最喜歡的是安特來夫，或者這與愛李長吉有點關係罷，雖然也不能確說。此外有伽爾洵，其《四日》一篇已譯登《域外小說集》中，又有《紅花》則與萊耳孟托夫（M.Lermontov）的《當代英雄》，契訶夫（A.Tchekhov）的《決鬥》，均未及譯，又甚喜科洛連珂（V.Korolenko），後來只由我譯其《瑪加耳的夢》一篇而已。高爾基雖已有名，《母親》也有各種譯本了，但豫才不甚注意，他所最受影響的卻是果戈里（N.Gogol），《死靈魂》還居第二位，第一重要的還是短篇小說《狂人日記》，《兩個伊凡尼支打架》，喜劇《巡按》等。

波蘭作家最重要的是顯克微支（H.Sienkiewicz），《樂人揚珂》等三篇我都譯出登在小說集內，其傑作《炭畫》後亦譯出，又《得勝的巴耳得克》未譯至今以為憾事。用幽默的筆法寫陰慘的事蹟，這是果戈里與顯克微支二人得意的事，《阿Q正傳》的成功其原因亦在於此，此蓋為不懂幽默而亂罵亂捧的人所不及知者也。（《正傳》第一章的那樣纏夾亦有理由，蓋意在諷刺歷史癖與考據癖，但此本無甚惡意，與《故事新編》中的《治水》有異。）

捷克有納盧陀（Neruda），扶爾赫列支奇（Vrchlicki），亦為豫才所喜，又芬蘭乞食詩人丕佛林多（Päivārinta）所作小說集亦所愛讀不釋者，均未翻譯。匈加利則有詩人裴象飛（Petöfi Sandor），死於革命之戰，豫才為《河南》雜誌作《摩羅詩力說》，表章擺倫等人的「撒旦派」，而以裴象飛為之繼，甚致讚美，其德譯詩集一卷，又小說曰「絞手之繩」，從舊書攤得來時已破舊，豫才甚珍重之。

對於日本文學當時殊不注意，森鷗外，上田敏，長谷川二葉亭諸人，差不多只重其批評或譯文，唯夏目漱石作俳諧小說《我是貓》有名，豫才俟其印本出即陸續買讀，又熱心讀其每日在《朝日新聞》上所載的《虞美人草》，至於島崎藤村等的作品則始終未曾過問，自然主義盛行時亦只取田山花袋的《棉被》，佐藤紅綠的《鴨》一讀，似不甚感興味。

豫才後日所作小說雖與漱石作風不似，但其嘲諷中輕妙的筆致實頗受漱石的影響，而其深刻沉重處乃自果戈里與顯克微支來也。豫才於拉丁民族的藝術似無興會，德國則只取尼采一人，《札拉圖斯忒拉如是說》常在案頭，曾將序說一篇譯出登雜誌上，這大約是《新潮》吧。尼采之進化論的倫理觀我也覺得很有意思，但是我不喜歡演劇式的東西，那種格調與文章就不大合我的胃口，所以我的一冊英譯本也擱在書箱裡多年沒有拿出來了。

豫才在醫學校的時候學的是德文，所以後來就專學德文，在東京的獨逸語學協會的學校聽講。丁未年（一九〇七）同了幾個友人共學俄文，有季黻、陳子英（名濬，因徐錫麟案避難來東京）、陶望潮（名鑄，後以字行曰冶公）、汪公權（劉申叔的親屬，後以偵探嫌疑被同盟會人暗殺於上海），共六人，教師名孔特夫人（Maria Konde），居於神田，蓋以革命逃至日本者。未幾子英先退，獨自從師學，望潮因將往長崎從俄人學造炸藥亦去，四人暫時支撐，卒因財力不繼而散。

戊申年（一九〇八）從太炎先生講學，來者有季黻，錢均甫（家治），朱逷先（希祖），錢德潛（夏，今改名玄同），朱蓬仙（宗萊），龔未生（寶銓），共八人，每星期日至小石川的民報社，聽講《說文解字》。丙丁之際我們翻譯小說，還多用林氏的筆調，這時候就有點不滿意，即嚴氏的文章也嫌他有八股氣了。

以後寫文多喜用本字古義，《域外小說集》中大都如此，斯諦普虐克（Stepniak）的《一文錢》（這篇小品我至今還是很喜歡）曾登在《民報》上，請太炎先生看過，改定好些地方，至民九重印，因恐印刷為難，始將這些古字再改為通用的字。這雖似一件小事，但影響卻並不細小，如寫鳥字下面必只兩點，見梁字必覺得討嫌，即其一例，此所謂文字上的一種潔癖，與復古全無關係，且正以有此潔癖乃能知復古之無謂，蓋一般復古之徒皆不通，本不配談，若穿深衣寫篆字的復古，雖是高明而亦因此乃不可能也。

豫才那時的思想我想差不多可以民族主義包括之，如所介紹的文學亦以被壓迫的民族為主，俄則取其反抗壓制也。但他始終不曾加入同盟會，雖然時常出入民報社，所與往來者多是同盟會的人。他也沒有入光復會。當時陶煥卿（成章）也亡命來東京，因為同鄉的關係常來談天，未生大抵同來。煥卿正在連絡江浙會黨，計畫起義，太炎先生每戲呼為煥強盜或煥皇帝，來寓時大抵談某地不久可以「動」，否則講春秋時外交或戰爭情形，口講指畫，歷歷如在目前。

嘗避日本警吏注意，攜文件一部分來寓屬代收藏，有洋抄本一，係會黨的聯合會章，記有一條云，凡犯規者以刀劈之。又有空白票布，紅布上蓋印，又一枚紅緞者，云是「龍頭」。煥卿嘗笑語曰，填給一張正龍頭的票布何如？數月後煥卿移居，乃復來取去。以浙東人的關係，豫才似乎應該是光復會中人了。然而又不然。這是什麼緣故呢？我不知道。我所記述的都重在事實，並不在意義，這裡也只是報告這麼一件事實罷了。

這篇補遺裡所記是丙午至己酉這四五年間的事，在魯迅一生中屬於早年而且也是一個很短的時期，我所要說的本來就只是這一點，所以就此打住了。我嘗說過，豫才早年的事情大約我要算知道得頂多，晚年的是在上海的我的兄弟懂得頂清楚，所以關於晚年的事我一句話都沒有說過，即不知為不知也，早年也且只談這一部分，差不多全是平淡無奇的事，假如可取可取當在於此，但或者無可取也就在於此乎。

念五年十一月七日，在北平。

【附記】

為行文便利起見，除特別表示敬禮者外，人名一律稱姓字，不別加敬稱。

自己的文章

聽說俗語裡有一句話，人家的老婆與自己的文章總覺得是好的。既然是通行的俗語，那麼一定有道理在裡邊，大家都已沒有什麼異議的了，不過在我看來卻也有不盡然的地方。關於第一點，我不曾有過經驗，姑且不去講她。文章呢，近四十年來古文白話胡亂地塗寫了不少，自己覺得略有所知，可是我毫不感到天下文風全在紹興而且本人就是城裡第一。

不，讀文章不論選學桐城，稍稍辨別得一點好壞，寫文章也微微懂得一點苦甘冷暖，結果只有「一丁點兒」的知，而知與信乃是不大合得來的，既知文章有好壞，便自然難信自己的都是好的了。

聽人家稱讚我的文章好，這當然是愉快的事，但是這愉快大抵也就等於看了主考官的批，是很榮幸的然而未必切實。有人好意地說我的文章寫得平淡，我聽了很覺得喜歡但也很惶恐。平淡，這是我所最缺少的，雖然也原是我的理想，而事實上絕沒有能夠做到一分毫，蓋凡理想本來即其所最缺少而不能做到者也。現在寫文章自然不能再講什麼義法格調，思想實在是很重要的，思想要充實已難，要表現得好更大難了，我所有的只有焦躁，這說得好聽一點是積極，但其不能寫成好文章來反正總是一樣。

民國十四年我在《雨天的書》序二中說：

「我近來作文極慕平淡自然的景地。但是看古代或外國文學才有此種作品，自己還夢想不到有能做的一天，因為這有氣質境地與年齡的關係，不可勉強，像我這樣褊急的脾氣的人，生在中國這個時代，實在難望能夠從容鎮靜地做出平和沖淡的文章來。」又云：

「我很反對為道德的文學，但自己總做不出一篇為文章的文章，結果只編集了幾卷說教集，這是何等滑稽的矛盾。」

近日承一位日本友人寄給我一冊小書，題曰「北京的茶食」，內凡有《上下身》，《死之默想》，《沉默》，《碰傷》等九篇小文，都是民十五左右所寫的，譯成流麗的日本文，固然很可欣幸，我重讀一遍卻又十分慚愧，那時所寫真是太幼稚地興奮了。

過了十年，是民國二十四年了，我在《苦茶隨筆》後記中說道：

「我很慚愧老是那麼熱心，積極，又是在已經略略知道之後，——難道相信天下真有奇蹟麼？實實是大錯而特錯也。以後應當努力，用心寫好文章，莫管人家鳥事，且談草木蟲魚，要緊要緊。」這番叮囑仍舊沒有用處，那是很顯然的。

孔子曰，鳥獸不可與同群，吾非斯人之徒而誰與。中國是我的本國，是我歌於斯哭於斯的地方，可是眼見得那麼不成樣子，大事且莫談，只一出去就看見女人的紮縛的小腳，又如此刻在寫字耳邊就滿是後面人家所收廣播的怪聲的報告與舊戲，真不禁令人怒從心上起也。在這種情形裡平淡的文情那裡會出來，手底下永遠是沒有，只在心目中尚存在耳，所以我的說平淡乃是跛者之不忘履也，諸公同情遂以為真是能履，跛者固不敢承受，諸公殆亦難免有失眼之譏矣。

又或有人改換名目稱之曰閒適，意思是表示不贊成，其實在這裡也是說得不對的。熱心社會改革的朋友痛恨閒適，以為這是布耳喬亞的快樂，差不多就是飽暖懶惰而已。然而不然。閒適是一種很難得的態度，不問苦樂貧富都可以如此，可是又並不是容易學得會的。這可以分作兩種。其一是小閒適，如俞理初在《癸巳存稿》卷十二關於閒適的文章裡有云：

「秦觀詞云，醉臥古藤陰下，了不知南北。王銍《默記》以為其言如此，必不能至西方淨土。其論甚可憎也。……蓋流連光景，人情所不能無，其托言不知，意本深曲耳。」

如農夫終日車水，忽駐足望西山，日落陰涼，河水變色，若欣然有會，亦是閒適，不必臥且醉也。其二可以說是大閒適罷。

沈赤然著《寄傲軒讀書續筆》卷四云：

「宋明帝遣藥酒賜王景文死，景文將飲酒，謂客曰，此酒不宜相勸。齊明帝遣齎鴆逼巴陵王子倫死，子倫將飲，顧使者曰，此酒非勸客之具，不可相奉。其言何婉而趣也。大都從容鎮靜之態平時尚可偽為，至臨死關頭不覺本性全露，若二人者可謂視死如甘寢矣。」

又如陶淵明《擬挽歌辭》之三云：

「向來相送人，各自還其家，親戚或余悲，他人亦已歌。」

這樣的死人的態度真可以說是閒適極了，再看那些參禪看話的和尚，雖似超脫，卻還念念不忘臘月二十八，難免陶公要攢眉而去。

夫好生惡死人之常情也，他們亦何必那麼視死如甘寢，實在是「千年不復朝，賢達無奈何」耳，唯其無奈何所以也就不必多自擾擾，只以婉而趣的態度對付之，此所謂閒適亦即是大幽默也。但此等難事唯有賢達能做得到，若是凡人就是平常煩惱也難處理，豈敢望這樣的大解放乎。總之閒適不是一件容易學的事情，不佞安得混冒，自己查看文章，即流連光景且不易得，文章底下的焦躁總要露出頭來，然則閒適亦只是我的一理想而已，而理想之不能做到如上文所說又是當然的事也。

看自己的文章，假如這裡邊有一點好處，我想只可以說在於未能平淡閒適處，即其文字多是道德的。在《雨天的書》序二中云：

「我平素最討厭的是道學家（或照新式稱為法利賽人），豈知這正因為自己是一個道德家的緣故。我想破壞他們的偽道德不道德的道德，其實卻同時非意識地想建設起自己所信的新的道德來。」

我的道德觀恐怕還當說是儒家的，但左右的道與法兩家也都摻合在內，外面又加了些現代科學常識，如生物學人類學以及性的心理，而這末一點在我較為重要。古人有面壁悟道的，或是看蛇鬥懂得寫字的道理，我卻從「妖精打架」上想出道德來，恐不免為傻大姐所竊笑罷。不過好笑的人儘管去好笑，我的意見實實在在以我所知為基本，故自與他人不能苟同。至於文章自己承認未能寫得好，朋友們稱之曰平淡或閒適而賜以稱許或嘲罵，原是隨意，但都不很對，蓋不佞以為自己的文章的好處或不好處全不在此也。

廿五年九月二日，在北平。

結緣豆

范寅《越諺》卷中風俗門云：

「結緣，各寺廟佛生日散錢與丐，送餅與人，名此。」

敦崇《燕京歲時記》有舍緣豆一條云：

「四月八日，都人之好善者取青黃豆數升，宣佛號而拈之，拈畢煮熟，散之市人，謂之舍緣豆，預結來世緣也。謹按《日下舊聞考》，京師僧人念佛號者輒以豆記其數，至四月八日佛誕生之辰，煮豆微撒以鹽，邀人於路請食之以為結緣，今尚沿其舊也。」

劉玉書《常談》卷一云：

「都南北多名刹，春夏之交，士女雲集，寺僧之青頭白面而年少者著鮮衣華履，托朱漆盤，貯五色香花豆，蹀躞於婦女襟袖之間以獻之，名曰結緣，婦女亦多嬉取者。適一僧至少婦前奉之甚殷，婦慨然大言曰，良家婦不願與寺僧結緣。左右皆失笑，群婦赧然縮手而退。」

就上邊所引的話看來，這結緣的風俗在南北都有，雖然情形略有不同。小時候在會稽家中常吃到很小的小燒餅，說是結緣分來的，范嘯風所說的餅就是這個。

這種小燒餅與「洞裡火燒」的燒餅不同，大約直徑一寸高約五分，餡用椒鹽，以小皋步的為最有名，平常二文錢一個，底有兩個窟窿，結緣用的只有一孔，還要小得多，恐怕還不到一文錢吧。北京用豆，再加上念佛，覺得很有意思，不過二十年來不曾見過有人拿了鹽煮豆沿路邀吃，也不聽說浴佛日寺廟中有此種情事，或者現已廢止亦未可知，至於小燒餅如何，則我因離鄉里已久不能知道，據我推想或尚在分送，蓋主其事者多係老太婆們，而老太婆者乃是天下之最有閒而富於保守性者也。

結緣的意義何在？大約是從佛教進來以後，中國人很看重緣，有時候還至於說得很有點神秘，幾乎近於命數。如俗語云，有緣千里來相會，無緣對面不相逢，又小說中狐鬼往來，末了必云緣盡矣，乃去。敦禮臣所云預結來世緣，即是此意。其實說得淺淡一點，或更有意思，例如唐伯虎之三笑，才是很好的緣，不必於冥冥中去找紅繩縛腳也。

我很喜歡佛教裡的兩個字，曰業曰緣，覺得頗能說明人世間的許多事情，彷佛與遺傳及環境相似，卻更帶一點兒詩意。日本無名氏詩句云：

「蟲呵蟲呵，難道你叫著，業便會盡了麼？」

這業的觀念太是冷而且沉重，我平常笑禪宗和尚那麼超脫，卻還掛念臘月二十八，覺得生死事大也不必那麼操心，可是聽見知了在樹上喳喳地叫，不禁心裡發沉，真感得這件事恐怕非是涅槃是沒有救的了。

緣的意思便比較的溫和得多，雖不是三笑那麼圓滿也總是有人情的，即使如庫普林在《晚間的來客》所說，偶然在路上看見一雙黑眼睛，以至夢想顛倒，究竟逃不出是春叫貓兒貓叫春的圈套，卻也還好玩些。此所以人家雖怕造業而不惜作緣歟？若結緣者又買燒餅煮黃豆，逢人便邀，則更十分積極矣，我覺得很有興趣者蓋以此故也。

為什麼這樣的要結緣的呢？我想，這或者由於不安於孤寂的緣故吧。富貴子嗣是大眾的願望，不過這都有地方可以去求，如財神送子娘娘等處，然而此外還有一種苦痛卻無法解除，即是上文所說的人生的孤寂。

孔子曾說過，鳥獸不可與同群，吾非斯人之徒而誰與。人是喜群的，但他往往在人群中感到不可堪的寂寞，有如在廟會時擠在潮水般的人叢裡，特別像是一片樹葉，與一切絕緣而孤立著。念佛號的老公公老婆婆也不會不感到，或者比平常人還要深切吧，想用什麼儀式來施行祓除，列位莫笑他們這幾顆豆或小燒餅，有點近似小孩們的「辦人家」，實在卻是聖餐的麵包蒲陶酒似的一種象徵，很寄存著深重的情意呢。我們的確彼此太缺少緣分，假如可能實有多結之必要，因此我對於那些好善者著實同情，而且大有加入的意思，雖然青頭白面的和尚我與劉青園同樣的討厭，覺得不必與他們去結緣，而朱漆盤中的五色香花豆蓋亦本來不是獻給我輩者也。

我現在去念佛拈豆，這自然是可以不必了，姑且以小文章代之耳。我寫文章，平常自己懷疑，這是為什麼的：為公乎，為私乎？一時也有點說不上來。錢振鍠《名山小言》卷七有一節云：

「文章有為我兼愛之不同。為我者只取我自家明白，雖無第二人解，亦何傷哉，老子古簡，莊生詭誕，皆是也。兼愛者必使我一人之心共喻於天下，語不盡不止，孟子詳明，墨子重複，是也。《論語》多弟子所記，故語意亦簡，孔子誨人不倦，其語必不止此。或怪孔明文采不豔而過於丁寧周至，陳壽以為亮所與言盡眾人凡士云云，要之皆文之近於兼愛者也。詩亦有之，王孟閒適，意取含蓄，樂天諷諭，不妨盡言。」

這一節話說得很好，可是想拿來應用卻不很容易，我自己寫文章是屬於那一派的呢？說兼愛固然夠不上，為我也未必然，似乎這裡有點兒纏夾，而結緣的豆乃彷彿似之，豈不奇哉。寫文章本來是為自己，但他同時要一個看的對手，這就不能完全與人無關係，蓋寫文章即是不甘寂寞，無論怎樣寫得難懂，意識裡也總期待有第二人讀，不過對於他沒有過大的要求，即不必要他來做嘍囉而已。

煮豆微撒以鹽而給人吃之，豈必要索厚償，來生以百豆報我，但只願有此微末情分，相見時好生看待，不至伥伥來去耳。古人往矣，身後名亦復何足道，唯留存二三佳作，使今人讀之欣然有同感，斯已足矣，今人之所能留贈後人者亦止此，此均是豆也。幾顆豆豆，吃過忘記未為不可，能略為記得，無論轉化作何形狀，都是好的，我想這恐怕是文藝的一點效力，他只是結點緣罷了。我卻覺得很是滿足，此外不能有所希求，而且過此也就有點不大妥當，假如想以文藝為手段去達別的目的，那又是和尚之流矣，夫求女人的愛亦自有道，何為捨正路而不由，乃托一盤豆以圖之，此則深為不佞所不能贊同者耳。

廿五年九月八日，在北平。

談養鳥

李笠翁著《閒情偶寄》頤養部行樂第一，隨時即景就事行樂之法下有看花聽鳥一款云：

「花鳥二物，造物生之以媚人者也。既產嬌花嫩蕊以代美人，又病其不能解語，復生群鳥以佐之，此段心機竟與購覓紅妝，習成歌舞，飲之食之，教之誨之以媚人者，同一周旋之至也。而世人不知，目為蠢然一物，常有奇花過目而莫之睹，鳴禽悅耳而莫之聞者，至其捐資所買之侍妾，色不及花之萬一，聲僅竊鳥之緒餘，然而睹貌即驚，聞歌輒喜，為其貌似花而聲似鳥也。

「噫，貴似賤真，與葉公之好龍何異。予則不然。每值花柳爭妍之日，飛鳴鬥巧之時，必致謝洪鈞，歸功造物，無飲不奠，有食必陳，若善士信嫗之佞佛者，夜則後花而眠，朝則先鳥而起，唯恐一聲一色之偶遺也。及至鶯老花殘，輒怏怏如有所失，是我之一生可謂不負花鳥，而花鳥得予亦所稱一人知己死可無恨者乎。」

又鄭板橋著十六通家書中，濰縣署中與舍弟墨第二書末有書後又一紙云：「所云不得籠中養鳥，而予又未嘗不愛鳥，但養之有道耳。欲養鳥莫如多種樹，使繞屋數百株，扶疏茂密，為鳥國鳥家，將旦時睡夢初醒，尚輾轉在被，聽一片啁啾，如雲門咸池之奏，及披衣而起，頮面漱口啜茗，見其揚翬振彩，倏往倏來，目不暇給，固非一籠一羽之樂而已。大率平生樂處欲以天地為囿，江漢為池，各適其天，斯為大快，比之盆魚籠鳥，其巨細仁忍何如也。」

李鄭二君都是清代前半的明達人，很有獨得的見解，此二文也寫得好。笠翁多用對句八股調，文未免甜熟，卻頗能暢達，又間出新意奇語，人不能及，板橋則更有才氣，有時由透徹而近於誇張，但在這裡二人所說關於養鳥的話總之都是不錯的。

近來看到一冊筆記抄本，是乾隆時人秦書田所著的《曝背余談》，卷上也有一則云：「盆花池魚籠鳥，君子觀之不樂，以囚鎖之象寓目也。然三者不可概論。鳥之性情唯在林木，樊籠之與林木有天淵之隔，其為犴狴固無疑矣，至花之生也以土，魚之養也以水，江湖之水水也，池中之水亦水也，園囿之土土也，盆中之土亦土也，不過如人生同此居第少有廣狹之殊耳，似不為大拂其性。去籠鳥而存池魚盆花，願與體物之君子細商之。」

三人中實在要算這篇說得頂好了，樸實而合於情理，可以說是儒家的一種好境界，我所佩服的《梵網戒疏》裡，賢首所說「鳥身自為主」乃是佛教的，其徹底不徹底處正各有他的特色，未可輕易加以高下。抄本在此條下卻有朱批云：

「此條格物尚未切到，盆水豢魚，不𦃇易淰，亦大拂其性。且玩物喪志，君子不必待商也。」下署名曰于文叔。查《余談》又有論種菊一則云：

「李笠翁論花，於蓮菊微有軒輊，以藝菊必百倍人力而始肥大也。余謂凡花皆可藉以人力，而菊之一種止宜任其天然。蓋菊，花之隱逸者也，隱逸之侶正以蕭疏清臒為真，若以肥大為美，則是李之擇將，非左思之招隱矣，豈非失菊之性也乎。東籬主人，殆難屬其人哉，殆難屬其人哉。」

其下有于文叔的朱批云：「李笠翁金聖歎何足稱引，以昔人代之可也。」于君不贊成盆魚不為無見，唯其他思想頗謬，一筆抹殺笠翁聖嘆，完全露出正統派的面目，至於隨手抓住一句玩物喪志的咒語便來胡亂嚇唬人，尤為不成氣候，他的態度與《余談》的作者正立於相反的地位，無怪其總是格格不入也。秦書田並不聞名，其意見卻多很高明，論菊花不附和笠翁固佳，論魚鳥我也都同意。

十五年前，我在西山養病時寫過幾篇《山中雜信》，第四信中有一節云：

「遊客中偶然有提著鳥籠的，我看了最不喜歡。我平常有一種偏見，以為作不必要的惡事的人比為生活所迫不得已而作惡者更為可惡，所以我憎惡蓄妾的男子，比那賣女為妾——因貧窮而吃人肉的父母，要加幾倍。對於提鳥籠的人的反感也是出於同一的淵源。如要吃肉，便吃罷了（其實飛鳥的肉於養生上也並非必要）。如要賞玩，在他自由飛鳴的時候可以儘量的看或聽，何必關在籠裡，擎著走呢？我以為這同喜歡纏足一樣的是痛苦的賞鑒，是一種變態的殘忍的心理。」（十年七月十四日信）

那時候的確還年輕一點，所以說的稍有火氣，比起上邊所引的諸公來實在慚愧差得太遠，但是根本上的態度總還是相近的。我不反對「玩物」，只要不大違反情理。至於「喪志」的問題我現在不想談，因為我乾脆不懂得這兩個字是怎麼講，須得先來確定他的界說才行，而我此刻卻又沒有工夫去查十三經注疏也。

廿五年十月十一日。

論萬民傘

《平等閣筆記》少時曾在《時報》上見到一部分，但民國以來不再注意讀報，其後筆記單行本出版亦未看見。前日在書攤偶得一部，燈下翻閱，若疏若親，蓋年代久隔，意見亦多差異，著者信佛教亦遂信鬼神妖異，不佞讀之覺得與普通筆記無殊，正是古已有之的話，唯卷一首五頁記庚子亂後入都所見聞事十二則卻很有意思。第五則云，「哀莫大於心死，痛莫甚於亡恥，」後舉數事云：

「迨內城外城各地為十一國分劃駐守後，不數月間，凡十一國公使館，十一國之警察署，十一國之安民公所，其中金碧輝煌，皆吾民所貢獻之萬民匾聯衣傘，歌功頌德之詞，洋洋盈耳，若真出於至誠者，直令人睹之且憤且愧，不知涕淚之何從也。又順治門外一帶為德軍駐守地，其界內新設各店牌號，大都士大夫為之命名，有曰德興，有曰德盛，有曰德昌，有曰德永，有曰德豐厚，德長勝等，甚至不相聯屬之字竟亦強以德字冠其首，種種媚外之名詞指不勝屈，而英美日義諸界亦莫不皆然。彼外人詎能解此華文為歌頌之義，而喪心亡恥一至於斯。」

最近，在報紙上，又常常看到天津什麼公會，替地方當局送萬民傘的消息。這與上面所說的當然有點小小不同，即所送者一是外國人，一不是外國人也。但是，中國人好送德政傘，那總是實在的。為什麼有這一種怪脾氣的呢？這個我也很想知道，可是還不能確實知道。案《水經注》濟水下昌邑縣條下云，有建和十年秦閏等刊石頌德政碑，可見在漢末已有，有了千八百年的歷史。

白居易《青石》詩云：「不願作官家道旁德政碑，不鐫實錄鐫虛辭。」可知這碑之不可靠也是自古已然，長慶到現在也已有千一百年了。匾與傘與旗就只是碑的子孫，卻是更簡略，更不成東西了，其虛辭則不論大小輕重原是一樣。狄君見了且憤且愧，雖是當然，其實還只是可憐。難道人民真是喜歡幹這種無恥的勾當，千餘年如一日，實在還只為求生乞命耳。

曹靜山著《十三日備嘗記》述道光廿二年英人犯上海事，五月十二日條下有云：「鄰人張姓來云，洋人於邑廟給護照，取之者必只雞易，無雞則一切食用品亦或有得之者。余前聞浙省曾有此事，因期以明日覘之。」

凡德政匾等皆護照也。中國自唐以來即常受外族的欺凌，而其間之本族政府又喜以專制為政，人民的一線生機蓋唯在叩頭而已。德政碑萬民傘可也，招牌中寫興盛昌永亦可也，皆以標語表示叩頭，至其對象之為中為外則可無論也。由今之道無變今之俗，匾聯衣傘方興未艾，且此亦正合於現今上下合力鼓吹的舊禮教，平等閣主人憤慨的意見在此刻恐怕亦須稍加以修正矣。

（廿五年三月廿一日，於北平。）

再論萬民傘

吾鄉孫顏清著《寄龕丁志》卷三有一則是關於萬民傘的，其文如下：

「《洛陽伽藍記》，後魏李延實，莊帝舅也，永安中除青州刺史，帝謂曰，懷磚之俗，世號難治，舅宜好用心。時黃門侍郎楊寬在側，不曉懷磚之義，私問舍人溫子升，子升曰，吾聞彭城王作青州，其賓從云，齊土風俗專在榮利，太守初入境，百姓皆懷磚叩頭以美其意，乃其代下還家，則以磚擊之，言其向背速於反掌云。今則無論居官若何，宜以瓦礫贈行者，亦必有德政牌萬民傘，滔滔者天下皆是也，彌可嘆矣。」

案《伽藍記》文見原書卷二，懷磚之俗的話也從這裡初次看到，孫君提起來與萬民傘比較，分出優劣來，也是很有意思的事。本來懷磚叩頭已經是夠可笑的了，等到太守卸任又以磚擊之，可謂勢利反覆，殊不足道，但以較後來的專送萬民傘，畢竟要算還勝一籌。

蓋中國近世的人生哲學可以「多磕頭少說話」六字包括之，送萬民傘即是很好的例，來送去亦送，見人便磕頭，縱或無利益，亦不至有害，逢迎愈工，是非都泯，瓦礫贈行幾等於博浪之擊，世無張子房，久不聞有冒此險者矣。君子於此可以觀世變焉，孫君之慨嘆亦從非無故也。

據西儒說，傘是古時貴人的專用品，平民不得用，中國也只有官吏才張蓋，王侯背後有從人擎著曲柄黃蓋或是掌扇，常見於圖畫，都是遮太陽用的。平民恐怕只配光著頭走，至少見了貴人應當如此，西人至今免冠為禮，因為冠即是代傘的東西也。拿傘送官，深得古意，又利用傘上的空間頌揚德政，羅列姓名，表示降伏，真是工巧已極，一舉而三善備矣。

我這裡覺得最有意思的卻不在傘而是萬民，我不知道從那裡得來這成千成百的姓名？中國沒有完備的戶籍，就是有什麼戶口調查，也只是多少丁口罷了，名字隨意更換，雖是自己承認，卻全無可稽考，在這種情形之下要想集錄法律上有效的姓名，的確不是一件容易事情。

《嘉泰會稽志》卷二云，漢會稽太守馬臻創立鑒湖，築塘蓄水，周回三百一十裡，都溉田九千餘頃。又引孔靈符《會稽記》云：

「創湖之始，多淹家宅，有千餘人怨訴，臻遂被刑於市，及遣使按覆，總不見人，籍皆是先死亡者。」

越中傳說太守被剝皮楦草，疑非其實，閱載紀唯明朱棣順張獻忠及清初有是刑，漢末或尚未必有也。

《志》卷十三又引起居郎熊克說云：

「或問曰，馬臻之始為湖也，會稽民數千人詣闕訟之，臻得罪死，及按見訟者皆已死，說者以為鬼。予獨曰，不然。臻之為湖，不利於豪右，故相與訟之，而假死者以為名。臻雖坐死，湖乃得不廢，亦幸而已。」

看了這種前例，我便對於多人署名的文件都感到一種不愉快與不相信，如報上常見的某人等幾十百人同叩的電或代電，往往只令人發出頓悟的閒投詞，如新婿吃西瓜的笑話裡所說的那樣。這些未必是死人名，也不見得有要殺馬臻那麼嚴重的用意，不過總覺得這是無可按覆的，而且或者是豪右的花樣亦未可知。

至於頌揚的列名，那麼情形自然有點不同，這裡決不會有死人在內，也不會寫烏帖思何得有這種名字的了。因為頌揚即是磕頭的別一方式，施禮者在下磕頭，必要使得在上的受禮者知道才好，所以磕頭時大呼大人高升，或碰頭作響聲，或連叩不已，其目的皆以引人見聞也。把自己的尊姓大名高高地繡在傘上，雖然是挨擠在一起，字也只是蒼蠅大小，總希望得蒙台覽的，所以無疑的是用著真實姓名。

不過我總覺得奇怪，怎麼又那裡去招集這許多願意參加頌揚的人名，成千成百的繡到傘上去呢？我覺得這很不容易，這或者比抄錄數千先死亡者還要麻煩呢。

關於萬民傘我想來想去這一點最為佩服，假如要我經手辦這事，我就辦不來，第一無從去拉這許多人來署名。三月中天津商民送萬民傘給大官祝壽，歲月如流，轉瞬已是三個月了，我對於這事總是忘記不了，得閒特再論之。語云，江山好改，本性難移。送萬民傘與祝壽殆是中國人的本性歟，然則我們三四申論的機會還多得很，只要江山不改，且珥筆以俟耳。

（廿五年六月十三日）

再談油炸鬼

前寫《談油炸鬼》一小文，登在報上，後來又收集在《苦竹雜記》裡邊。近閱李登齋的《常談叢錄》，卷八有油果一條，其文云：

「市中每以水調麵，捏切成條大如指，雙疊牽長近尺，置熱油中煎之，大如兒臂，已熟作嫩黃色，仍為雙合形，撕之亦可成兩。貨之一條價二錢，此即古寒具類，今遠近皆有之，群呼為油粿鬼，驟聞者駭焉，然習者以為常稱，不究其義。後見他書有稱油煎食物為油果者，乃悟此為油粿果，以果與鬼音近而轉訛也。鬼之名不祥不雅，相混久宜亟為正之，否則安敢以此鬼物進於尊貴親賓之前耶。」

油炸鬼在吾鄉只是民間尋常食品，雖然不分貧富都喜歡吃，卻不能拿來請客（近年或有例外，不在此列），所以尊貴親賓云云似不甚妥，若其主張鬼字原為果字，則與鄙見原相似也。又前次我徵引孫伯龍的《南通方言疏證》，卻沒有檢查他的《通俗常言疏證》，其第四冊飲食門內有一條云：

「油煠鬼兒。國文教科書有油炸燴三字，按字典無煠燴二字，然元人雜劇有炮聲如雷炸語，炸音詐，字典遺之耳。教科書讀炸為閘，非也，煠乃音閘耳。《夢筆生花》杭州俗語雜對，油煠鬼，火燒兒。又元張國賓《大鬧相國寺》劇，那邊賣的油煠骨朵兒，你買些來我吃。按骨鬼音轉，今云油煠鬼兒是也。」

油煠骨突兒大約確是鬼的前身，卻出於元曲，比明代的「好果子」還早，所以更有意思。我想這種油煠麵食大概古已有之，所謂壓扁佳人纏臂金的寒具未必不是油炸鬼一，不過製法與名稱不詳，所以其世系也只得以元朝為始了。

近時的人喜歡把他拉到秦會之的身上去，說這實在是油炸檜。這個我覺得很不合道理。第一，秦檜原不是好人，但他只是一個權奸，與嚴嵩一樣（還不及魏忠賢罷？），而世間特別罵他構和，這卻不是他的大罪。我們生數百年後，想要評論南宋和戰是非，似乎不甚可靠，不如去問當時的人，這裡我們可以找鼎鼎大名的朱子來，我想他的話總不會大錯的罷。《語類》卷百三十一有云：

「秦檜見虜人有厭兵意，歸來主和，其初亦是。使其和中自治有策，後當逆亮之亂，一掃而複中原，一大機會也。惜哉。」又云：

「問，高宗若不肯和，必成功。曰，也未知如何，將驕惰不堪用。」由此可知朱晦庵並不反對構和，他只可惜和後不能自強以圖報復。

第二，秦檜主和，保留得半壁江山，總比做金人的奴皇帝的劉豫張邦昌為佳，而世人獨罵秦檜，則因其殺岳飛也。張浚殺曲端也正是同樣冤屈，而世人獨罵秦檜之殺岳飛，則因有《精忠岳傳》之宣傳也。國人的喜怒全憑幾本小說戲文為定，豈非天下的大笑話，人人罵曹操捧關羽亦其一例。

第三，有所怨恨，乃以麵肖形炸而食之，此種民族性殊不足嘉尚。在所謂半開化民族中興行種種法術，有黑魔術以傷害人為事，束草刻木為仇人形，禹步持咒，將芻靈火燒油煠或刀劈，則其人當立死。又如女郎為負心人所欺，不能穿紅衫吊死去索償於鄉闈中，只好剪紙為人，背書八字，以繡花針七枝刺其心窩，聊以示報。在世間原不乏此例，然有識者所不為，勇者亦不為也。

小時候遊過西湖，至岳墳而索然興盡，所謂分屍檜已至不堪，那時卻未留意，但見墳前四鐵人，我覺得所表示的不是秦王四人而實是中國民族的醜惡，這樣印象至今四十年來未曾改變。鑄鐵人，拿一棵樹來說分屍，那麼拿一條麵來說油煠自無不可，然而這種根性實在要不得，怯弱陰狠，不自知恥（孔子說過，知恥近乎勇。），如此國民何以自存，其屢遭權奸之害，豈非所謂物必自腐而後蟲生者耶。

我很反對思想奴隸統一化。這統一化有時由於一時政治的作用，或由於民間習慣的流傳，二者之中以後者為慢性的，難於治療，最為可怕。那時候有人來扎他一針，如李贄、邱浚、趙翼、俞正燮、汪士鐸、呂思勉之徒的言論，雖然未必就能救命，也總可放出一點毒氣，不為無益。關於秦始皇王莽王安石的案，秦檜的案，我以為都該翻一下，稍為奠定思想自由的基礎，雖然太平天國一案我還不預備參加去翻。

這裡邊秦案恐怕最難辦，蓋如我的朋友（未得同意暫不舉名）所說，和比戰難，戰敗仍不失為民族英雄（古時自己要犧牲性命，現在還有地方可逃），和成則是萬世罪人，故主和實在更需要有政治的定見與道德的毅力也。

（廿五年七月）

老人的胡鬧

五月十四日華聯社東京電，「日本上院無所屬議員三上參次於本月七日之貴族院本會議席上發表一演說，謂中國妄自尊大，僭稱中華民國，而我方竟以中華呼之，冒瀆我國之尊嚴，莫此為甚，此後應改稱支那以正其名。」

對於這件事中國言論界已有嚴正的表示，現在可以不必贅說，我所覺得有意思的，乃是三上之說這樣的話。

本來所謂正名的運動由來久矣。最初的一路是要匡正自己的國名，因為日本一語有Nihon與Nippon這兩樣讀法，主張一律定為Nippon，但日本橋一語仍是例外。不過無論如何總還是漢字的音讀，歸根結蒂是外國語，所以其中又有一派便主張來訓讀，即讀日本云Hinomoto，譯言「日之本」。

這派主張似未見發達，蓋從天文學上說來亦不甚妥協。此外別有一派想去糾正外國的讀法，反對英文裡稱日本的 **Japan**，主張應改為 **Nippon**，聽說結果有貨物上書 **Made in Nippon** 字樣到美國稅關上通不過，因為他們只承認與 **Japan** 通商，不知道 **Nippon** 也。

其實外國語裡講到國土民族的名字多有錯誤，本是常事，如荷蘭自己很謙虛稱曰低地，而英國偏要叫他林地，或稱其人曰德人，俄國稱中國曰契丹，叫德國人云呢咩子，猶如古希臘統稱異族曰吧兒吧兒，均表其言語不通也。

英文中的 **Japan** 其實還即是日本二字的譯音，不過日本本國的讀法是在六朝以前從中國傳過去的吳音，英國的則大約在十四世紀時始於馬可波羅的遊記，稱日本曰 **Jipangu**，原語亦是「日本國」，但時在元朝，所用者乃是北方系統的所謂漢音而已。

不管他對不對，既然是外國語，別國人無從干涉，這是很明白的道理，然而日本人卻不許英國說 **Japan**，正如中國人不許日本說支那一樣（雖然英國可以說「暢那」），有點兒缺少常識，從這裡再衝出去便是別一路，要匡正人家的國名了。這已從少常識轉入於失正氣，由狂妄而變為瘋癲，此類甚少見，如三上參次的演說則是其一例者。

三上參次是什麼人呢？我當初在報上看見，實在大吃一驚，因為我對於這位老先生平常是頗有敬意的。寒齋書架上還放著三上參次、高津鍬三郎合著的兩冊《日本文學史》，明治二十三年出版，西曆為一八九〇，在清朝即光緒十六年。那時候世上尚無日本文學史這一種書，三上所著實在是第一部，編制議論多得要領，後來作者未能出其範圍。

一八九八年英國亞斯頓著《日本文學史》，大體即以此為依據，至一九〇五年德國苐洛倫支著《日本古代文學史》，則又其後起者也。三上生於慶應元年（一八六五），在東京大學和文學科畢業後專攻國史，得文學博士學位，任大學教授二十八年，參與修史，任經筵進講，得有動位動章，敕選為貴族院議員。其學業履歷大抵如此，若言其功績則仍在文學方面為多，所著論文姑不具論，即文學史二卷已足自存，其成就或不及坪內逍遙森鷗外，總亦不愧為新文學界的先覺之一，在《日本文學大辭典》上佔有一欄的地位，正非偶然也。這樣的一個人忽然發起那種怪論來，焉得不令人驚異。

三上於今七十一歲，豈遂老悖至此，且以年紀論，他正應該是明治維新的遺老，力守自由主義的殘壘，為新佐幕派的少年所痛罵才對，如美濃部達吉是，何乃不甘寂寞，趨時投機，自忘其醜，此甚足使人見之搖頭嘆息者也。

孔子曾說，及其老也戒之在得。老人也有好色的，但孔子的話畢竟是不錯的，得的範圍也是頗大，名利都在內。日本兼好法師在《徒然草》中云：

「語云，壽則多辱。即使長命，在四十以內死了最為得體。過了這個年紀便將忘其老醜，想在人群中胡混，到了暮年還溺愛子孫，希冀長壽得見他們的繁榮，執著人生，私欲益深，人情物理都不復瞭解，至可嘆息。」

又俳諧大師芭蕉所作《閉關辭》中亦云：

「因漁婦波上之枕而濕其衣袖，破家亡身，前例雖亦甚多，唯以視老後猶複貪戀前途，苦其心神於錢米之中，物理人情都不瞭解，則其罪尚大可恕也。」

陽曲傅青主有一條筆記云：

「老人與少時心情絕不相同，除了讀書靜坐如何過得日子，極知此是暮氣，然隨緣隨盡，聽其自然，若更勉強向世味上濃一番，恐添一層罪過。」

以上都是對於老年的很好的格言，與孔子所說的道理也正相合。只可惜老人不大能遵守，往往名位既尊，患得患失，遇有新興占勢力的意見，不問新舊左右，輒靡然從之，此正病在私欲深，世味濃，貪戀前途之故也。雖曰不自愛惜羽毛，也原是個人的自由，但他既然戴了老醜的鬼臉踱出戲臺來，則自亦難禁有人看了欲嘔耳。

這裡可注意的是，老人的胡鬧並不一定是在守舊，實在卻是在維新。蓋老不安分重在投機趨時，不管所擁戴的是新舊左右，若只因其新興有勢力而擁戴之，則等是投機趨時，一樣的可笑。如三上棄自由主義而投入法西斯的潮流，即其一例，以思想論雖似轉舊，其行為則是趨新也。此次三上演說因為侮辱中國，大家遂加留意，其實此類事世間多有，即我國的老人們亦宜以此為鑒，隨時自加檢點者也。

廿五年七月三十一日，在北平。

關於貞女

前日買到一本小書，名曰《山陰姚貞女詩傳冊》，道光辛丑年刻本。平常這種書如標價一兩角錢擱在地攤上，也不會有人過問，我卻去花錢買了來，似乎很有點冤。我買這書的理由是因為關於山陰，裡邊有些鄉先生做的詩——應酬詩，這也在我搜集的範圍之內，不論廢銅爛鐵都是要的。但是其題材與內容都不是我所喜歡的，詩亦自然無佳作。據云姚姑許字同里金氏子，金旋卒，越兩載姑不食而死，年甫十五。山陰平正書後云：

「考越郡志乘，節烈卷帙最多，女之以守貞聞者亦疊見簡編，未有嫁殤而殉烈者，今於姚貞女見之。」

老實說，平君的文章本來寫得不高明，我這裡更覺得有感慨的乃是別一句話，即云志乘中節烈卷帙最多，此實非我民族之好消息也。總之這是變態的道德，雖云道德而已是變態，又顯然以男系的威權造成之，其為禍害何可勝言。

錢振鍠在《星影樓雜言》中有論貞節的幾條說得很好：

「女子許嫁，婿死而願為之守為之死，歸氏非之，趙氏又以歸說為非。此事議者甚多，幾幾乎家家文集中都備一辨，汪容甫伸歸說最明快，最後德清俞氏力主守議最少理。余謂可守與死之道亦有二，一則素所屬意，如乾隆間仁和高達姑之事是也，一則素所仰慕，如溫超超之於東坡是也。身未分明，事忽中變，然且為之死，況已經許約者耶。捨此二者，無守與死之道也。余此語必為言禮家所呵，然忠厚人必能諒之。」

錢君又嘗作《貞女辨》，有云：

「夫婦之道曷重乎爾？重情與義也，委禽納幣其小焉者也。夫婦居室，情也。夫死不再適，義也。女未嫁，男子死，女別字於人，此常道也。女子未嫁，安所為情，情且無之，義於何有。」此與上文可相發明，可為平允之論。

《雜言》又云：

「魏叔子《義夫傳》，俞理初《節婦說》，皆言男子無再娶禮。俞氏之言曰，男子理義無涯涘，而以深文網婦人，是無恥之論也。余因思古婚禮用雁，以其不再匹而已，用茶以其一植不再移而已，何嘗分別男女乎。范文正義田規條，再娶與再嫁並稱，又考古書男子再娶亦稱再醮，再醮一也，出於女子則非禮，出於男子則固然，真不通之說也。明海沂子言制禮皆男子，故不無所偏，誠中世病。」《雜言》刻於光緒丁酉，錢君年二十三，癸亥刻《謫星筆談》，此則亦收入卷一中，可知其在晚年仍是如此思想也。《妒記》述謝太傅欲立妓妾，使兄子外生等微諷劉夫人，言《關雎》《螽斯》有不忌之德，乃問誰撰此詩，答云周公。夫人曰：「周公是男子，相為爾。若使周姥撰詩，當無此也。」

此雖小說，但指出男女間的二重道德最為直截，只可惜世間缺少有膽識的人，如海沂子俞理初等昌言攻擊，大多數男子則渾渾噩噩，殆無不奉此種無恥之論不通之說為天經地義也。錢君老矣，尚能有如此定見，至為可喜，在並世賢豪中亦屬難得。中國古今多姬妾，故亦重貞節，蓋兩性不平等道德在男系社會皆然，唯以在多妻制國為最，中國正是好例。不佞抱殘守闕，搜鄉曲遺文，似於此事無關，唯遇見貞節頌歌，姬妾行述，如《趙似升長生冊》等，輒不禁牽連想到而感慨繫之。本來國難至此，大可且慢談這些男女間的問題吧，但是這種卑劣男子他擔得起救國的責任麼？我不能無疑。

（廿五年九月）

關於謔庵《悔謔》

談風社的朋友叫我供給一點舊材料，一時想不出好辦法，而日期已近，只好把吾鄉王謔庵的《悔謔》抄了一份送去，聊以塞責。這是從他的兒子王鼎起所編的《謔庵文飯小品》卷二裡抄出來的，但以前似乎是單行過，如倪鴻寶的敘文中云：

「而書既國門，逢人道悔，是則謔庵謔矣。」

又張宗子著《王謔庵先生傳》中云：

「人方眈眈虎視，將下石先生，而先生對之調笑狎侮謔浪如常，不肯少自貶損也。晚乃改號謔庵，刻《悔謔》以志己過，而逢人仍肆口詼諧，虐毒益甚。」

這裡不但可以知道《悔謔》這書的來歷，也可以看出謔庵這人的特色。傳中前半有云：

「蓋先生聰明絕世，出言靈巧，與人諧謔，矢口放言，略無忌憚。川黔總督蔡公敬夫，先生同年友也，以先生閒住在家，思以帷幄屈先生，檄先生至。至之日，燕先生於滕王閣，時日落霞生，先生謂公曰，王勃《滕王閣序》不意今日乃復應之。公問故，先生笑曰，落霞與孤鶩齊飛，今日正當落霞，而年兄眇一目，孤鶩齊飛殆為年兄道也。公面頳及頸，先生知其意，襆被即行。」

這裡開玩笑在我的趣味上說來是不贊成的，因為我有「兩個鬼」，在撒野時我猶未免有紳士氣也，雖然在講道學時就很有些流氓氣出來。但是謔庵的謔總夠得上算是徹底了，在這一點上是值得佩服的。他生在明季，那麼胡鬧，卻沒有給閹黨所打死，也未被東林所罵死，真是儌天之幸。

他的一生好像是以謔為業。張宗子編《有明越人三不朽圖贊》，其讚王謔庵有云：「以文為飯，以弈為律。謔不避虐，錢不諱癖。」特別提出謔來，與傳中多敘謔事，都有獨到之見。

《三不朽圖贊》凡一百單八人，人人有贊，而《琅嬛文集》中特別收錄王君像一贊，蓋宗老對於此文亦頗自憙歟。傳中又引陸德先之言有云：

「先生之蒞官行政，摘伏發奸，以及論文賦詩，無不以謔用事者。」可謂知言，亦與上文所說相合。謔庵著書有刻本王季重九種以至十一種，世上多有，寒齋所藏《謔庵文飯小品》，只有五卷，而共有五百葉，倉卒不及盡讀，難於引證，姑就卷一中尺牘一部分言之，蓋九種云云之中無尺牘，故用以為例。第一則簡夏懷碧云：「麗人果解事，此君針透，量酬之金帛可也，若即欲為之作緣，恐職方亦自岳嶽。買魚餵貓則可，買鰣魚餵貓，無此理矣。」第二則柬余慕蘭云：「敦睦如吾兄，妙矣。然吾兄大爺氣未除，不讀書之故耳。邵都公每每作詩示弟，弟戲之曰，且云做官做吏，各安生理，毋作非為。渠怫然。聞兄近日亦染其病，讀書可也，作詩且慢，不容易鮑參軍耳。」第十五則上黃老師云：「隆恩寺無他奇，獨大會明堂有百餘丈，可玩月，門生曾雪臥其間者十日。徑下有云深庵，曾以五月啖其櫻桃，八月落其蘋果。櫻桃人啖後則百鳥俱來，就中有綠羽翠翎者，有白身朱咮者，語皆侏儷嘛舌，嘈雜清妙。蘋果之香在於午夜，某曾早起嗅之。其逸品入神，謂之清香，清不同而香更異。老師不可不訪之。」

第十九則簡周玉繩之二云：「不佞得南缮郎且去，無以留別。此時海內第一急務在安頓窮人。若驛遞不復，則換班之小二哥，扯纖之花二姐，皆無所得饃饃，其勢必搶奪，搶奪不可，其勢必爭殺，禍且大亂，劉懋毛羽健之肉不足食也。相公速速主持，存不佞此語。」

第二十則又云，劉掌科因父作馬頭被縣令苦責，毛御史則因在京置妾，其妻忽到，遂發議罷驛遞，也是很有趣的掌故。

第二十五則答李伯襄云：

「靈谷松妙，寺前澗亦可。約唐存憶同往則妙，若呂豫石一臉舊選君氣，足未行而肚先走，李玄素兩擺搖斷玉魚，往來三山街，邀喝人下馬，是其本等，山水之間著不得也。」

材料太多太好，一抄就是五篇，只好帶住，此雖是書札，實在無一非《悔謔》中逸語也。卷首又有致語十篇，黃石齋評曰：

「此又箋啟別體，冰心匠玉，香味吐金，望似白描，按之錦絢，蘇黃小品中吉光摘出，何以敵此。」其中如《魯兩生不肯行》，《嚴子陵還富春渚》，《陶淵明解綬》諸篇，都頗有風趣，今惜不能多引。

謔庵一生以謔為業，固矣，但這件事可以從兩邊來看，一方面是由於天性，一方面也有社會的背景。《文飯小品》卷二中有風雅什十三篇，是仿《詩經》的，其《清流之什》（注曰，刺偽也）云：

「矯矯清流，其源僻兮。有斐君子，巧於索兮。我欲舌之，而齒齰兮。

矯矯清流，其湍激兮。有斐君子，不勝藉兮。我欲怒之，而笑啞兮。」所以有些他的戲謔乃是怒罵的變相，即所謂我欲怒之而笑啞兮也。但是有時候也不能再笑啞了，乃轉為齒齰，而謔也簡直是罵了。如《東人之什》（注云，哀群小也）云：

「東人之子，有蒜其頭。西人之子，有蔥其腿。或拗其腧，或搖其尾。東人之子，膝行而前。西人之子，蛇行蜿蜒。博猱一笑，博猱一憐。」書眉上有批云：「至此人面無血矣。門人馬權奇識。」哀哉王君，至此謔雖虐亦已無用，只能破口大罵，惟此輩即力批其頰亦不覺痛，則罵又豈有用哉。

由此觀之，大家可以戲謔時還是天下太平，很值得慶賀也。《文飯小品》卷二末有一首七律，題曰「偶過槐兒花坐」，係弘光乙酉年作，有云：「輿圖去半猶狂醉，田賦生端總盜資。」此時雖謔庵亦不謔矣，而且比《東人之什》也罵得不很了，此時已是明朝的末日也即是謔庵的末日近來了。

二十五年十二月九日燈下，記於北平之苦雨齋。

【附錄一】敘謔庵悔謔抄

此為王季重觀察滑稽書作也。去此已二十五年，門人簡呈，不覺失笑。謔庵所謔即此是耳，奪數語識之。

謔庵之謔，似俳似史，其中於人，忽醴忽鴆，醉其詣而飲其毒，岳嶽者折角氣墮，期期者彎弓計窮，於是笑撤為嗔，嗔積為釁，此謔庵所謂禍之胎而悔爾。雖然，謔庵既悔謔禍，將定須莊語乞福。夫向所流傳，按義選辭，摛葩敲韻，要是謔庵所為莊語者矣，而其中於人，不變其顏則透其汗，莫不家題影國，人號衙官，南榮棄書，君苗焚硯，暑賦不出，靈光罷吟，在余尹邢，尤嗟瑜亮，蜂虻之怨，著體即知，遂有性火上騰，妒河四決，德祖可殺，譚峭宜沉，岌乎危哉，亦謔庵之禍機矣。

謔庵不悔莊而悔謔，則何也？且夫致有詼而非謾也，不可以刃殺士，而詭之桃以殺之，不可以經斷獄，而引非經之經以斷之。《春秋》斬然嚴史，而造語尖寒，有如盜竊公孫天王狩毛伯來求之類，研文練字，已極針錐，正如《春秋》一書，使宣尼滕乎輔頰，豈容後世復有淳於隱語，東方雄辯者乎。

史遷序讚滑稽，其發言乃曰，《易》以神化，《春秋》道義，是其意欲使滑稽諸人宗祀孔子耳。滑稽之道，無端似神化，有激似義，神化與義惟謔庵之謔皆有之。謔庵史才，其心豈不曰，世多錯事，《春秋》亡而《史記》作，吾謔也乎哉。如此即宜公稱竊取，正告吾徒，而書既國門，逢人道悔，是則謔庵謔矣。孔子曰，罪我者其惟《春秋》乎。斯言也，謔也。

案，右敘見《鴻寶應本》卷十七，今據錄。倪玉汝文章以怪僻稱，今句讀恐或有誤，識者諒之。抄錄者附記。

【附錄二】悔謔（謔庵文飯小品本）　明王思任著

一　長安有參戎喜誦己詩不了，每苦謔庵。一日，不得避，開口便誦。謔庵曰，待寫出來奉教。即命索筆。謔庵曰，待刻出來奉教。

二　施吳兩同年常與謔庵戲敵。施朦言寒可畏，吳肥言熱可畏，爭持良久。謔庵曰，以兩君之姓定之，亦不相上下，一迎風則僵，一見月而喘。

三　梅季豹謝少連柳連父虞伯子宋獻孺集姑孰，謔庵飲之端園，陳優麗焉。酒酣，柳掀髯曰，臨邛令已妙矣，但少一卓文君耳。謔庵笑曰，這其間相如料難是你。

四　白下一吏部忽欲步子美《秋興》，屬謔庵和之。謔庵曰，此時還正夏，且兩免何如。

五　謔庵與錢岳陽講方位，誤以乾為巽。岳陽曰，如子言當巽一口。謔庵曰，如子言當乾一頭也。

六　由拳一衿頗意義，熊芝岡考劣四等，來謁，謔庵倉卒慰之。此生曰，熊宗師重在四等，甚是知音。謔庵曰，果然，大吹大打極俗，不若公等鼓板清唱也。

七　孝廉時純甫與謔庵弈，時邊已失，角亦將危，輒苦曰，鼷鼠又來食角。謔庵曰，食誰之角乎？徑可云殺時㹀牡，有救其角。

八　有揚俗兒於謔庵者，曰，文章自是公流。謔庵曰，好貨。

九　謔庵新構數椽，有二三年侄過訣，謔庵曰，苟完而已。張大遜笑曰，年伯不但苟美，而且苟合矣。謔庵曰，不敢，如何就想到公子荊也。

十　或吊夫已氏，鵠立若癡，又不哭。客出私謔庵曰，今日孝子恭而無禮，哀而不傷。謔庵曰，還是孝子不匱，永錫爾類。

十一　郡邑吏集漕院前，有二別駕拱嘴踞坐，矜默殊甚。聶井愚曰，此二老何為做這模樣。謔庵曰，等留茶。

十二　巢必大與周玄暉閒談，駙馬有此得貂玉，大璫去此得貂玉，今生我輩不駙馬猶可作大璫，吾乘醉斬此物矣。周云，開刀時須約我，先富貴毋相忘也。謔庵曰，卻不好，兩兄在此結刎頸之交。

十三　陳渤海有麗豎拂意，斥令退後，此僮恧然。謔庵曰，你老爺一向如此，用人靠前，不用人靠後。

十四　秦朱明以制義質謔庵，便不敢不譽。頃之謔庵閣筆求緩，朱明曰，何故？謔庵曰，兄頭圈忒快，我筆跟不上。

十五　季賓王笑謔庵腹中空，謔庵笑賓王腹中雜。賓王曰，我不怕雜，諸子百家一經吾腹都化為妙物。謔庵曰，正極怪兄化，珍羞百味未嘗不入君腹也。

十六　一秀才專記舊文，試出果佳，誇示謔庵定當第一。謔庵曰，還是第半。

秀才不喻。詎庵曰，那一半是別人的。

十七　李懋明令涇，過姑孰，詎庵饗之，詢種玉事。懋明曰，尚未。詎庵曰，何不廣側室。懋明曰，正大苦此，家大人相迫，不得已卜就一人。眉宇蹙然。詎庵曰，如此苦情，可謂養親之志矣。良久，懋明噴飯。

十八　徐文江先生南京兆時，長洲令某渡江遣吏候之，輒自諱以為非所遣也。另一吏跡至句容。令決云，不是我。文江憤憤。詎庵曰，此倒是個希罕物，天下無不是的父母。先生笑釋。

十九　詎庵入覲，過一好弈年友，曰，上門欺負。年友曰，徑送書帕則訖，何必借棋。詎庵曰，不是書帕，還是怕輸。

二十　錢仲美每與詎庵戲敵。仲美謁補時倭警正急，仲美曰，太平守不得命而亂將至，奈何。詎庵曰，寧為太平犬，莫作亂離人也。仲美拍掌。既而改補池陽，詎庵補令得太平當塗，例當持手板仰謁，一見即云，誰作太平之犬，吾今池中物也。詎庵曰，無可奈何，遇諸塗矣。

二一　安慶司理於葵作威福，怒人取賄。詎庵令姑孰，徐玄仗向詎庵曰，曾被於四尊怪否？詎庵曰，蒙怪訖。

二二　姑孰試儒童，有一少年持卷求面教，密云，童生父嚴，止求姑取，其實不通，胸中實實疏空，平日實實不曾讀書。譃庵曰，汝父還與你親，我是生人，識面之初心腹豈可盡抖。

二三　舟過高郵，同行友僕市蛋溷其目，又忘記行家姓氏，第云，鴨蛋主人數的。此友大憤，手披其頰，曰，就問王爺，鴨蛋是主人否！譃庵曰，是主人，曾記得箕子為之奴。一笑而罷。

二四　瞿慕川文集到，或言於譃庵曰，慕川真飽學。譃庵曰，便是肚裡吃得多了。

二五　一友性癡忘，有黃君在坐，業詢其姓矣，俄而曰吳兄，又俄而曰楊兄。黃微以自舉，而此友須臾又問，還是吳兄還是楊兄。譃庵不耐曰，不吳不楊，不告於兄。

二六　熊思城憲淮揚時，譃庵過之，酒間曰，一事欲與年兄商量，今日講學諸生再不明白本立而道生。譃庵曰，此極易解，一反觀而得也。思城曰，何謂反觀？譃庵曰，本道而立生便是矣。

二七　譃庵弱冠笹令得槐里，同年郭象蒙以治民相戲曰，關中借重不勝光寵，第政成之日百姓何以為情，他人留靴，老父母必留褌也。譃庵曰，多感雅情，父老脫靴，行時或不敢望，一入貴鄉，部民子女必先脫褌矣。象蒙趣馬馳去。

二八　豫章羅生講學，曰，他人銀子不可看作自家的，他人妻子不可當作自家的。詎庵起坐一躬曰，是。

二九　青蒲訟孀婦服欠改庭，詎庵計日服正滿矣，喚之曰，爾恰恰免罪，所守之日又多乎哉。孀婦曰，小婦人急得緊，等不得了。詎庵曰，還該說窮得緊，等不得了。

三十　詎庵令茂陵，至多寶寺，一行腳僧瞑坐，受人投體不為動。詎庵詢主僧，何得無口。（案此處紙破缺一字，非開天窗也。）主僧曰，這師父打坐能打到過去未來。詎庵曰，看大號板子！再替他打個現在。須臾行腳遁無跡矣。

三一　一小人同官姑孰，初至三易其裳，慘態錯出，一應隨役俱於衣背置一白圈，書正身也。詎庵不能忍之，酒間取筆戲題曰，選鋒膏藥。小人不解，詎庵曰，可使有勇，且知方也。次日盡斥去，竟以此懷慚搆隙。小人有父，至官舍，五日哄去。詎庵曰，此真勞于王事而不得養矣。或又聞之，遂為終身不解之恨。（原注云，犯所諱也。）

三二　江南有大豪，勢橫數世，天以鹹池水報之。其內私人衷牆，為怨族所獲，同年理此郡，語詎庵有此異事。詎庵曰，此乃祖之所教也，獨不聞其先有虞氏養國老於上庠，養庶老於下庠乎。

三三　族有窮奇，才的決出反，急避謔庵。謔庵出而勞之曰，爾可改過，今後是個名人了，七十杖於國矣。

三四　徐兵憲戲董比部懼內。比部曰，人不懼內必為亂臣賊子矣。謔庵曰，不爾，亂臣賊子懼。

三五　鄂君在坐，張參軍佞之曰，尊公當日亦芳致。謔庵曰，又追王太王王季。

三六　同寅集句容。有言一人犯奸痛決，怨其勢曰，爾圖樂今害我。勢曰，極該打你，我不過一探望，推而聳之誰也。一坐啞啞，徐之，謔庵不禁再笑。語者曰，老先生想得滋味矣。謔庵曰，更妙處在怱作人言。

三七　某子甲有淫毒。一友曰，年已知命，何為爾。一先生曰，年固耳順也。謔庵曰，又從心。

三八　欲約數同韻酹徐文長墓。邵參軍曰，是日各賦一詩。謔庵曰，倒又要他死一遭了。

三九　錢理齋貌人極肖，有蘇友欲駕之，然所貌殊不似。一日請評。謔庵曰，理齋那得如君，渠筆淺易，一望而盡，不若君能變幻，令人彷彿費沉思也。

四十　優兒譚惟孝一時豔哄，每戲闋，少年候勞進參鴨者恐後。某生私之，得出門溲遺略奉其手，納金一鋌，色猶薄怒。謔庵聞之曰，所謂南風五兩輕也。

四一　某刺史生傲甚，詩質謔庵，方古人何等。謔庵曰，大約淵明風味。喜而問答者再矣。一日留謔庵雞黍，止存賓主，曰，吾子素強，何至淵明佞我。謔庵起席耳語之曰，老先生詩有些陶氣。

四二　沈丘壑畫驢，非騾即馬，不習北方定無似理，數爭之驢也。適訟之蔡漢逸，漢逸具言所以，指畫耳足短長之法，沈有恚色。謔庵曰，胸中丘壑，卿自用卿法，吾亦愛吾廬耳。

四三　謔庵偶於雪地中小溺，玉汝倪太史謔之曰，此乃惶恐。謔庵曰，還作忸怩。

四四　香山何公號象崗者，一日作對相難，問海狗腎何對？謔庵曰，莫逾尊號。何公笑逸。

屠本畯曰，禪機也，兵法也，戰國之滑稽也，晉人之玄麈也，唐之詩賦，宋之道學，元之樂府，明之時文，知其解者盡於此也。

案，《悔謔》一篇原收在《文飯小品》卷二之末，目錄題計四十則，實乃有四十四則。屠君評語本在篇首書眉上，今移於後。文中誤字稍有改正，疑似者仍之。所錄謔語間有不甚可解者，其什九都還可懂得，原擬稍加注解，如四三之惶恐（王

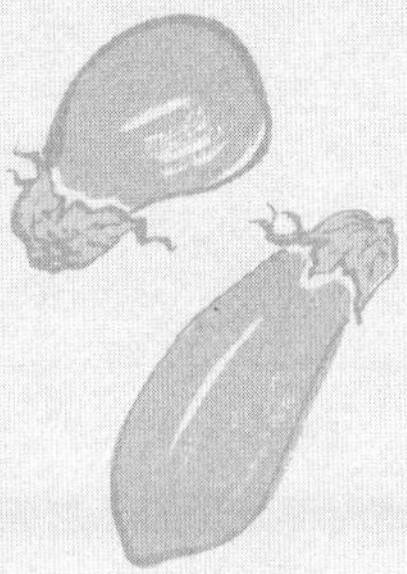

第三卷　悠遠的迴響

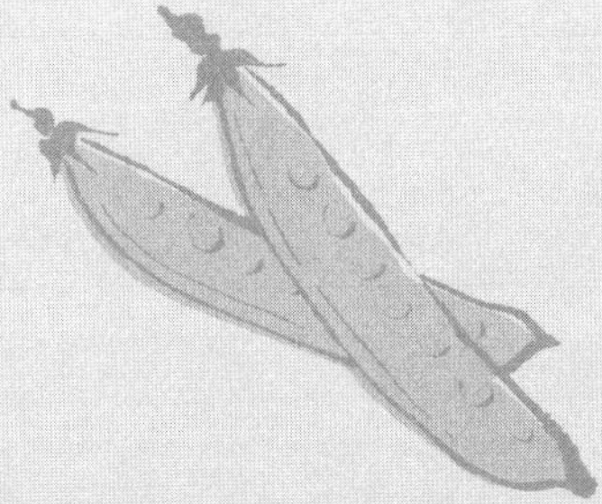

序

鄙人學寫為文章，四十餘年於茲矣。所寫的文字，有應試之作，可不具論，有論文批評，有隨筆，皆是寫意之作，有部分的可取近來覺得較有興味者，乃是近於前人所作的筆記而已。其內容則種種不同，沒有一定的界限。

孔子曰，吾少也賤，多能鄙事。鄙人豈敢高攀古人，不過少也賤則相同，因之未能求得一家之學，多務雜覽，遂成為學藝界中打雜的人，亦不得已也。若言思想，確信是儒家的正宗。昔孔子誨子路，知之為知之，不知為不知，是知也。鄙人向來服膺此訓，以是於漢以後最佩服疾虛妄之王充，其次則明李贄，清俞正燮，於二千年中得三人焉。疾虛妄的對面是愛真實，鄙人竊願致力於此，凡有所記述，必須為自己所深知確信者，才敢著筆，此立言誠慎的態度，自信亦為儒家所必有者也。因此如說此文章思想皆是國粹，或云現代化的中國固有精神，殆無不可。

關於朱舜水

朱舜水是我們的大同鄉，他與王陽明都是紹興府屬餘姚縣人，在民國成立前後特別受國人的崇敬，杭州清泰門內立祠，遺書重刊，大概都是民國一二年間的事。我雖然想搜集鄉賢著作，但是願大而力薄，所收只能以同在府城的山陰會稽為限，此外如蕭山之毛西河王南陔，餘姚之黃太沖邵念魯，目的是在於買書，不盡由於鄉曲之見了。

《舜水遺書》也以同樣原因買有一部，可是不曾怎麼細看，因為第一這是鉛字印本，雖說是吾鄉馬一浮所編校，錯字卻非常的多，讀下去很不愉快，第二朱君的節義固極可欽，其學問則非我所能懂，蓋所宗無論是王伯安是朱仲晦，反正道學總是不甚可解的。近來偶閱新井白石的《東雅》，見其中常引舜水說，以關於果蓏樹竹，禽鳥鱗介各門為多，有些注明出於《朱氏談綺》，我這才知道他對於名物大有知識，異於一般的儒者，於是重複找書來讀，十年耽誤雖是可惜，唯炳燭之明，總勝於終身面牆，則亦正復可喜耳。

《舜水朱氏談綺》四冊，早見於名古屋一舊書店目錄中，十年前亡友馬隅卿君常常談及，這是什麼樣的書呢，卻終未決心去買來一看。近日寄信去居然買到了，寶永五年刻本，即西曆一七〇八年，紙墨如新，不似二百三十年前物。書凡三卷，據舜水門人安積覺序文云，卷中二冊本是舜水為水戶侯所著之《學宮圖說》，卷上係懋齋野傳問簡牘箋素之式，深衣幅巾之制，旁及喪祭之略，記其所聞，卷下則今井弘濟概舉所聞事物名稱，分類羅列，漢和並記，間有說明，《東雅》所引大抵出此，文集中有答問三卷，亦被徵引數條。

安積氏《澹泊齋文集》中有與村篁溪泉竹軒書，以為舜水自有其大學問大文章，此書瑣屑殊不足觀，以重違水戶侯遺教，故為編刊，所撰序文亦是此意，而以委曲出之，如末尾所云：

「昔魚朝恩觀郝廷玉之佈陣，嘆其訓練有法，廷玉惻然曰，此臨淮王遺法也，自臨淮歿無後校旗事，此安足賞哉。覽者有味乎斯言，庶為得矣。」

此是正統的看法，亦自有道理，但是離開了政事與理學，要知道一個人的情性，從有些微小的事情上去看，反能明瞭真相，也正是常有的事。

原公道著《先哲叢談》卷二記朱舜水事十三條，其十一云：

「舜水歸化歷年所，能倭語，然及其病革也，遂復鄉語，則侍人不能瞭解。」

又同卷中記陳元贇有一條云：

「元贇能嫻此邦語，故常不用唐語。元政詩有人無世事交常淡，客慣方言談每諧，又君能言和語，鄉音舌尚在，久狎十知九，旁人猶未解句。」

此二則所記，皆關於言語小事，但讀了卻有所得，有如小像臉上點的一個黑子，勝過空洞的長篇碑傳。

文集中的疏揭論議正經文字，又《陽九述略》，《安南供役紀事》等，固足以見其學問氣節，但是集裡的書牘九卷，答問三卷，《談綺》三種，其瑣屑細微處乃更可見作者之為人，是很有意思的資料。《談綺》卷上關於信函箋疏的式樣，神主棺木的製法，都詳細圖解，卷中說孔廟的構造，大有《營造法式》的派頭，令人不得不佩服。

安積氏著《朱文恭遺事》中云：「藏書甚少，其自崎港帶來者不過兩簏，而多闕失，好看《陸宣公奏議》，《資治通鑑》，及來武江，方購得京師所鐫《通鑑綱目》，至作文字，出入經史，上下古今，娓娓數千言，皆其腹中所蓄也。」

在別一方面，他的常識亦甚豐富，卷下辨別名物，通徹雅俗，多非耳食者所能知。答小宅生順書之一有云：「來問急性子，僕寡陋無所知，於藥材草木鳥獸更無所知，然聞急性子乃鳳仙花子，不辨是非，觸手即肆暴躁，未知是否。」

此豈無所知者所能寫，至答小宅問中歷說沉速諸香，尤為不易，無怪今關天彭文中疑舜水留滯安南係在經商，故熟悉香料也。答野節書中云：

「敝邑青魚有二種，乃池沼所畜，非江海物也。其一螺螄青，渾身赤黑色，鱗大味佳，大者長四五尺。其一尋常青魚，背黑而腹稍白，味次之，畜之二年可得三四尺，未見其大者，以其食小魚，故不使長久。」

案范嘯風著《越諺》卷中水族部下云：

「鯖魚又名螺螄青，專食螺螄，其身渾圓，其色青，其膽大涼。」

此螺螄青正是越中俗語，不意范氏之前已見於舜水文集，很有意思。《談綺》卷下天時部首列「零糖」，下注和語，蓋是冰柱。《越諺》云，「呼若零蕩，」此俗名通行於吳越，若見諸著錄，恐亦當以此為最早矣。記聖廟建築那麼細緻嚴密，說名物時又多引用俗語，看似抵忤，其實乃出於誠篤切實，二者反可互證也。《遺事》中云：

「文恭自持嚴毅，接人和愉，與客談論，間及俚諺嘲笑之事。」

「不能飲酒，而喜客飲，時或對棋，棋不甚高。」此所寫皆有意味，有頰上添毫之妙。《遺事》中記舜水所述只好州蘇作判通一詩，又一則云：

「有媒人極言女子之姣，娶之而醜，夫家大怒，欲毆媒人，其人罵曰，花對花，柳對柳，破糞箕對乍苕帚。乍音芝，俗字，猶言敝苕帚也。」案於此可想見舜水之風趣，欲使異邦學子領取此詼諧味固亦甚難，則其寂寞之情亦可想也。乍字音芝訓敝，今無可考，《易餘侖錄》卷十引顧黃公《白茅堂文集》書徐文長遺事云：

「文長之椎殺繼室也，雪天有童踞灶下，婦憐之，假以褻服，文長大詈，婦亦詈，時操欋取冰，怒擲婦，誤中婦死。縣尉入驗，惡聲色問欋字作何書，文長笑曰，若不知書生未出頭地耳，蓋俗書欋作乍也。尉怒，報云用乍殺，文長遂下獄。」注云，欋音瞿，《釋名》云，四齒杷也。案今越中不知有鐵器名瞿者，四齒杷農夫掘地多用之，則名曰鐵勺，別有一種似鋤而尖，更短更堅厚，石工所用，通稱山支，或可寫作芝音之乍字，唯平常人家不備此器，取冰不必需此，灶屋中亦無冰可取也。二百餘年間言語或不無變遷，可惜查不著這乍字的現身了，但在朱顧二公遺文中得見此俗語奇字，亦很有意思的事耳。

談舜水的著作，不可不說到那篇《陽九述略》。這是辛丑六月寫給門人安東守約的文章，說明朝滅亡的原因，歸結於士夫之作孽，人民之困苦叛離，自具深識，又謂清兵陷北京，布散流言，倡為均田均役之說，百姓多為所惑，亦是異聞，與記虜害諸條皆可備考，文繁今不能多引。上文提及安東守約，這也非說幾句不可。舜水居東久，知人甚多，書牘九卷中與東邦人士者居其八卷，可以知之，及門亦不少，唯自謂只安東一人可稱知己，其交誼之深密蓋雖安積亦不及也。

書牘第一卷中有與孫男毓仁書，詳記其事，今錄於下：

「日本禁留唐人已四十年，先年南京七船同住長崎，十九富商連名具呈懇留，累次俱不准，我故無意於此，乃安東省庵苦苦懇留，轉展央人，故留駐在此，是特為我一人開此厲禁也。既留之後，乃分半俸供給我，省庵薄俸二百石，實米八十石，去其半僅四十石矣。每年兩次到崎省我，一次費銀五十兩，二次共一百兩，苜蓿先生之俸盡於此矣。又土儀時物絡繹差人送來，其自奉敝衣糲飯菜羹而已，或時豐腆則魚鰯數枚耳。家止一唐鍋，經時無物烹調，塵封鐵銹。其宗親朋友咸共非笑之諫沮之，省庵恬然不顧，唯日夜讀書樂道已爾。

「我今來此十五年，稍稍寄物表意，前後皆不受，過於矯激，我甚不樂，然不能改也。此等人中原亦自少有，汝不知名義，亦當銘心刻骨，世世不忘也。奈此間法度嚴，不能出境奉候，無可如何，若能作書懇懇相謝甚好，又恐決不能也。」文集鉛字本多誤，今據《先哲叢談》卷三所載錄入。此書蓋作於延寶六年，其時毓仁至長崎，於今二百六十二年，遂覺古人之高誼清風不可復見矣。

關於陶筠廠

陶筠廠有各書抄讀，《筠廠文選》中錄其小引二十篇，寒齋藏有《帝京景物略》及《鍾伯敬集》兩種抄讀，近日又從鄉間得到三種，即《越絕書》，《吳越春秋》，《陶靖節詩文集》，各有引一首。《文選》中《吳越春秋鈔》引云：

「古今傳俠士美人，莫《吳越》若矣，猶恨趙氏敘西施鄭旦不詳也。《吳越》各傳五，記多怪誕，文遂陸離，合於盲腐史者什之三四，合於《越絕》者什之五六，度彼參此，略短取長，是在讀者心識之耳。《漢魏別解》首《吳越》，次《越絕》，選不數傳，傳不數篇，河上之漿偏以荊邦之賊兩載，薛燭之劍不與要離之矛並收，豈真不欲如羽陵蠹魚食盡仙人字哉，吾知愛之所割者多矣。」抄本則云：

「俠士佳人，兩兩相映，紅粉寶劍，沁人心脾，莫《吳越》事若矣，然猶恨趙氏敘西施鄭旦欠詳也。浣紗石，響屧廊，顰里之眉，沉湖之貌，何竟不一為點綴，將恐英雄氣短，兒女深情，不欲以脂粉汙筆墨耶。《吳越》各傳五，卷三，記多怪誕，文遂陸離，合於盲腐史者什之三四，合於《越絕》者什之五六，度彼參此，略短取長，是在學者心省之耳。至若《越無餘外傳》所載，嬉砥山而吞薏苡，孕剖脅而產高密，以暨大禹之記天柱，號宛委，金簡青玉，白銀瑑文，赤繡男子，蒼水使者，倚歌覆釜，拊哭縛人，狐尾痝痝，禽呼咽喋，若斯之類，頗新耳目，要非鴻文巨篇，不過與《吳太伯傳》同為因流溯源之作，作者精神究不聚此。

「嗚呼，古人窮憤著書，後之覽者不能無所感也，尤不能無所捨，余所為讀《越絕》一書，每恨女媧不盡補離恨天，兼讀《吳越春秋》，又嘆相思地不為費長房縮盡也。檇李葉來甫欲以孫武利刃加西子之頸，豈不有感而言之乎。其與西湖黃仲霖作《漢魏別解》，首《吳越》，次《越絕》，尤嘖嘖不容吻，乃選不數傳，傳不數篇，河上之漿偏以荊邦之賊兩載，薛燭之劍不與要離之矛並收，豈真不欲如羽陵蠹魚食盡仙人字哉，吾知其愛之所割者多矣。鑑湖陶及申題於蒙池山之絳桃館。」

其語頗繁縟，蓋是少時任興語，抄本兩兩相映以下十二字，及離恨天相思地二語，傍均有紅勒帛，又嗚呼至費長房縮盡有鉤乙，似有所改訂，而《文選》本則又大加刪削也。《越絕書鈔》小引《文選》中無之，其文云：

「《越絕》表裡《吳越春秋》，敘事瑰瑣宛折似不及，而簡練峭勁則大過之，又常取徑旁側，《吳內傳》，《春申君》，多不關吳越。如所云堯有不慈之名，舜有不孝之行，舜用其仇而王天下，桓公召其賊而霸諸侯，夏啟善犧於益，湯獻牛荊之伯，文王以務爭，武王以禮信，周公以盛德，借齊東口角，掉儒生筆尖，綱提目解，語頗新警，又常以發明《春秋》為志，又常以韻語駢語俊語險語取勝，大抵書古而名實未考，麗子貢，倩子胥，且誣撻墓以妻楚王母，嫁卻吳尋盟以存魯亂齊破吳強晉霸越，襲事騁詞，有識共明，不必為昔賢置喙也。先儒謂戰國人所為，漢人從而附益，又謂經傳錯出，內外各陳，蓋聚眾腋以成裘，非構於一人之手。

「劉會孟謂楚吳越皆大國也，採風者不及焉，故有《騷》以補楚之缺，有《越絕》以補吳越之缺，此亦紀事之女媧也。張白馬謂文辨而奇，博而機，藏知周信，重仇明勇，與《國策》譎權傾捭者異。李大泌謂縝密似班掾，奇宕似子長，富豔似《左》《國》，或峻或衍，或英或坯，筆無定姿，局有餘勁，即無賀拔，尚存宇文，豈秦漢以後學者所能闖其藩哉。

「之數說者，余惟唯唯而已。雖然，篇中隱語，大旨略存，儼然以聖經自例矣，後之君子又何從而端倪之乎。抄與《吳越春秋》相參，大抵擇其文采尤勝者。吳王占夢大同小異，字句恨有詿漏，因刪此而錄彼。端木說吳事已載《家語》，故兩逸之。獨子胥亡楚殉吳，左氏只以數語了之，《越絕》加詳，而《吳越》則稍濫焉，互存其文。或以立體，或以見才，讀之可以悟作法矣。甲寅臘月庚寅朔燈下陶及申題。」

甲寅為康熙十三年（一六七四），筠廠年三十九歲，二書蓋同時所抄，此小引中亦有改竄處，口角筆尖均以朱墨改作之口之筆。陶集抄在《文選》中亦未見，這書特別有意思，因為名曰抄而實乃全部，小引亦多精義，文曰：

「靖節詩非惟不能學，亦不可學。昭明選不多，而選者自佳，東坡譏之太過。《晉書》《宋書》《南史》俱為靖節立傳，序靖節詩文者無慮數十家，總無出昭明右者，即白璧微瑕一語亦緣愛人以德，何可輕詆也。集本多舛謬，諸校刻都自稱善，獨恨其不多缺疑，則真所謂小兒強解事者耳。原載《群輔錄》而不載《搜神後記》，今仍之。庚申桂月，及申謹識。」

其時為康熙三十一年（一六九二），筠廠五十七歲，年漸長見識亦進，此文比以前所作更簡短得要領，所說之數點看似平常，卻切實公平，抵得人家好兩篇大論文。不佞讀陶詩見古今人評語不少，只喜歡兩人的話，即是蘇東坡陸放翁的題跋。東坡云：「余聞江州東林寺有陶淵明詩集，方欲遣人求之，而李江州忽送一部遺予，字大紙厚，甚可喜也。每體中不佳輒取讀，不過一篇，惟恐讀盡後無以自遣耳。」

放翁云：「吾年十三四時侍先少傅居城南小隱，偶見藤床上有淵明詩，因取讀之，欣然會心。日且暮，家人呼食，讀詩方樂，至夜卒不就食。今思之如數日前事也。慶元二年歲在乙卯九月二十九日，山陰陸遊務觀書於三山龜堂，時年七十有一。」

東坡他們的談陶詩此外盡有好的，不過大都是關於一章一句有所發明，若是可以當作總論看的殊屬不多，上面所舉的三篇，據我看來要算是頂好的了。

我看了陶君的話，再去讀諸人所作傳序，覺得說得很不錯，確是昭明太子的寫得最有意思，但白璧微瑕一節，反覆再三，仍未能領會，蓋鄙意以為卒無風諫何足搖其筆端二語大缺情趣，不必為之曲諱，文中為昭明疏解，這倒是陶君之愛人以德，我們所不敢輕詆也。

《筠廠文選》中有《春秋》四傳，《周禮》，《小戴禮》，《戰國策》，《家語》，《乾坤鑿度》，《法言》，歐陽文，東坡詩，《文獻通考》等抄讀小引，原抄不得見，甚為可惜。但我覺得最可惜的還是《徐文長集鈔》，其小引云：

「予極惡前人道過語。又曰，書一，詩二，文三，畫四。此文長自評也。於我明得一徐渭。又曰，無之而不奇。此袁中郎評文長也。夫文長直前無古人矣，中郎雖刻意詈人，而終不能不藉口文長。詩文累累，其自刻也有《文長集》，有《闕篇》，未刻者有《櫻桃館集》。會稽有商刻，山陰則有張刻，武陵則有程刻。

「《闕篇》筆多奇纖，與初集醇雅正平者大不相類，二集本亡闕者共十之二三，又無次序可稽，《櫻桃館》最晚作，家太史稱益奇妙，惜乎邈不可見矣。商合三集而去取不當，字句差訛，尤為可惜。程雲中郎帳中本，謬也，大約仍商而又加減焉，更可惜也。張刻《逸稿》，補商程之逸，而亦惜其不能全其逸也。文長嘗謂《杜工部集》刪半便是一庫周鼎商彝，余於文長詩文亦云。抄竟而讀之，余亦未嘗不自惜其抄矣。是真有明一人也哉。」

談文長頗得中，想必抄得也得中，不佞雖有二三文長集卻苦無暇細讀，安得有此好選本給我做一個橋上天燈哉。

陶筠廠名及申，字式南，據《越風》卷九云會稽明經，生於明崇禎九年丙子（一六三六），蓋石簣後人也。所著書有《筆獵》《四書博征》《字學類正》等，今所見僅《筠廠文選》一卷，存文九十五篇，收在越中文獻輯存書中。宣統年中《紹興公報》每日附刊越人遺著，此亦其一，金伯楨君（民國後改稱劉大白）主其事，不知係根據何本，嘗思一問究竟，而荏苒不果，大白又遽歸道山，至今念及猶以為恨也。

二十六年五月七日。

關於楊大瓢

我想搜集一點鄉賢著作，二十餘年來多少有所得，可是說到楊大瓢，卻頗使我為難，他的著書不知怎的這麼不容易入手。最初得到江氏文學山房活字本《鐵函齋書跋》四卷，係民國初翻印楊氏筠石山房重編本者，只可備檢閱而已。

繼得抄本《大瓢偶筆》八卷，似是道光時所寫，卷首有印朱文曰會稽章氏藏書，末有朱筆題記云：

「光緒乙巳九月重遊廣陵，適老友凌子與家書籍散出，舊抄本於奕正《天下金石志》及此冊遂為余有。小陽九日粗讀一過，校改十餘字，讀畢漫記之。老碩。」

此抄本字拙劣多謬誤，讀之不快，唯未經改編，又係章碩卿舊物，差為可取。未幾乃求得楊氏所刻《偶筆》及《書跋》共十冊，道光丁未年刊，距今尚不及百年，但似已不易得，總之書賈大有奇貨之意矣。嗣知有《晞發堂文集》四卷，亦係楊慰農所編而未刊之本，在書肆寄售，問之云是東莞倫氏之物，今南行未返，因不能得，稍覺可惜。但詩集卻於無意中得了一部，《力耕堂詩稿》三卷，康熙中葉刊本，每卷首有朱文印曰摩西，又一印左旋讀之曰黃人過目。蓋是黃摩西氏故物，亦正可珍重也。大瓢著作我所有止此，雖慰情勝無，但若欲寫文章，則材料豈夠用哉。

沈確士《國朝詩別裁集》刊於乾隆二十四年，卷二十錄大瓢詩五首，注云：

「楊賓，字可師，浙江山陰人。考安城為友人累戍寧古塔，可師赴闕訟冤，得旨之柳條邊迎親歸，作《柳邊記略》，塞外人稱楊夫子。書法不染宋元習氣，詩體專主沉著，身後散如雲煙矣，惟於其門人處得塞外詩一冊，故所錄皆辛苦愁慘之音。」

以後見陶堯村《全浙詩話》卷四十六引《國朝詩錄》，阮元《兩浙軒錄》卷八引沈德潛語，商寶意《越風》卷八記大瓢事均即根據沈氏語，此外則惟《軒錄》更引《蘇州府志》流寓傳耳。葉調生《鷗陂漁話》卷三有楊大瓢之父遣戍事一則，據所得《大瓢雜文殘稿》中《祁奕喜李汝兼合傳》，乃知所謂為友人累之詳情，原傳有云：

「慈溪魏耕為兵部侍郎張煌言結客浙東西，班孫留之寓山，或經年不去，先府君亦時時過寓山與耕語。當是時浙東名士競以氣節相尚，蕭山李甲歸安錢纘曾與班孫皆耕之所主也。有江陰無賴孔元章者遇耕西湖，自言從煌言所來，有所需，耕許之，既而覺其妄，批其頰，而耕所交元章多知之，於是偽為耕書抵纘曾，纘曾又毆之。元章遂之鎮浙將軍告變，捕纘曾等。……纘曾遺其妻書，以幼子屬府君及甲，書為邏者所得。獄成，耕纘曾皆死，甲同府君班孫徙寧古塔。」

《雜文殘稿》後為大興傅氏所得，擬編刻為楊氏遺書五種而未果，今又不知尚在天壤間否，但得葉氏引用，不獨安城遣戍顛末大明，且全謝山《鮚埼亭集》文中謂李楊以葬魏雪竇事遣戍，其誤亦可訂正，則亦不無小補矣。

又《吹網錄》卷四有柳邊紀略一則，甚致稱美，傅節子《華延年室題跋》卷下有題柳邊紀略二則，鐵函齋書跋二則，大瓢雜文殘稿一則，皆可參考。

《柳邊記略》跋一云原書五卷，卷五為省親詩，蓋即所謂塞外詩一冊也，唯傅氏據張石洲舊抄本校讎，謂《換車行》暨《至寧古塔》二首已選入《別裁集》，而字句頗有異同，疑出選者潤色，不得據校，又跋二據《蘇州府志》流寓傳敘其省親及請歸葬事，云《別裁集》稱其赴闕訟冤，得旨之柳條邊迎親歸，殊為失考。大瓢之詩與行事為世人所知，蓋實由於沈確士之紹介，唯傳訛亦從此出，傳文既少見，《紀略》《書跋》刊入《昭代叢書》王集，《偶筆》《書跋》合刻，都是道光年間事，若葉調生著書則至同治季年始出版也。

《別裁集》謂大瓢詩身後散如雲煙，惟於其門人處得塞外詩一冊，此固是當時實情，塞外詩蓋即《柳邊紀略》末卷之省親詩，後來談大瓢詩者大抵亦只以此為依據，如《越風》選五首，《兩浙軒錄》選三首皆是。《力耕堂詩稿》似均未曾見，楊刊本《大瓢偶筆》卷頭有《楊大瓢傳》，不著撰人姓名，云所著有塞外詩三卷，三卷或指此稿，唯稱塞外詩，則內容各別，又可知其不然矣。詩稿前有乙丑唐大陶，丁卯朱謹，丁巳張永銓各序，後有費密跋，看裡邊的詩大概作於康熙戊午至甲子之初，刊集至早在丁卯，大瓢其時年三十八歲，兩年後為己巳，始出關省親，故作塞外詩當在己巳庚午，此年代可考而知者也。

卷一有七律題曰「姜定庵京兆歸接寧古塔家諭」，末云：「可憐巢覆徒完卵，空負恩綸築露臺。」注云：「新例認工皆許還鄉，寒家力薄，兩籲未准。」考其時當是康熙十八年己未。卷二《書懷》一首，庚申年作，詩云：

「寧古孤城瀋陽北，沙黃草白乾坤黑，父母投荒二十年，萬里迢迢歸未得。近來當寧亟籌邊，詔書屢促輸金錢，明許贖罪還鄉井，共道白金須二千。眼見松陵吳季子，朝入度支暮歸里，又聞燕山呂朝蔭，脫卻赭衣稱柱史。可憐漂泊覆巢兒，空囊赤手將安之，富者掉頭不肯顧，貧者嘆息空踟躕。」

末二聯從略，案由此可知在康熙二十年頃流人本可議贖，惟苦無資不能辦，及庚午辛未，如大瓢傳所記，邵嗣堯再疏請許贖，已在十年後，其時大瓢或已有資可籌，而邵疏為議者所阻，安城亦旋卒戍所矣。辛酉吳漢槎贖歸，《詩稿》卷二中有詩二首，一題曰「吳漢槎先生自寧古塔歸述兩大人起居書感」，詩云：

「吳王宮北日欲斜，車馬紛紛人喧嘩，爭道京師明相國，萬里贖還吳漢槎。漢槎先生姓氏熟，老父窮荒如骨肉，今朝有力獨能歸，匍匐問訊吞聲哭。先生拭淚喚我名，執手為我數生平，汝父初居土城外，論心夜夜入三更，有酒呼我醉，有茶呼我烹，家人婦子日相見，米鹽瑣瑣同經營。杏山呂氏教其子，汝父移家從此始，一在城東一在西，白草黃沙二三里。患難知交能幾人，一日不見淚沾巾，自此卜築土城內，三年比屋情更真。汝母毿毿頭盡白，汝父鬚髯尚如戟，常吟詩句慰親朋，每拆家書動魂魄，昨送江邊無一言，相對相看雙眼赤。我聞此語心骨摧，奔走廿年終何益。白日慘慘江水寒，風煙冥冥雲漢碧，侯門誰復脫驂人，屈辱終身我不惜。」

此詩述安城狀況，深切處可與《至寧古塔》二首相比，在別一方面又是吳漢槎入關之好資料。此後第三首詩亦關於漢槎者，題曰「送吳漢槎先生入都」，詩係七律，不具錄。案前詩云吳王宮北，是漢槎曾歸吳，大瓢乃往問訊，後又入都，故後詩首聯云，故國才看萬回里，征帆又帶夕陽開。

《吹網錄》卷四寧古塔紀略一則中有云：

「舊傳漢槎歸後即歿，或云在京，或云在途溺水，其說不一。今觀《紀略》只云文人薄命，溘焉捐館，未著何年何地，而張〔尚瑗〕序則已明言歸後疾卒，又大瓢書中記漢槎還病且死，猶思食寧古塔所居籬下蘑菇，則非在途溺水可信。」今又證以大瓢贈詩，可知溺水說確是無稽，大抵或以在京病歿為較近似乎。

大瓢的詩做得如何，因為自己不懂詩故不說，但是一件事覺得有點特別的，便是詩裡的黍離麥秀之感。最顯明的是卷一的《西湖雜詠六首》，今錄其四五於下：

「世事成今日，乾坤豈舊時。有山皆白骨，何處聽黃鸝。塔院調新馬，遊船載健兒。可憐湖上月，夜夜照燕支。」

「寶石春風到，燕支少婦來。翠環垂耳戴，蟒幅稱身裁。釵腳鏤新竹，靴尖碎落梅。南屏山色暝，千騎柳營開。」

此詩大概作於康熙己未，與張宗子寫《西湖夢尋》序之辛亥相距不過八年，西湖的情形與詩人的感觸當然亦無甚殊異，如宗子所云，及至斷橋一望，凡昔日之弱柳夭桃，歌樓舞榭，如洪水湮沒，百不存一，大瓢云歌舞人何在，鶯花地已非，正是一樣。唯大瓢不知怎的多拉上燕支，這與宗子不很相同了。

《雜詠》裡既加刻畫，卷二又有《題滿妝美人圖次友人韻六首》，其二云：

「燕支山下貴家兒，十五盈盈未嫁時，拾得春宮深夜看，銷魂未許侍兒知。」

又其四云：

「玉腕還思當枕眠，欹斜抱膝倩誰憐，猩猩氈上跏趺慣，端坐翻嫌欠自然。」

本來的圖不知畫的怎麼樣，詩則確是題的不大敬，日前偶看《菉猗室京俗詞》，忽然得到很好的對照。這本是陳師曾所畫的《北京風俗圖》，共有三十四幅，每幅由姚茫父題詞，據跋說是民國乙丑丙寅間所作，石印兩冊，第一幅即旗下仕女，隨一小吧兒狗，茫父題《瑞鷓鴣》一闋云：

「猶堪背影認前朝，山下焉支色暗銷，弄狗何曾知地厭，生兒不復號天驕。連鑲半臂紅衣狹，一字平頭翠髻高，最是歌台爭學步，程郎華貴尚郎嬌。」

又畫左題二詩七絕款曰青羊，五絕無款，遊戲固大佳，但不可少蘊藉之趣，茲故未錄。相隔二百四十年，畫家詩人都以此為題材，正是偶然之至的事情，覺得亦值得一提，將來如能搜到更多的資料，想再來一番考索，現在暫且不多說了。

二十九年六月十日。

【附記】

今年夏承楊氏後人見示《楊子日記》，係大瓢手稿，記康熙丁亥一年間事，甚可珍重，因借抄得一本，日後如有機緣，甚願為之刊行，亦絕好傳記資料也。

三十年十月廿八日記。

關於范愛農

偶然從書桌的抽屜裡找出一個舊的紙護書來，檢點裡邊零碎紙片的年月，最遲的是民國六年三月的快信收據，都是我離紹興以前的東西，算來已經過了二十一年的歲月了。從前有一張太平天國的收條，記得亦是收藏在這裡的，後來送了北京大學的研究所國學門，不知今尚存否。

現在我所存的還有不少資料，如祖父少時所作豔詩手稿，父親替人代作祭文草稿，在我都覺可珍重的，實在也是先人唯一的手跡了，除了書籍上尚有一二題字以外。但是這於別人有甚麼關係呢，可以不必絮說。護書中又有魯迅的《哀范君三章》手稿，我的抄本附自作詩一首，又范愛農來信一封（為行文便利起見，將詩寫在前頭，其實當然是信先來的。又魯迅這裡本該稱豫才，卻也因行文便利計而改稱了。），這幾頁廢紙對於大家或者不無一點興趣，假如讀過魯迅的《朝華夕拾》的人不曾忘記，末了有一篇叫作「范愛農」的文章。

魯迅的文章裡說在北京聽到愛農溺死的消息以後，「一點法子都沒有。只做了四首詩，後曾在一種日報上發表，現在將要忘記了，只記得一首裡的六句，起首四句是，把酒論天下，先生小酒人。大圜猶酩酊，微醉合沉淪。中間忘掉兩句，末了是舊朋云散盡，余亦等輕塵。」日本改造社譯本此處有注云：

「此云中間忘掉兩句，今《集外集》中有《哭范愛農》一首。其中間有兩句乃云，幽谷無窮夜，新宮自在春。」原稿卻又不同，今將全文抄錄於下，以便比較。

哀范君三章

其一

風雨飄搖日，余懷范愛農。華顛萎寥落，白眼看雞蟲。

世味秋荼苦，人間直道窮。奈何三月別，遽爾失畸躬。

其二

海草國門碧，多年老異鄉。狐狸方去穴，桃偶盡登場。

故里彤雲惡，炎天凜夜長。獨沉清洌水，能否洗愁腸。

其三

把酒論當世，先生小酒人。大圜猶酩酊，微醉自沉淪。

此別成終古，從茲絕緒言。故人云散盡，我亦等輕塵。

題目下原署真名姓，塗改為黃棘二字，稿後附書四行，其文云：「我於愛農之死為之不怡累日，至今未能釋然。昨忽成詩三章，隨手寫之，而忽將雞蟲做入，真是奇絕妙絕，辟歷一聲……今錄上，希大鑒定家鑒定，如不惡乃可登諸《民興》也。天下雖未必仰望已久，然我亦豈能已於言乎。二十三日，樹又言。」這是信的附片，正張已沒有了，不能知道是那一月，但是在我那抄本上卻有點線索可尋。抄本只有詩三章，無附言，因為我這是抄了去送給報館的，末了卻附了我自己的一首詩。

哀愛農先生

天下無獨行，舉世成萎靡。皓皓范夫子，生此寂寞時。

傲骨遭俗忌，屢見螻蟻欺。坎壈終一世，畢生清水湄。

會聞此人死，令我心傷悲。峨峨使君輩，長生亦若為。

這詩不足道，特別是敢做五古，實在覺得差得很，不過那是以前的事，也沒法子追悔，而且到底和范君有點相干，所以錄了下來。但是還有重要的一點，較有用處的乃是題目下有小注王子八月四個字，由此可以推知上邊的二十三日當是七月，愛農的死也即在這七月裡吧。據《朝華夕拾》裡說，范君屍體在菱蕩中找到，也證明是在秋天，雖然實在是蹲踞而並非如書上所說的直立著。

我彷彿記得他們是看月去的，同去的大半是民興報館中人，族叔仲翔君確是去的，惜已久歸道山，現在留在北方的只有宋紫佩君一人，想他還記得清楚，得便當一問之也。所謂在一種日報上登過，即是這《民興報》，又四首乃三首之誤，大抵作者寫此文時在廣州，只憑記憶，故有參差，舊日記中當有記錄可據，但或者詩語不具錄亦未可知，那麼這一張底稿也就很有留存的價值了。

愛農的信是三月二十七號從杭州千勝橋沈寓所寄，有杭省全盛源記信局的印記，上批「局資例」，杭紹間信資照例是十二文，因為那時是民國元年，民間信局還是存在。原信係小八行書兩張，其文如下。

「豫才先生大鑒：

晤經子淵暨接陳子英函，知大駕已自南京回。聽說南京一切措施與杭紹魯衛，如此世界，實何生為，蓋吾輩生成傲骨，未能隨逐波流，惟死而已，端無生理。弟於舊曆正月二十一日動身來杭，自知不善趨承，斷無謀生機會，未能抛得西湖去，故來此小作勾留耳。現因承蒙傅勵臣函邀擔任師校監學事，雖未允他，擬陽月杪返紹一看，為偷生計，如可共事或暫任數月。羅揚伯居然做第一科課長，足見實至名歸，學養優美。朱幼溪亦得列入學務科員，何莫非志趣過人，後來居上，羨煞羨煞。令弟想已來杭，弟擬明日前往一訪。相見不遠，諸容面陳，專此敬請著安。

弟范斯年叩，廿七號。

《越鐸》事變化至此，恨恨，前言調和，光景絕望矣。又及。」

這一封信裡有幾點是很可注意的。絕望的口氣，是其一。挖苦的批評，是其二。信裡與故事裡人物也有接觸之處，如傅勵臣即孔教會會長之傅力臣，朱幼溪即接收學校之科員，《越鐸》即罵都督的日報，不過所指變化卻並不是報館案，乃是說內部分裂，《民興》即因此而產生。魯迅詩云，桃偶盡登場，又云，白眼看雞蟲，此蓋為范愛農悲劇之本根，他是實實被擠得窮極而死也。

魯迅詩後附言中於此略有所說及，但本係遊戲的廋辭，釋明不易，故且從略，即如天下仰望已久一語，便是一種典故，原出於某科員之口頭，想鏡水稽山間曾親聞此語者尚不乏其人歟。信中又提及不佞，則因爾時承浙江教育司令為視學，唯因家事未即赴任，所以范君杭州見訪時亦未得相見也。

《朝華夕拾》裡說愛農戴著氈帽，這是紹興農夫常用的帽子，用氈製成球狀，折作兩層如碗，捲邊向上，即可戴矣。王府井大街的帽店中今亦有售者，兩邊不捲，狀如黑羊皮冠，價須一圓餘，非農夫所戴得起，但其質地與顏色則同，染色不良，戴新帽少頃前額即現烏青，兩者亦無所異也。

改造社譯本乃旁注氈字曰皮羅獨，案查大槻文彥著《言海》，此字係西班牙語威路達之音讀，漢語天鵝絨，審如所云則愛農與紹興農夫所戴者當是天鵝絨帽，此事頗有問題，愛農或尚無不可，農夫如閏土之流實萬萬無此雅趣耳。改造社譯本中關於陳子英有注云，「姓陳名浚，徐錫麟之弟子，當時留學東京。」此亦不甚精確。子英與伯蓀只是在東湖密謀革命時的同謀者，同赴日本，及伯蓀在安慶發難，子英已回鄉，因此乃再逃往東京，其時當在爭電報之後。又關於王金發有注云：「真姓名為湯壽潛。」則尤大誤。

王金發本在嵊縣為綠林豪客，受光復會之招加入革命，亦徐案中人物，辛亥紹興光復後來主軍政，自稱都督，改名王逸，但越人則唯知有王金發而已。二次革命失敗後，朱瑞為浙江將軍承袁世凱旨誘金發至省城殺之，人民雖喜得除一害，然對於朱瑞之用詐殺降亦弗善也。湯壽潛為何許人，大抵在杭滬的人總當知道一點，奈何與王金發相溷。改造社譯本注多有誤，如平地木見於《花鏡》，即日本所謂藪柑子，注以為出於內蒙古某圍場，又如捹字雖是北方方言，卻已見於《七俠五義》等書，普通也只是打的意思耳，而注以為係猥褻語，豈誤為草字音乎。因講范愛農而牽連到譯本的注，今又牽連到別篇上去，未免有纏夾之嫌，遂即住筆。

廿七年二月十三日。

玄同紀念

玄同於一月十七日去世，於今百日矣。此百日中，不曉得有過多少次，攤紙執筆，想要寫一篇小文給他作紀念，但是每次總是沉吟一回，又復中止。我覺得這無從下筆。第一，因為我認識玄同很久，從光緒戊申在民報社相見以來，至今已是三十二年，這其間的事情實在太多了，要挑選一點來講，極是困難。——要寫只好寫長編，想到就寫，將來再整理，但這是長期的工作，現在我還沒有這餘裕。

第二，因為我自己暫時不想說話。《東山談苑》記倪元鎮為張士信所窘辱，絕口不言，或問之，元鎮曰，一說便俗。這件事我向來是很佩服，在現今無論關於公私的事有所聲說，都不免於俗，雖是講玄同也總要說到我自己，不是我所願意的事。所以有好幾回拿起筆來，結果還是放下。但是，現在又決心來寫，只以玄同最後的十幾天為限，不多講別的事，至於說話人本來是我，好歹沒有法子，那也只好不管了。

廿八年一月三日，玄同的大世兄秉雄來訪，帶來玄同的一封信，其文曰：

「知翁：

元日之晚，召詒坌息來告，謂兄忽遇狙，但幸無恙，駭異之至，竟夕不寧。昨至丘道，悉鏗詒炳揚諸公均已次第奉訪，兄仍從容坐談，稍慰。晚，鐵公來詳談，更為明瞭。唯無公情形，迄未知悉，但祝其日趨平復也。事出意外，且聞前日奔波甚劇，想日來必大感疲乏，願多休息，且本平日寧靜樂天之胸襟加意排解攝衛！弟自己是一個浮躁不安的人，乃以此語奉勸，豈不自量而可笑，然實由衷之言，非勸慰泛語也。旬日以來，雪凍路滑，弟懍履冰之戒，只好家居，憚於出門，丘道亦只去過兩三次，且迂道黃城根，因怕走柏油路也。故尚須遲日拜訪，但時向奉訪者探詢尊況。頃雄將走訪，故草此紙。

闇白。廿八，一，三。」

這裡需要說明的只有幾個名詞。丘道即是孔德學校的代稱，玄同在那裡有兩間房子，安放書籍兼住宿，近兩年覺得身體不好，住在家裡，但每日總還去那邊，有時坐上小半日。闇是其晚年別號之一。去年冬天曾以一紙寄示，上鈐好些印文，都是新刻的，有肄，觚叟，庵居士，逸谷老人，憶菰翁等。這大都是從疑古二字變化出來，如逸谷只取其同音，但有些也兼含意義，如觚本同一字，此處用為小學家的表徵，菰乃是吳興地名，此則有敬鄉之意存焉。玄同又自號鮑山疒叟，據說鮑山亦在吳興，與金蓋山相近，先代墳墓皆在其地云。曾托張樾丞刻印，八月六日有信見告云：「日前以三孔子贈張老丞，蒙他見賜疒叟二字，書體似頗不惡，蓋頗像百衲本廿四史第一種宋黃善夫本《史記》也。唯看上一字，似應云，像人高踞床闌干之顛，豈不異歟！老兄評之以為何如？」

此信原本無標點，印文用六朝字體，疒字左下部分稍右移居畫下之中，故云然，此蓋即鮑山疒叟之省文也。

十日下午玄同來訪，在苦雨齋西屋坐談，未幾又有客至，玄同遂避入鄰室，旋從旁門走出自去。至十六收到來信，係十五日付郵者，其文曰：

「起孟道兄：

今日上午十一時得手示，即至丘道交與四老爺，而祖公即於十二時電四公，於是下午他們（四與安）和它們（《九通》）共計坐了四輛洋車將這書點交給祖公了。此事總算告一段落矣。日前拜訪，未盡欲言，即挾《文選》而走。此《文選》疑是唐人所寫，如不然，則此君撫唐可謂工夫甚深矣。……（案，此處略去五句三十五字。）研究院式的作品固覺無意思，但鄙意老兄近數年來之作風頗覺可愛，即所謂

『文抄』是也。『兒童……』（不記得那天你說的底下兩個字了，故以虛線號表之）也太狹（此字不妥），我以為『似尚宜』用『社會風俗』等類的字面（但此四字更不妥，而可以意會，蓋即數年來大作那類性質的文章，——愈說愈說不明白了），先生其有意乎？……（案，此處略去七句六十九字。）旬日之內尚擬拜訪面罄，但窗外風聲呼呼，明日似又將雪矣，泥滑滑，行不得也哥哥，則或將延期矣。無公病狀如何？有起色否？甚念！弟師黃再拜。

廿八，一，十四，燈下。」

這封信的封面上寫鮑緘，署名師黃則是小時候的名字，黃即是黃山谷。所云「九通」，是李守常先生的遺書，其後人窘迫求售，我與玄同給他們設法賣去，四祖諸公都是幫忙搬運過付的人。

這件事說起來話長，又有許多感慨，總之在這時候告一段落，是很好的事。信中略去兩節，覺得很是可惜，因為這裡講到我和他自己的關於生計的私事，雖然極有價值有意思，卻亦就不能發表。只有關於《文選》，或者須稍有說明。這是一個長卷，係影印古寫本的一卷《文選》，有友人以此見贈，十日玄同來時便又轉送給他了。

我接到這信後即發了一封回信去，但是玄同就沒有看到。十七日晚得錢太太電話，云玄同於下午六時得病，現在德國醫院。九時頃我往醫院去看，在門內廊下遇見稻孫、少鏗、令楊、炳華諸君，知道情形已是絕望，再看病人形勢刻刻危迫，看護婦之倉惶與醫師之緊張，又引起十年前若干死時的情景，乃於九點三刻左右出院徑歸，至次晨打電話問少鏗，則玄同於十時半頃已長逝矣。我因行動不能自由，十九日大殮以及二十三日出殯時均不克參與，只於二十一日同內人到錢宅一致吊奠，並送去輓聯一副，係我自己所寫，其詞曰：

戲語竟成真，何日得見道山記。

同遊今散盡，無人共話小川町。

這輓對上本撰有小注，臨時卻沒有寫上去。上聯注云：「前屢傳君歸道山，曾戲語之曰，道山何在，無人能說，君既曾遊，大可作記以示來者。君歿之前二日有信來，覆信中又復提及，唯寄到時君已不及見矣。」下聯注云：「余識君在戊申歲，其時尚號德潛，共從太炎先生聽講《說文解字》，每星期日集新小川町民報社。同學中龔寶銓朱宗萊家樹人均先歿，朱希祖許壽裳現在川陝，留北平者唯余與玄同而已。每來談常及爾時出入民報社之人物，竊有開天遺事之感，今並此絕響矣。」輓聯共作四副，此係最後之一，取其尚不離題，若太深切便病晦或偏，不能用也。

關於玄同的思想與性情有所論述，這不是容易的事，現在亦還沒有心情來做這種難工作，我只簡單的一說在聽到凶信後所得的感想。我覺得這是一個大損失。玄同的文章與言論平常看去似乎頗是偏激，其實他是平正通達不過的人。近幾年和他商量孔德學校的事情，他總是最能得要領，理解其中的曲折，尋出一條解決的途徑，他常詼諧的稱為貼水膏藥，但在我實在覺得是極難得的一種品格，平時不覺得，到了不在之後方才感覺可惜，卻是來不及了，這是真的可惜。

老朋友中間，玄同和我見面時候最多，講話也極不拘束而且多遊戲，但他實在是我的畏友。浮泛的勸誡與嘲諷雖然用意不同，一樣的沒有什麼用處。玄同平常不務苛求，有所忠告必以諒察為本，務為受者利益計，亦不泛泛徒為高論，我最覺得可感，雖或未能悉用而重違其意，恆自警惕，總期勿太使他失望也。今玄同往矣，恐遂無復有能規誡我者。這裡我只是少講私人的關係，深愧不能對於故人的品格學問有所表揚，但是我於此破了二年來不說話的戒，寫下這一篇小文章，在我未始不是一個大的決意，姑以是為故友紀念可也。

民國廿八年四月廿八日。

記蔡子民先生的事

蔡子民先生原籍紹興山陰，住府城內筆飛坊，吾家則屬會稽之東陶坊，東西相距頗遠，但兩家向有世誼，小時候曾見家中有蔡先生的朱卷，文甚難懂，詳細已不能記得。光緒辛丑至丙午我在江南水師學堂，這其間大約是癸卯罷，蔡先生回紹興去辦勸學所，有同學前輩封君傳命，叫我回鄉幫忙，因為不想休學，正在躊躕，這時候蔡先生也已辭職，蓋其時勸學所（或者叫作學務公所亦未可知）的所長月薪三十元，在鄉間是最肥缺，早已有人設法來搶了去了。

以後十二年倏忽過去，民國五年冬天蔡先生由歐洲回國，到故鄉來，大家歡迎他，在花巷布業會館講演，我也去聽，那時我在第五中學教書兼管教育會事，蔡先生來會一次，我往筆飛坊拜訪，都不曾會見。不久蔡先生往北京，任北京大學校長之職，六年春天寫信見招，我於四月抵京，蔡先生來紹興會館見訪，這才是初次的見面。

當初他叫我擔任希臘羅馬及歐洲文學史，古英文，但見面之後說只有美學需人，別的功課中途不能開設，此外教點預科國文吧，這些都非我所能勝任，本想回家，卻又不好意思，當時國史館剛由北京大學接收，改為國史編纂處，蔡先生就派我為編纂員之一，與沈兼士先生二人分管英日文的資料，這樣我算進了北京大學了。

民國六年八月我改任北京大學文科教授仍暫兼了編纂員一年，自此以後至二十六年，我一直在北京大學任職。民六至民八，北京大學文理科都在景山東街，我們上課餘暇常順便至校長室，與蔡先生談天，民八以後文科移在漢花園，雖然相距亦只一箭之遙，非是特別有事情就不多去了。還有一層，五四運動前後文化教育界的空氣很是不穩，校外有《公言報》一派日日攻擊，校內也有回應，黃季剛謾罵章氏舊同門曲學阿世，後來友人都戲稱蔡先生為「世」，往校長室為阿世去云。

我那時在國文學系與新青年社都是票友資格，也就站開一點，不常去談閒天，可是我覺得對於蔡先生的瞭解也還相當的可靠。民六的夏天，北京鬧過公民團，接著是督軍團，張勳作他們的首領，率領辮子兵入京，我去訪蔡先生，這時已是六月末，我問他行止如何，蔡先生答說，只要不復辟，我是不走的。查舊日記，這是六月廿六日事，閱四日而復辟事起。這雖似一件小事，但是我很記得清楚，至今不忘，覺得他這種態度甚可佩服。蔡先生貌很謙和，辦學主張古今中外相容並包，可是其精神卻又強毅，認定他所要做的事非至最後不肯放手，其不可及處即在於此，此外盡多有美德，但在我看來，最可佩服的總要算是這鍥而不捨的態度了。

蔡先生曾歷任教育部，北京大學，大學院，研究院等事，其事業成就彰彰在人耳目間，毋庸細說，若撮舉大綱，當可以中正一語該之，亦可稱之曰唯理主義。其一，蔡先生主張思想自由，不可定於一尊，故在民元廢止祭孔，其實他自己非是反對孔子者，若論其思想，倒是真正之儒家也。其二，主張學術平等，廢止以外國語講書，改用國語國文，同時又設立英法德俄日各文學系，俾得多瞭解各國文化。其三，主張男女平等，大學開放，使女生得入學。以上諸事，論者所見不同，本亦無妨，以我所見則悉合於事理，若在現今社會有所扞格，未克盡實行，此乃是別一問題，與是非蓋無關者也。

蔡先生的教育文化上的施為既多以思想主張為本，因此我以為他一生的價值亦著重在思想，至少當較所施為更重。蔡先生的思想有人戲稱之為古今中外派，或以為近於折衷，實則無寧解釋相容並包，可知其並非是偏激一流，我故以為是真正儒家，其與前人不同者，只是收容近世的西歐學問，使儒家本有的常識更益增強，持此以判斷事物，以合理為止，故即可目為唯理主義也。

《蔡孑民先生言行錄》二冊，成於民國八九年頃，距今已有二十年，但仍為最好的結集，如諸公肯細心一讀，當信吾言不謬。在這以前有《中國倫理學史》一卷，還是民國前用蔡振名義所著，近年商務印書館又收入「中國文化叢書」中，雖是三十餘年前的小冊子，至今卻還沒有比他更好的書，這最足以表現他的態度，我想正是他最重要的功績。說到最近則是民國二十三年，在「安徽叢書」第三集《俞理初年譜》中有他的一篇跋文，也值得注意，其時蔡先生蓋是六十八歲矣。起頭便云：「余自十餘歲時，得俞先生之《癸巳類稿》及《存稿》而深好之，歷五十年而好之如故。」

文中分認識人權與認識時代兩項，列舉俞氏思想公平通達處，而於主張男女平等尤為注重，此與《倫理學史》所說正是一致，可知非是偶然。我最愛重漢王仲任、明李卓吾、清俞理初這三位，嘗稱為中國思想界不滅之三燈，曾以語亡友玄同，頗表贊可，蔡先生在其書中蓋亦有同意也。

王仲任提示宗旨曰疾虛妄，李卓吾與俞理初亦是一路，其特色是有常識，唯理而復有情，其實即是儒家的精髓，惜一般多已枯竭，遂以偶有為奇怪耳。王君自昔不為正人君子所齒，李君乃至以筆舌之禍殺身，俞君幸而隱沒不彰，至今始為人表而出之，若蔡先生自己因人多知其名者，遂不免有時被罵，世俗聲影之談蓋亦是當然，唯不佞對於知不知略有自信，亦自當稱心而言，原不期待聽者之必以我為是也。

我與蔡先生平常不大通問，故手頭別無什麼遺跡可以借用，只有民國廿三年春間承其寄示和我茶字韻打油詩三首，其二是和自壽詩，均從略，一首題云「新年用知堂老人自壽韻」，別有風趣，今錄於下方：

新年兒女便當家，不讓沙彌袈了裟（原注，吾鄉小孩子留髮一圈而剃其中邊者，謂之沙彌。《癸巳存稿》三，精其神一條引經了筵陣了亡等語，謂此自一種文理。），鬼臉遮顏徒嚇狗，龍燈畫足似添蛇。六么輪擲思贏豆（吾鄉小孩子選炒蠶豆六枚，於一面去殼少許，謂之黃，其完好一面謂之黑，二人以上輪擲之，黃多者贏，亦仍以豆為籌碼。），數語蟬聯號績麻（以成語首字與其他末字相同者聯句，如甲說「大學之道」，乙接說「道不遠人」，丙接說「人之初」等，謂之績麻。）。樂事追懷非苦話，容吾一樣吃甜茶（吾鄉有「吃甜茶講苦話」語）。署名則仍是蔡元培，並不用別號。此於遊戲之中自有謹厚之氣，我前談《春在堂雜文》時也說及此點，都是一種特色。蔡先生此時已年近古希，而記敘新年兒戲情形，細加注解，猶有童心，我的年紀要差二十歲，卻還沒有記得那樣清楚，讀之但有悵惘，即在極小處前輩亦自不可及也。

報載蔡先生於三月五日以腦溢血卒於九龍，因寫此小文以為紀念。

廿九年三月六日。

元元唱和集

前回在一篇關於朱舜水的文章裡，引用《先哲叢談》，牽連的說到陳元贇。據芳賀矢一的《日本漢文學史》，今關天彭的《日本流寓之明末諸士》，小畑利三郎的淮王常清與陳元贇之諸研究，查出陳氏的生平約略如下。陳元贇，字義都，別號既白山人，又稱菊秀軒，浙江杭州人，生於萬曆十五年。

天啟元年與沈茂人共隨單翔鳳至日本京都，持福建總兵公文，來議倭寇事，留三月餘，不得要領而回，曾與林羅山唱和，見羅山集中。歸國後應會試不第，崇禎十一年再至日本，遂留住不去，其後為尾張藩主毛利義直客，居於名古屋，與詩僧元政相識，作詩唱酬，著有《元元唱和集》，二人詩各一卷，寬文十一年（清康熙十年）卒，年八十五歲。元贇多才技，能拳術，知建築及製陶，均傳於日本，又名古屋有茶食曰板元贇，亦其所創制也。他在日本的影響，與朱舜水的不同，大抵不在學術方面，我覺得一塊點心的流傳，實在要比一卷書還有意味，不過這裡也還只是且談談他的詩文耳。

元贇著有《老子通考》四冊，只在圖書館看到，我所有的只是一部兩冊的《元元唱和集》。集內元政元贇詩各一卷，二人互為序，題寬文二年，次年刊行，即西曆一六六三年。我這一部新從名古屋買來，舊敝多蟲蛀，末頁有墨筆題記二行云，此書上下二冊，以清酒一升，從僧貞中易得。

貞中不知是何時人，蓋亦是風雅和尚，配得讀元政詩者，唯清酒時價一升值至十元，亦已大不廉矣。《先哲叢談》卷二紀元贇能嫻此邦語，故常不用唐語，引元政詩，今案原詩悉見《唱和集》中，其一人無世事交常淡，客慣方言談每諧，原題云「謝元贇翁來訪」，其二為《送元贇老人之尾陽詩》十首之三，全詩凡五韻，今錄於下：

「邂逅遇尾城，至今已四載。今年會洛陽，來往勞孤拐。清談無點俗，相忘如癡。君能言和語，鄉音舌尚在，久狎十知九，旁人猶未解。」

元贇和詩，其一云公是道安能說法，我非曼倩好詼諧，尚有意趣，其二末四句云：「方言不須譯，卻有穎舌在。坐久笑相視，眉語神自解。」有如角牴，工力便不能相敵。蓋元政受五山文學的流派，自有灑脫之趣，元贇則乙榜出身，猶多縶縛，二人雖同是景仰袁中郎者，其造就自不免有異也。

《唱和集》中元政送元贇之尾陽十詩，有小序云係用袁石公別陶石簣韻，文中說明其緣起云：

「余嘗暇日與元贇老人共閱近代文士雷何思鍾伯敬徐文長等集，特愛袁中郎之靈心巧發，不藉古人，自為詩為文焉。今茲九月之初，既夜正長而風遽冷，寂寂不睡，燈下擁被，獨閱石公之集，讀至別石簣詩，忽感近日老人將有尾陽之行矣，因效石公韻，綴狂斐十首，以擬陽關曲。」

《先哲叢談》卷二云：

「元政詩文慕袁中郎，此邦奉袁中郎蓋以元政為首，而元政本因元贇知有中郎也，元政書曰，數日之前探市，得袁中郎集，樂府妙絕，不可復言，《廣莊》諸篇識地絕高，《瓶史》風流，可想見其人，又赤牘之中言佛法者其見最正，余頗愛之，因足下之言知有此書，今得之讀之，實足下之賜也。」

元政所著《草山集》前後三十卷，倉卒不得見，《唱和集》中有《和李梁谿戒酒詩》，小序云：

「余嘗答人書漫論文章曰，所謂有德者必有言，有言者不必有德，蓋流自性靈者有德之言也，出自模擬者不必有德之言也。流自性靈者或雖不整齊而無痕，出自模擬者雖是整齊未必無痕，余雖不知文章，於此二者暗中摸索亦可知也。何者，言即心之跡也，因跡求心，雖不中不遠矣。由此言之，世之好文章者，不本道德，徒拾古人之唾餘，以為得巧，可恥之甚也。」

此意亦原本公安，而說得頗妙，以道德與性靈合為一，尤有意義，其時錢受之輩正在力斥袁鍾，而深草上人乃能知愛好，大可佩服矣。日本漢文學中一時亦盛行七子派擬古典詩文，山本北山著《作詩志彀》等書，尊中郎而反於鱗，排斥模擬，提唱性靈，開闢一新途徑，《志彀》序題天明壬寅，距元政時蓋正是甲子一周。

元政本名石井吉兵衛，二十六歲出家為日蓮宗僧，居深草之瑞光寺，供養父母竭盡孝敬，後兩親同年以八十七歲歿，閱二七日元政亦卒，年四十六。作辭世和歌，意云，深草的元政和尚死了，雖是自家事，也覺得可哀。又遺命不建石塔，但於墓上種竹二三株。元政有《竹葉庵詩》十首為世所稱，見《唱和集》中，其一云：「屋前竹葉垂，屋後竹葉隔，屋上竹葉覆，中有愛竹客。」此蓋足以為其墓誌銘矣。

廿九年八月廿四日。

四鳴蟬

近代日本文學作品，由本國人翻為漢文，木刻出版者，在江戶時代中期大約不很少，我在北京所見已有三種。其一是《豔歌選》，十四年春間所寫的「茶話」中第六則即是介紹這書的，略云：

「《豔歌選》初編一卷，烏有子著，日本安永五年（一七七六）刻板，現藏東京上野圖書館中，原書未得見，僅有抄錄一部分，收在湯朝竹山人所編《小唄選》內，計二十六首，首列俗歌原本，後加漢譯。卷首憑虛氏漢文序有云：

『烏有先生嘗遊酒肆，每聞妓歌，便援筆詩之，斷章別句，縱橫變化，翻得而妙矣。』又例言之二云：

『里巷歌謠，率出於流俗兒女之口，而翻之以成詩，自不得渾雅矣，間亦有翻難翻者，殆不免牽強焉，總是杯酒餘興，聊自玩耳，而或人刊行於世，蓋欲使幼學之徒悅而誦之，習熟通曉，乃至於詩道也。固非近時狡兒輩佚離之言，自以為詩為文，鍥諸梨棗，但供和俗顧笑，假使華人見之則不知何言之比也，世人幸詳焉。』他的譯詩可以知道是不很信的，但是有幾首卻是實在譯得不壞，不過他是學絕句和子夜歌的，所以其好處也只是漢詩的好處，至於日本俗歌的趣味則幾乎不大有了。」

當時曾轉錄九首以為例，今引用其一云：

郎意欲迎妾，妾身那得行？
行程五百里，風浪轉相驚。

其二是《海外奇談》。此書一名「日本忠臣庫」，為《假名手本忠臣藏》之譯本，題清鴻濛陳人重譯，有序云：

「鴻蒙子嘗閱市獲奇書，題曰『忠臣庫』，彼之則稗史之筆跡，而錄海外報仇之事，謂好事家譯異域之俳優戲書也，惜哉其文鄙俚錯誤有不可讀者，是以追卓老《水滸》之跡，潤色訂補，以備遊宴之談柄焉耳。」

後署乾隆五十九年，即一七九四年，後來尚有翻本，故不難得，寒齋所有即明治時印本也。《假名手本忠臣藏》為竹田出雲等所撰，記元祿十五年赤穗四十七義士報仇事，假設鹽冶判官冤死，家臣大星由良之助等共殺怨家高師直，為同類義士劇中之代表作，上臺演唱，至今垂二百年不絕。此為淨琉璃體，且說且唱，凡十一段，今譯本改為十回，又作演義體裁，雖文氣不能十分通暢，而模仿頗近似，所用明清小說中語亦有甚妙者，大抵所最難是安放得停當耳。《忠臣藏》本來是音曲，改為說部則但存本事，失去原文的藻飾，猶之莎翁喜劇，一變而為《吟邊燕語》，其得失亦自易見也。

其三是《四鳴蟬》。這才是要談的本題，其實也談不了許多，只是說說梗概而已。此書一冊，明和八年（一七七一）刊，題亭亭亭逸人譯，堂堂堂主人訓，其時為乾隆三十六年，法梧門正是十九歲，以第二名入學云。堂堂堂有序文，自稱白虎居士，印文二，曰姓不唐，曰似園芙蓉，亭亭亭有解說曰「填詞引」，則說明日本詞曲之種類者也。書中凡收譯文四篇，依原目分記於下：

一，雅樂　惜花記

二，同　扇芝記

三，俗劇　移松記

四，傀儡　曦鎧記

首頁欄外橫題曰才子刊書，卷中各篇起首欄外題曰才子刊書一百十七，以至一百二十，案序文末云：

「標才子者，聊取其奇也。刊書不刊。多言無益，鳴蜩何異。數其篇，四焉。題曰『四鳴蟬』也。是之取爾。」說明書名，頗有意思，唯所謂刊書不知究竟如何，豈百二十中止刊此四耶，惜無可考究矣。

這裡所謂雅樂即是能樂，其詞謂之謠曲，所收兩篇皆世阿彌元清所作，時在日本南北朝，西曆十四世紀也。《惜花記》原名「熊野」，亦作「湯屋」，譯文中對音云瑜耶，乃劇中女主人公之名，熊野本為遠江池田宿遊女之長，為平宗盛所寵，召至京都，欲歸省母病，不蒙許可，強令侍從看花，以觀音力，使宗盛讀詩感悟，因得東歸，當時熊野詠詩，如譯本云，何棄錦城如繡春，又惜鄉里園花散，「惜花記」改題即從此出。

《扇芝記》原名「賴政」，亦是主人公之名，是分兩場，第一場有僧雲遊至宇治，源賴政之靈化為老翁，引之遊覽，至平等院，見青草生作扇形，為僧說過去因緣，賴政戰敗，於此敷扇草上，坐而自刃，至今留草形如扇，以為紀念，日本讀芝雲西巴，即青草也，第二場則賴政於僧夢中現形，陳說當年戰死之情狀。能樂多是兩場，中間主角進去更衣，由狂言師扮一二人，略作說白，多近於打諢，使舞臺不空虛，此腳色稱曰「間」，即中間之意。

平常書本止列謠詞，而此本則並存間之狂言，《熊野》雖只是一場，而在破之前後場中間，亦有一段，此亦頗有意思。引言中云：

「小收分前後，詞曲也，有男優，有女優，動有淫態褻語，大不似中樂嚴正且雅馴。」此即是說間曲，所云申樂即猿樂，謂謠曲之能樂也。《熊野》之「間」乃是使女夕顏與僕人劍持太郎，《賴政》則是土民朽松，所演與本文多少相關，但其風趣則與狂言殊相似也。

以上兩篇所譯係全文，餘則只是其中的一段而已。《移松記》原名「山崎與次兵衛壽之門松」，為近松巢林子所作淨琉璃傀儡劇本之一，後由宮古路半中改為歌舞伎用，稱「山崎與次兵衛半中節」，漢譯即以此本為依據，故標題曰俗劇。劇中敘與次兵衛戀慕名妓吾妻，中經患難，吾妻與之偕逃，而與次兵衛發狂，各地浪遊，後為俠友所助，得以團圓，狂疾亦癒。今本所收為「物狂道行」一段，即敘二人遊行事也。

《曦鎧記》原名「大塔宮曦鎧」，竹田出雲所作之淨琉璃劇本，用於傀儡戲者，本有五卷，今所收為卷三中之「身代音頭」一段，為最有名的部分。劇中敘北條氏欲廢立，示意齋藤太郎左衛門襲殺王子，永井宣明建言俟王子與群兒歌舞時斬之，而夫婦密謀以其子鶴千代為替代，及視齋藤所斬乃是別一小兒，宣明訝問，始知此是土岐賴員之子，即齋藤外孫也。「身代音頭」即指此，譯本謂替身踴場，殊難得恰好。齋藤雖盡忠王室，唯以身為北條氏部屬，及兵敗亦自殺以殉云。戲曲本事，略述難得要領，詳說又易煩雜，今止從略，但亦已覺得辭繁而意仍不能達，苦矣。

統觀這四篇的內容，不得不說譯本的選擇很有道理，也很確當。《熊野》是謠曲中之鬘物（女劇），豔麗中有悲哀的氣味，《賴政》則是修羅物（戰鬥劇），行腳僧遇鬼雄化身，後又現身自述，與佛法結緣得度，為照例的結構，而賴政乃是忠勇儒雅的武將，與一般鬼雄不同，劇中所表示者有志士之遺恨而無修羅的煩惱，正自有其特色。

《壽之門松》本為淨琉璃之世話物（社會劇），大抵以戀愛為葛藤，以死為歸結，此劇之團圓正是極少的例，「道行」一段在劇中是精采處，即行道中之歌也。《曦鎧》則為時代物（歷史劇），齋藤忠義之士，而鐵石心腸，人情已鍛燒殆盡，為剛毅武士之代表，替身一場又是劇中之代表，其簡要有力或可抵得過一部《忠臣藏》也。但是選擇好了，翻譯就更不容易。容我旁觀者來說句風涼話，《曦鎧記》絕對不能翻，古人已云畫虎不成反類狗也，《移松》與《扇芝》次之，《惜花》則較易設法，因情趣較可傳達耳。

末尾熊野臨行所唱數語譯文云：「明日回頭京山遠，北雁背花向越返，俺便指東去，長袖翻東無餘言。」此可為一例。

但此中譯得最好的，還是兩篇謠曲裡的「間」這一部分，殆因散文自較易譯，且詠諧之詞亦易動人耶。嘗聞人言，莎士比亞戲曲極佳，而讀一二漢文譯本，亦不見佳，可知此事大難，自己不來動手，豈可妄下雌黃，何況此又本用外國文所寫者乎。不佞此文，原以介紹此書為目的，偶有評泊，止是筆鋒帶及，非是本意也，讀者諒之。

廿九年十一月七日。

老老恆言

慈山居士曹庭棟所著書，寒齋只有《逸語》十卷，《永宇溪莊識略》六卷，皆乾隆時原刻，《老老恆言》五卷有兩種，其一為光緒己卯孫氏刻本，收在檇李遺書內，其二題光緒癸卯偶園刊本。案檇李遺書本孫稼亭跋云舊本罕存，金眉生得之私為枕秘，既而刻之鄉塾，曾以一冊見貽，因重校付梓，今偶園本有同治九年金氏序，文中恬字未避諱，版式行款及中縫上下魚尾等悉與《永宇溪莊識略》相同，當係所云鄉塾原板，後為偶園所得，改刻年代，此類事蓋數見不鮮者也。《識略》卷六為識閱歷，即自撰年譜，記文甚簡，而事多有趣味。

乾隆十一年丙寅下云：

「是歲著《逸語》，勿少懈。注及盗泉二字，未考所出，檢《水經注》已終卷不得，忽風過幾案間，揭開盗泉出處，乃注明之。」

與孫淵如的《孔子集語》相比，《逸語》自覺謹嚴少遜，唯因此亦別有其風趣，注語多通達，如盜泉一節即是好例。

《逸語》卷十，《州里》第十九引《尸子》云：

「孔子至於暮矣而不宿於盜泉，渴矣而不飲，惡其名也。」注云：

「盜泉，《水經注》曰，洙水西南流，盜泉水注之，泉出卞城東北卞山之陰。蓋盜泉近孔子之居，孔子往來常過之，既不宿其地，亦不飲其水，故記者志之曰，惡其名也。愚謂不宿不飲，必有心惡其名而然，聖人不若是之迂也，蓋暮矣可宿而猶可無宿，即不宿，渴矣可飲而猶可無飲，即不飲，行所無事而自出於正，特在記者窺測之，則以為惡其名耳。然學者苟即是說而推焉，亦足為慎微謹小之方也。」

曹氏自稱慈山居士，《老老恆言》孫跋中云，園有土阜數仞，因家居奉母，命曰慈山，晚歲即以自號，年譜乾隆九年甲子下云：

「邑中有濬河之役，園艮隅餘隙地，令堆積淤泥，人便之，更拆去北廊五架，盡為堆積地，數日間巋然成山，以恰值母壽，名曰慈山。嘗賦詩，有時維二月九，春和氣融漾，慈幃敞壽筵，適對茲山爽，茲山詎云高，我鄉卻無兩之句。」

此說慈山原始，更為詳盡。跋又云，乾隆丙辰詞科再啟，君與兄古謙明經庭樞均以宏博特徵。朱序云，己未丙辰兩次鴻博，祖子顧少宰爾堪兄古謙明經庭樞皆就徵，此蓋為跋語所本，其實卻未確。檢年譜，康熙四十五年丙戌，八歲，十一月古謙弟生。丙辰詞科與試未用者二百二人，中有曹庭樞，即慈山之弟，名當作廷而非庭，《識略》卷三識雜文中有《慈山居士自敘傳》，末云，「名庭棟……初名廷，後改為庭，以示終老牖下之意云。」

年譜乾隆元年丙辰條下云，是歲以孝廉方正薦，敦促驗看，自問不敢當此，以病辭。查丙辰不就試者二十五人，其中亦無慈山名，可知所謂以宏博徵亦是傳聞之誤。又年譜卷首載祖蓼懷公諱鑒倫，康熙己未進士。曹子顧舉順治壬辰進士，在康熙己未二十七年前，為慈山曾祖子閒之弟，見於《西堂雜組》。朱孫二君與慈山同裡閈，而所記均不免有謬誤，於此蓋可見考證之難矣。

《老老恆言》有序跋，自述著作大意，年譜中所記亦更為實在，乾隆三十七年壬辰，七十四歲下云：「自秋入冬薄病纏綿，終日獨坐臥室，著《老老恆言》四卷。」三十八年癸巳下云：「元旦口占，爆竹聲喧日上初，醒猶戀枕起徐徐，衰年自笑曾何補，四卷新編老老書。」又云：「夏初發刻《老老恆言》，補著《粥譜》一卷，共五卷，歲暮刻工始竣。」年譜記至乾隆四十一年丙申，慈山年七十八歲，據金序稱其壽至九十餘，然則尚有十餘年未記，亦可惜也。

我讀《老老恆言》，覺得很有意思，可以說是有兩個理由。第一，因為他所說多通達事理。著者在卷四之末說明道，總之養生之道惟貴自然，不可纖毫著意，知此思過半矣。

卷二燕居中云：「少年熱鬧之場，非其類則弗親，苟不見幾知退，取憎而已。至與二三老友相對閒談，偶關世事，不必論是非，不必較長短，慎爾出話，亦所以定心氣。」

又同卷見客中云：「喜談舊事，愛聽新聞，老人之常態，但不可太煩，亦不可太久，少有倦意而止，客即在座，勿用周旋，如張潮詩所云，我醉欲眠卿且去可也。大呼大笑，耗人元氣，對客時亦須檢束。」

此等文字一看似亦甚平常，但實在卻頗難得，所難即在平常處，中國教訓多過高，易言之亦可云偏激，若能平常，便是稀有可貴矣。孔子有言，及其老也，戒之在得。得不必一定是錢財，官爵威權以及姬侍等都是，即如不安於老死，希求延年長生，也無不是貪得之表示。《恆言》的著者卻沒有這種欲望，自序稱亦只就起居寢食瑣屑求之，《素問》所謂適嗜欲於世俗之常，絕非談神仙講丹藥之異術也。

大抵此派養生宗旨止是嗇耳，至多說是吝，卻總扯不到貪上去，彷彿是楊朱的安樂派，出於道家而與方士相反，若極其自然之致，到得陶公《神釋》所云縱浪大化中，不喜亦不懼，應盡便須盡，無復獨多慮的境地，那也就與儒家合一，是最和平中正的態度了。

第二的理由，因為這是一部很好的老年的書。三年前我寫過一篇小文，很慨嘆中國缺少給中年以及老年人看的好書，所謂好書，並不要關於宗教道德雖然給予安心與信仰而令人益硬化的東西，卻是通達人情物理，能增益智慧，涵養性情的一類著作。此事談何容易，慨嘆一時無從取消，但是想起《老老恆言》來，覺得他總可以算得好書之一，如有好事人雕板精印，當作六十壽禮，倒是極合適的。

說到小毛病當然亦不是沒有，最明顯的是在衛生上喜談陰陽五行，不過他引的本來多是古書，就是現在許多名醫豈不也是講的這一套，智識階級的病人能有幾個不再相信的，那麼對於慈山居士也覺得不好怎麼責備了。孟子說老吾老，又說幼吾幼，今《老老恆言》有書可讀，聞有《幼幼集成》，卻無意去看，恐怕只是普通的小兒科罷。老人雖衰病，尚能執筆，故可自做書自看，小孩子則話還說不好，難怪無所表見，若父兄忙於功名，亦無暇管閒事也。

此外還有一點意見。我覺得養老乃是孝之精義。從前見書中恭維皇上，或是他自誇，常說以孝治天下，心裡總懷疑，這是怎麼治法呢？近日翻閱《孟子》，看到這樣一節，這才恍然大悟。

《離婁上》云：「孟子曰，伯夷辟紂，居北海之濱，聞文王作，興曰，盍歸乎來，吾聞西伯善養老者。太公辟紂，居東海之濱，聞文王作，興曰，盍歸乎來，吾聞西伯善養老者。」

又《梁惠王上》云：「五畝之宅，樹之以桑，五十者可以衣帛矣。雞豚狗彘之畜，無失其時，七十者可以食肉矣。百畝之田，勿奪其時，數口之家可以無饑矣。謹庠序之教，申之以孝悌之義，頒白者不負戴於道路矣。七十者衣帛食肉，黎民不饑不寒，然而不王者，未之有也。」

同樣的話，孟子對了梁惠王齊宣王都說了一遍，意思極是鄭重，很可見養老之政治的意義。《說文解字》八云：「孝，善事父母者，從老省，從子，子承老也。」又云：「七十曰老，從人毛匕，言鬚髮變白也。」由是可知，善事父母亦著重在老年，我想中國言孝之可取即在於此。

從前我寫過《家之上下四旁》一文，曾說道，「父母少壯時能夠自己照顧，而且他們那時還要照顧子女呢，所以不成什麼問題。成問題的是在老年，這不但衣食等事，重要的還是老年的孤獨。」只可惜後世言孝者不注重此點，以致愈說愈遠，不但漸違物理，亦並近於非人情矣。《老老恆言》在此點上卻大有可取，蓋足為儒門事親之一助，豈止可送壽禮而已哉。

鮓話

近來收得佟世思著《與梅堂遺集》十二卷，附《耳書》《鮓話》各一卷，係其六弟世畿所編集，有康熙辛巳序，但刻板似在雍正時，王漁洋序文署名已避諱矣。案《八旗文經》卷五十七作者考甲云，佟世思，先世居於佟佳地方，姓佟佳氏，省言以佟為氏，隸漢軍鑲藍旗，又言法海介福均其族人，唯集卷十二《先高曾祖三世行略》云，自北燕時遠祖諱萬諱壽者，俱以文字顯，然則其世係遠出六朝，與籍隸滿洲之佟佳氏如介野園等固自不同也。

《熙朝雅頌集》卷十三引《八旗通志》云：

「《與梅堂遺集》十二卷，佟世思撰。是集凡詩十卷，詞一卷，雜文一卷，其弟世集裒而刻之，末附《耳書》一卷，皆記所聞見荒怪之事，分人物神異四部，《鮓話》一卷，則以公事至恩平而記其風土也。」

《四庫書目提要》亦如此說蓋為《通志》所本，《雅頌集》選其詩為十三四兩卷，計百另二首，《雪橋詩話》卷三談儼若詩有四則，最稱賞其《橫林雨夜訪邵之萊夫子宅》四首，如其一云：「舟行常苦熱，雷雨晚涼生，楊柳一時碧，桔槔忽不鳴。溝田增細響，村鼓應初更。我欲扶筇去，稻花香裡行。」不佞雖不懂詩，讀此亦覺得可喜。文十八篇多可讀者，如《遊紅螺山記》，《思恩縣開徵記》，《與范彥公表叔書》均是，但是我覺得最有興味的卻是那兩種附錄。

《耳書》文字頗簡潔，所記事亦普通，可目為筆記中上品，末一則唵嘛呢叭彌吽，云是六字真言，傳自西域，有謂唵嘛呢叭彌吽蓋俺那裡把你哄也。昔曾聞此傳說，今知見於著錄，亦頗有意思。

《鮓話》據自序蓋作於康熙乙丑，時至廣東訪其三弟世男於恩平縣，記所見聞得三十九則，其序云，時在安徽同友人飲白酒啖鱘鮓，「昔陶母卻鮓，而恩平無鮓可以奉親，偉夫一官冰冷，僅足供兄弟友生一席鮓話耳，」書名即取此意。記文短者才十餘字，最長者只二三篇，亦不及二百字，讀之無不可人意，蓋如序中所云，恩平以彈丸黑子，奇凋異敝，不可名狀，世傳有非山非水非人非鬼之地，殆將近之，其事本奇，而文足以副之，故遂耐讀，所謂誠可悲可笑矣也。

《鮓話》一序，計二百三十一言，亦誠實，亦波俏，而《八旗文經》則收錄一篇俗調的《耳書序》，可知文章鑒別自有不可假借之處，觀於《文經》選者之取捨，乃更相信自己見識漸益可靠，凡所取捨常與世俗相違，此即其徵也。

《鮓話》中可抄者甚多，今只錄其二三於下：

「縣署無頭門二門，勉強向敗牆下設門一合，以蔽道路往來者。無大堂，有牆三面，橫以竹，覆以草，無棟樑門柱。前令設木屏高五尺，闊二尺有五，以別內外，偉夫孟浪撤而易以門，再八步計步弓四步，即令君妻下榻處也。」

「士子無城居者，來則跣足騎牛，至城下就河水洗足，著屐而後入。每來謁，偉夫必與飲食，無一人知進退周旋之節者，偉夫多事，必捉襟曳肘而教之。予親見偉夫以白面微髭之知縣教白頭諸生，拜揖酬酢，始終不能而罷焉。」

「堂置木架一座，上置鼓一面，即以亂棕縛云板於下，此偉夫升堂號召胥役之具也。夜間，一老人身不滿二尺，蹲鼓下司更，或自三鼓交五鼓，或自四鼓又交二鼓，從來無倫序，但隨其興會耳。聞偉夫曩者怒，命易之，詢通邑無可代者，因仍之。」

「通城無三尺平淨地，處處皆瓦礫，生野慈姑於上。予與槃十步城上，小立，謂此地恐多蛇。言未已，一蛇丈許，竄胯下過。」案恩平屬肇慶府，距新會不遠，不知何以荒穢如此。近人奭良著《野棠軒摭言》卷七言多中有一則，言廣西思恩府之苦，其文云：

「其地諺曰，虎上房，蛇上床，皂隸上牆。侵晨將啟戶先四望，房上有踞虎則不開門。地卑濕連山，山蛇如蟻，宵中恆為蛇所擾如蚊虻。居民極少，皂隸無應募者，但於大堂兩翼牆畫衙役，以壯觀瞻耳。」

案佟世男為恩平縣知縣，世思記其地風土，既極奇怪，而自己又適知思恩縣事，真可謂偶然又偶然矣，只可惜不再寫一卷續鮓話，不然必當有好文章可讀也。《遺集》卷十二雜文中有《重修思恩縣堂記》，述由賀縣至思恩事云，「再調思恩，水土惡厲更倍於賀，亢則三冬熱眩，啞不能言，雨則六月生寒，重裘莫禦。」又《思恩縣開徵記》敘四鄉頭人來輸納情狀，但云，「屆期果來，老而皤者，少健者，棕帽者，布裹頭者，徒行者，乘馬者，聚數百十人，率皆衣青短衣，裸膝跣足，佩環刀七尺於脅下」，此蓋如下文所云，思恩古屬交趾日南，為環州生蠻之恆狀，亦並不大奇。文中又有吏白開徵有日之語，則固有胥吏，豈畫壁者止是皂隸，而吏不在其內耶。《野棠軒摭言》引夏閏庵所見為證，似是近數十年中事，在康熙三十年頃反不若是之甚，亦不可解。

唯《重修縣堂記》言至廣西後，賓客僕從不習於水土死者二年之外一十八人，而佟君自己亦遂是年卒于官，時為康熙辛未，年四十有二，此則與夏閏庵所遇之思恩守志白石運命相同，似前後無甚變化，亦大奇也。

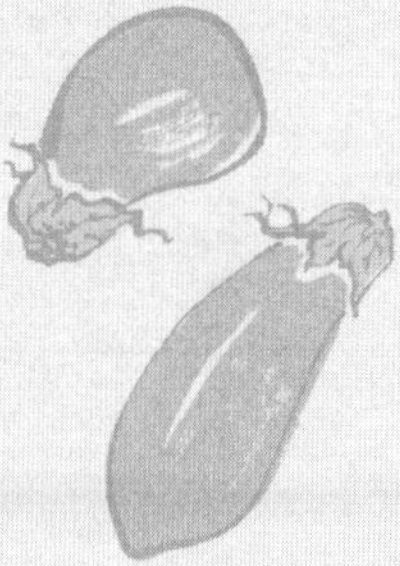

第四卷　閒情的印痕

春在堂雜文

《春在堂全書》十年前購得一部，共一百六十本，堆放書架上，有望洋之嘆。不佞不懂經學，全書中精粹部分以是不能瞭解，以前陸續抽讀的只是尺牘隨筆雜抄筆記這一類，大都是曲園先生業餘遣興之作罷了。我向來很佩服曲園先生以一代經師而留心輕文學，對於小說故事做過好些研究，讀《右台仙館筆記》中黃土老爺諸篇，覺得是好文字，非一般說部中所有。近來閒居無事，拿出《雜文》來看，有許多文章看得甚喜歡，特別是序文一類，覺得在近代文章中極少有的。

平常講詞章的人批評曲園先生的詩文總說是平庸，本來曲園詩自說出於樂天放翁，文也自認文體卑弱，似乎一般的批評也還不錯。但是，詩我不大懂今且慢談，文的好壞說起來頗有問題，因為論文的標準便有好些差異。有喜談義理者，不但主張言中有物，其物還必須是某一派的正統思想，所以如不是面紅耳赤的衛道，或力竭聲嘶的辟邪，便不能算是好文字。又有好講音律者，凡是文章須得好念，有如昔人念韓愈《送董邵南序》，數易其氣而後成聲，然後鏗鏘鏜鞳，各有腔調，聽之陶然。

然而在此二派之外還可以有一種看法，即是不把文章當作符咒或是皮黃看，卻只算做寫在紙上的說話，話裡頭有意思，而語句又傳達得出來，這是普通說話的條件，也正可以拿來論文章。我就是這一派看法的，許多傳世的名文在我看去都不過是爛調時髦話，而有些被稱為平庸或淺薄的實在倒有可取，因為他自有意思，也能說得好，正如我從前所說有見識與趣味這兩種成分，我理想中好文章無非如此而已。《春在堂雜文》現在便可以給我做一個很好的例。

序文極是常見的東西，人們即使不從文集裡去找了來讀，無論看什麼書大抵前面總可見到一兩篇序文的。但是平常有誰看了覺得喜歡呢？我近二十年來才學會看書先看序，可是結果多是不滿意，難道真如鄭板橋所說敷衍的太多麼。其實倒還因為照程序做的多了的緣故，這些大都選得進《古文範》裡去，在我們想找平庸的說話看的人卻也就不免失望了。曲園先生的序文在書上常可見到，這不僅如章太炎先生所微諷，先生好以筆札泛愛人，《雜文》自序中也自己承認性好徇人之求，那麼這些序文一定多有敷衍的了。然而我們的經驗是，一部書上有幾篇序，其中如有曲園先生的在內，則其中最可讀的必定就是曲園先生的那一篇。

在《天津徵獻詩》，《槃薖紀事初稿》，《習苦齋畫絮》，《眉綠樓詞》等諸書中，都是這樣。為什麼緣故呢？作序即使同是敷衍，因為這多少總是賦得，但敷衍也有不同，有如寒暄，一種是照例的今天天氣哈哈哈，一種也是說今天天氣好或是冷，不過關於冷稍有發揮，說是早上見了霜，或是陰寒得很蕭寂，有些物理人情上的根據，這就覺得有點意味了。曲園先生的序便是關於這事物總有意見要說，說得又有誠意又有風趣，讀下去使人總有所得，而所說的卻大抵不是什麼經天緯地的大道理，此正是難能可貴的地方，近世一般文人所極不易及者也。

現在試舉幾個實例。《雜文》卷一《遜學齋詩集序》說風與雅的區別，說明後世的詩裡也有這兩種不同的風格。《荔園詞序》論詩詞曲三者變遷之跡，即闡明其特色所在。三編卷三《王子安集注序》論駢散文甚有精義，最可佩服，以駢儷為文之正軌，真通文章體例者之言。又云宋人以八代為衰，奉昌黎為鼻祖，自此以往遂有語言而無文字。此與鄙意甚相合。

《秦膚雨詩序》引楊子雲言，詩人之賦麗以則，論詩中有偏麗偏則兩派，《擊壤》遺音，《香奩》流弊，均所不取。《玉可盦詞序》論詞之正宗貴清空不貴餖飣，貴微婉不貴豪放，與《荔園詞序》可互相發明。四編卷六《眉綠樓詞序》論詩詞分類編年之是非，謂詩宜編年，可以考定其生平，詞則以分類為宜。蓋詞之體率婉媚深窈，或言及出處，亦以微言托意，不如詩之顯明，依年編錄未必足供考證，故不如分類讀之，窺見其性情之微，轉足以想見其為人。

又《槃薖紀事初稿序》對於艱深之文微致諷詞，五編卷七《可園詩鈔序》自述詩宗香山劍南，亦即是此意。有云，「詩固所以寫性情也，雕斲性情而為詩，其猶戕賊杞柳以為杯棬乎。」此語亦甚佳，與上文文崇駢儷之說似兩歧，而實俱有至理。曲園先生著作未有專篇論文學者，僅散見於《雜文》中，序類中為最多，雖只是散金片羽，而言簡意賅，往往與現代意見相合，實蓋為之先導，此則甚可貴也。

《雜文》續編卷二有文數篇，皆關於金石文字者，如《慕陶軒古磚圖錄序》，《問禮盦彝器圖序》，《兩罍軒彝器圖釋序》，《畫余盦古錢拓本序》，《百磚硯齋硯譜序》，文章議論均可喜。《古磚圖錄序》有云：

「余經生也，欲通經訓必先明小學，而欲明小學則豈獨商周之鐘鼎，秦漢之碑碣，足資考證而已，雖磚文亦皆有取焉。」此數語可以包括諸文大意，簡單的文句裡實具有博大的精神。中國學者向來多病在拘泥，治文字者以《說文解字》為聖經，鐘鼎碑碣悉不足取，磚瓦自更不必論矣。

太炎先生曾謂古代日用食器且少見，獨多鐘鼎，大是可疑，龜甲獸骨則是今人偽作，更不可信。曲園先生乃獨能有此創見，如在金石學家本亦無奇，以經師而為此言，可謂首開風氣者矣。此外文章隨便舉例如六編卷八《唐棲志序》，《徐淡仙百蘭稿序》，卷九《東城記餘序》，並無特殊意見可說，而就題寫去，涉筆成趣，不費氣力，不落蹊徑，自成一篇可讀之小文。

《雜文》補遺即七編卷二有《外弟姚少泉所著書序》，則又亦莊亦諧，姚君喜談道與兵與醫，曲園先生稱其談道之書明白曉暢，又謂惜余鈍根仍茫乎未得其門徑，與之論兵則只取其兵貴藏鋒一語，其論醫亦多心得，余固執廢醫之論者，姑勿論也。微詞托諷，而文氣仍頗莊重，讀之卻不覺絕倒，此種文字大不易作，遊戲而有節制，與莊重而極自在，是好文章之特色，正如盾之兩面，缺一不可者也。壽序與記各類中尚有佳文，茲不具論，只以序文為限，亦不及詳舉也。

讀曲園先生的序文，有時覺得與讀歐羅巴文書籍時的感覺有點相似。有些正論學術文藝，有如導言，但少簡短耳，有些抒情說理，筆致如隨筆小品，雖是七八十年前著作，而氣味新鮮，一似墨色未乾者，此可異也。

我們平日寫文章，本來沒有一定寫法，未必定規要反古，也不見得非學外國不可，總之只是有話要說，話又要說得好，目的如此，方法由各人自己去想，其結果或近歐化，或似古文，故不足異，亦自無妨。《春在堂雜文》中有些與新文學相通即以此故，若我輩寫序雖力或未逮，用意則固不謬，今見曲園先生序文有相近者，此又我們之大幸也。

朋友相語，常苦沒有適宜的文章可以給學生讀，《左傳》《史記》非無名篇，不過那只可當文學賞鑒，不能作自己寫作的參考，若要勉強去學，勢必畫虎類狗，做成爛調古文而後已。如今看見曲園先生的許多序文，很是喜歡，覺得這頗足供啟蒙之用，雖然一時不能指定那幾篇最合用，但總之在這中間我相信一定可以找出很好的資料來，使青年學子讀了得到益處。

近來長久不寫文章，覺得荒疏了，夏天讀《春在堂雜文》很想寫一篇小文，但是不敢下筆，一半也因為怕說得不對，唐突先賢，到現在才決心來寫，蓋我深信此類雜文甚於學子有益，故仍來饒舌一番，不管文章的好壞，若是為個人計最好還是裝癡聾到底，何苦費了工夫與心思來報告自己所讀何書乎。

二十八年十一月一日。

禹跡寺

中國聖賢喜言堯舜，而所說多玄妙，還不如大禹，較有具體的事實。《孟子》曾述禹治水之法，又《論語》云：

「子曰，禹吾無間然矣，菲飲食而致孝乎鬼神，惡衣服而致美乎黻冕，卑宮室而盡力乎溝洫。」

這簡單的幾句話很能寫出一個大政治家，儒而近墨的偉大人物。《莊子》說得很好：

「昔者禹之堙洪水，……親自操槖耜而九滌天下之川，股無胈，脛無毛，沐甚雨，櫛疾風，置萬國。禹大聖也，而形勞天下如此。使後世之墨者多以裘褐為衣，以屐蹻為服，日夜不休，以自苦為極，曰，不能如此，非禹道也，不足為墨。」

蓋儒而消極則入於楊，即道家者流，積極便成為法家，實乃墨之徒，只是宗教氣較少，遂不見什麼佛菩薩行耳。

《屍子》云：

「古者龍門未辟，呂梁未鑿，禹於是疏河決江，十年不窺其家，生偏枯之病，步不相過，人曰禹步。」

焦里堂著《易余龠錄》卷十一云：

「禹病偏枯，足不相過，而巫者效之為禹步。孔子有姊之喪，尚右，二三子亦共而尚右。郭林宗巾偶折角，時人效之為墊角巾。不善述者如此。」

說到這裡，大禹乃與方士發生了關係。本來方士非出於道家，只是長生一念專是為己，與楊子不無一脈相通，但是這裡學步法於隔教，似乎有點可笑，實在亦不盡然，蓋禹所為之佛菩薩行顯然有些宗教氣味，而方士又是酷愛神通，其來強顏附和正復不足怪耳。

案屠緯真著《鴻苞》卷三十三《鉤玄》篇中有禹步法，頗疑其別有所本，寒齋無他道書，偶檢葛稚川《抱樸子》，果於卷十七《登涉》篇中得之。其文云：

「禹步法，正立，右足在前，左足在後，次復前右足，以左足從右足並，是一步也。次復前右足，次前左足，以右足從左足並，是二步也。次復前右足，以左足從右足並，是三步也。如此，禹步之道畢矣。」

此處本是說往山林中，折草禹步持咒，使人鬼不能見，述禹步法訖，又申明之曰：「凡作天下百術，皆宜知禹步，不獨此事也。」準此，可知禹步威力之大。不佞幼時見鄉間道士作煉度法事，鶴氅金冠，手執牙笏，足著厚底皂靴，躑躅壇上，如不能行，心甚異之，後讀小說記道士禹步作法，始悟其即是禹步，既而又知其步法，與其所以如此步之理由，乃大喜悅。自己試走，亦頗有把握，但此不足為喜，以不佞本無求仙之志，即使學習純熟，亦別無用處也。

《屍子》云禹生偏枯之病，案偏枯當是半身不遂，或是痿痹，但看走法則似不然，大抵還是足疾吧。吾鄉農民因常在水田裡工作，多有足疾，最普通的叫做流火，發時小腿腫痛，有時出血流膿始癒，又一種名大腳風，腳背以至小腿均腫，但似不化膿，雖時或輕減，終不能痊癒，患這種病的人，行走蹣跚，頗有禹步之意，或者禹之脛無毛亦正是此類乎。

會稽與禹本是很有關係的地方。會稽山以禹得名，至今有大禹陵，守陵者仍姒姓，聚族而居，村即名為廟下。禹之苗裔尚存在越中，那麼其步法之存留更無可疑了。凡在春天往登會稽山高峰即香爐峰，往祭會稽山神即南鎮的人，無不在廟下登岸，順便一遊禹廟，其特地前去者更不必說，大抵就廟前村店裡小酌，好酒，好便菜，燒土步魚更好，雖然價錢自然不免頗貴。做酒飯供客，這是姒姓的權利與義務，別人所不能染指的。

但是我們怎能說貴呢。且不談遊春時節，應時食物例不應廉，只試問這設食者是誰呀？大禹的子孫，現在固然只是村農，我們豈能不敬。別的聖賢的子孫或者可以不必一定敬，禹是例外，有些聖子賢孫也做些壞事，歷史上姓姒的壞人似不曾有過。古聖先王中我只佩服一個大禹，其次是越大夫范蠡。這一說好像是有鄉曲之見，說天下英雄都出在我們村裡。其實這全是偶然。史稱禹生於石紐，范蠡又是楚人，所以在志書裡他們原只是兩位寓賢而已。

小時候到過一處，覺得很有意思，地名叫作平水。據說大禹治水，至此而水準，故名，這也是與禹極有關係的。元微之撰《長慶集序》云：

「嘗出遊平水市中，見村校諸童競習詩，召問之，曰，先生教我樂天微之詩也。」這又是平水的一個典故，不過我所知道的平水只是山水好，出產竹木筍乾茶葉，一個有趣的山鄉，元白詩恐怕連村校的先生們也不大會念了。

另外有一處地方，我覺得更親近不能忘記的，乃是與禹若有關係若無關係的禹跡寺。據《嘉泰會稽志》卷七寺院門云：

「大中禹跡寺，在府東南四里二百二十六步。晉義熙十二年驃騎郭將軍舍宅置寺，名覺嗣。唐會昌五年例廢，大中五年復興此寺，詔賜名大中禹跡。」

這寺有何禹跡，書上未曾說明，但又似並非全無因緣，事隔九百餘年，至清乾隆乙酉，清涼道人到寺裡去，留有記錄，《聽雨軒餘紀》中陸放翁詩跡一條下云：「予昔客紹興，曾至禹跡寺訪之。寺在東郭門內半里許，內祀大禹神像，僅尺餘耳。寺之東有橋，俗名羅漢橋，橋額橫勒春波二字。」

吾家老屋在覆盆橋，距寺才一箭之遙，有時天旱河淺，常須至橋頭下船，船戶湯小毛即住在羅漢橋北岸，所以那一帶都是熟習的地方，只可惜寺已廢，但餘古禹跡寺一額，尺餘的大禹像竟不得見，至今想到還覺悵悵。

禹陵大廟中有神像，高可二三丈，可謂偉觀，殿中聞吱吱之聲，皆是蝙蝠，有許多還巢於像之兩耳中，但是方面大耳，戴冕端拱，亦是城隍菩薩一派，初無一點禹氣也。數年前又聞大興土木，仍用布商修蘭亭法，以洋灰及紅桐油塗抹之，恐更不足觀矣，鄙意禹如應有像，終當以尺餘者為法，此像雖不曾見，即從尺餘一事想像之，意必大有特色在耳。後世文人畫家似乎已將禹忘卻了，范大夫有時入畫，也還是靠他有一段豔聞，其實仍以西子為主，大家對於少伯蓋亦始終無甚興趣也。

禹跡寺前的橋俗名羅漢橋，其理由不能知道。據《寶慶會稽續志》卷四橋樑門下云：「春波橋在城東南五里，千秋鴻禧觀前。賀知章詩云，離別家鄉歲月多，近來人事半消磨，唯有門前鑑湖水，春風不改舊時波。故取名此橋。」

放翁再過沈園題二絕句，其一云，落日城頭畫角哀，沈園非復舊池台，傷心橋下春波綠，曾見驚鴻照影來。相傳橋名即用放翁詩語，今案《續志》可知其不實，志成於寶慶元年，距放翁之歿才十六年，所說自應可信。現在園址早不存，寺已廢，橋亦屢改，今所有的圓洞石橋是光緒中新造的，但橋名尚如故，因此放翁詩跡亦遂得以附麗流傳下去。我離鄉久，有二十年以上不到那裡了，去年十二月底偶作小詩數首，其二說及寺與園與橋，其詞曰：

禹跡寺前春草生，沈園遺跡欠分明，
偶然拄杖橋頭望，流水斜陽太有情。

今年一月中寄示南中友人匏瓜廠主人，承賜和詩，其二末聯云，斜陽流水干卿事，未免人間太有情。匏瓜廠指點得很不錯。這未免是我們的缺點，但是這一點或者也正是禹的遺跡乎。——兩年不寫文章，手生荊棘矣，寫到這裡，覺得文意未盡，但再寫下去又將成蛇足，所以就此停住，文章好壞也不管了。

廿八年十月十七日。

賣糖

崔曉林著《念堂詩話》卷二中有一則云：

「《日知錄》謂古賣糖者吹簫，今鳴金。予考徐青長詩，敲鑼賣夜糖，是明時賣餳鳴金之明證也。」

案此五字見《徐文長集》卷四，所云青長當是青藤或文長之誤。原詩題曰「曇陽」，凡十首，其五云：

「何事移天竺，居然在太倉。善哉聽白佛，夢已熟黃粱。托鉢求朝飯，敲鑼賣夜糖。」所詠當係王錫爵女事，但語頗有費解處，不佞亦只能取其末句，作為夜糖之一佐證而已。

查范嘯風著《越諺》卷中飲食類中，不見夜糖一語，即梨膏糖亦無，不禁大為失望。紹興如無夜糖，不知小人們當更如何寂寞，蓋此與炙糕二者實是兒童的恩物，無論野孩子與大家子弟都是不可缺少者也。

夜糖的名義不可解，其實只是圓形的硬糖，平常亦稱圓眼糖，因形似龍眼故，亦有尖角者，則稱粽子糖，共有紅白黃三色，每粒價一錢，若至大路口糖色店去買，每十粒只七八文即可，但此是三十年前價目，現今想必已大有更變了。

梨膏糖每塊須四文，尋常小孩多不敢問津，此外還有一錢可買者有茄脯與梅餅。以沙糖煮茄子，略晾乾，原以斤兩計，賣糖人切為適當的長條，而不能無大小，小兒多較量擇取之，是為茄脯。梅餅者，黃梅與甘草同煮，連核搗爛，範為餅如新鑄一分銅幣大，吮食之別有風味，可與青鹽梅競爽也。賣糖者大率用擔，但非是肩挑，實只一筐，俗名橋籃，上列木匣，分格盛糖，蓋以玻璃，有木架交叉如交椅，置籃其上，以待顧客，行則疊架夾脅下，左臂操筐，俗語曰橋，虛左手持一小鑼，右手執木片如笏狀，擊之聲鏜鏜然，此即賣糖之信號也，小兒聞之驚心動魄，殆不下於貨郎之驚閨與喚嬌娘焉。

此鑼卻又與他鑼不同，直徑不及一尺，窄邊，不繫索，擊時以一指抵邊之內緣，與銅鑼之提索及用鑼槌者迥異，民間稱之曰鏜鑼，第一字讀如國音湯去聲，蓋形容其聲如此。雖然亦是金屬無疑，但小說上常見鳴金收軍，則與此又截不相像，顧亭林云賣餳者今鳴金，原不能說錯，若云籠統殆不能免，此則由於用古文之故，或者也不好單與顧君為難耳。

賣糕者多在下午，竹籠中生火，上置熬盤，紅糖和米粉為糕，切片炙之，每片一文，亦有麻，大呼曰麻荷炙糕。荷者語助詞，如蕭老老公之荷荷，唯越語更帶喉音，為他處所無。早上別有賣印糕者，糕上有紅色吉利語，此外如蔡糖糕，茯苓糕，桂花年糕等亦具備，呼聲則僅云賣糕荷，其用處似在供大人們做早點心吃，與炙糕之為小孩食品者又異。此種糕點來北京後便不能遇見，蓋南方重米食，糕類以米粉為之，北方則幾乎無一不面，情形自大不相同也。

小時候吃的東西，味道不必甚佳，過後思量每多佳趣，往往不能忘記。不佞之記得糖與糕，亦正由此耳。昔年讀日本原公道著《先哲叢談》，卷三有講朱舜水的幾節，其一云：「舜水歸化歷年所，能和語，然及其病革也，遂復鄉語，則侍人不能瞭解。」（原本漢文）。不佞讀之愴然有感。舜水所語蓋是餘姚話也，不佞雖是隔縣當能了知，其意亦唯不佞可解。餘姚亦當有夜糖與炙糕，惜舜水不曾說及，豈以說了也無人懂之故歟。但是我又記起《陶庵夢憶》來，其中亦不談及，則更可惜矣。

廿七年二月廿五日漫記於北平知堂。

【附記】

《越諺》不記糖色，而糕類則稍有敘述，如印糕下注云：「米粉為方形，上印彩粉文字，配饅頭送喜壽禮。」又麻下云，「糯粉，餡烏豆沙，如餅，炙食，擔賣，多吃能殺人。」末五字近於贅，蓋昔曾有人賭吃麻，因以致死，范君遂書之以為戒，其實本不限於麻一物，即雞骨頭糕幹如多吃亦有害也。看一地方的生活特色，食品很是重要，不但是日常飯粥，即點心以至閒食，亦均有意義，只可惜少有人注意，本鄉文人以為瑣屑不足道，外路人又多輕飲食而著眼於男女，往往鬧出《閒話揚州》似的事件，其實男女之事大同小異，不值得那麼用心，倒還不如各種吃食盡有滋味，大可談談也。

廿八日又記。

撒豆

秋風漸涼，王母暴已過，我年例常患枯草熱，也就復發，不能做什麼事，只好拿幾種的小話選本消遣。

日本的小話譯成中國語當云笑話，笑話當然是消閒的最好材料，實際也不盡然，特別是外國的，因為風俗人情的差異，想要領解往往須用相當的氣力。可是笑話的好處就在這裡，這點勞力我們豈能可惜。我想笑話的作用固然在於使人笑，但一笑之後還該有什麼餘留，那麼這對於風俗人情之理解或反省大約就是吧。笑話，寓言與俗諺，是同樣的好資料，不問本國或外國，其意味原無不同也。

小話集之一是宮崎三味編的《落語選》，庚戌年出版，於今正是三十年了。卷中引《座笑土產》有過年一則云：

「近地全是各家撒豆的聲音。主人還未回來，便吩咐叫徒弟去撒也罷。這徒弟乃是吃吧，抓了豆老是說，鬼鬼鬼。門口的鬼打著呵欠說，喊，是出去呢，還是進來呢？」

案，這裡所說是立春前夜撒豆打鬼的事情。

村瀨栲亭著《藝苑日涉》卷七民間歲節下云：

「立春前一日謂之節分。至夕家家燃燈如除夜，炒黃豆供神佛祖先，向歲德方位撒豆以迎福，又背歲德方位撒豆以逐鬼，謂之儺豆。老幼男女啖豆如歲數，加以一，謂之年豆。街上有驅疫者，兒女以紙包裹年豆及錢一文與之，則唱祝壽驅邪之詞去，謂之疫除。」

黃公度著《日本國志》，卷三十五禮俗志二中歲時一篇，即轉錄栲亭原書全文，此處亦同，查《日本雜事詩》各本，未曾說及，蓋黃君於此似無甚興味也。蜀山人《半日閒話》中云：

「節分之夜，將白豆炒成黑，以對角方升盛之，再安放簸箕內，唱福裡邊兩聲，鬼外邊一聲，撒豆，如是凡三度。」

這裡未免說的太儀式化，但他本來是儀式，所以也是無可如何。

森鷗外有一篇小說叫做「追儺」，收在小說集《涓滴》中，可以說是我所見的唯一藝術的描寫，從前屢次想翻譯，終於未曾著手。這篇寫得極奇，追儺的事至多只占了全文十分之一，其餘全是發的別的議論，與普通小說體裁絕不相似，我卻覺得很喜歡。現在只將與題目有關的部分抄譯於左：

「這時候，與我所坐之處正為對角的西北隅的紙屏輕輕的開了，有人走進到屋裡來。這是小小的乾癟的老太太，白頭髮一根根的排著，梳了一個雙錢髻。而且她還穿著紅的長背心。左手挾著升，一直走到房間中央。也不跪坐，只將右手的指尖略略按一下席子，和我行個禮。我呆呆地只是看著。

福裡邊，鬼外邊！

老婆子撒起豆來了。北邊的紙屏拉開，兩三個使女跑出來，撿拾撒在席上的豆子。

老婆子的態度非常有生氣，看得很是愉快。我不問而知這是新喜樂的女主人了。」

隔了十幾行便是結尾，又回過來講到追儺，其文云：

「追儺在昔時已有，但是撒豆大概是鐮倉時代以後的事吧。很有意思的是，羅馬也曾有相似的這種風俗。羅馬人稱鬼魂曰勒木耳，在五月間的半夜裡舉行趕散他們的祭禮。在這儀式裡，有拿黑豆向背後拋去一節。據說我國的撒豆最初也是向背後拋去，到後來才撒向前面的。」

鷗外是博識的文人，他所說當可信用，鎌倉時代大約是西曆十三世紀，那麼這撒豆的風俗至少也可以算是有了六百年的歷史了吧。

好些年前我譯過一冊《狂言十番》，其中有一篇也說及撒豆的事，原名「節分」，為通俗起見卻改譯為「立春」了。這裡說有蓬萊島的鬼於立春前夜來到日本，走進人家去，與女主人調戲，被女人乘隙用豆打了出來，只落得將隱身笠隱身蓑和招寶的小槌都留下在屋裡了。有云：

女　咦，正好時候了，撒起豆來吧。

「福裡邊，福裡邊！

鬼外邊，鬼外邊！」（用豆打鬼）

鬼　這可不行。

女　「鬼外邊，鬼外邊！」

案狂言盛行於室町時代，則是十四世紀也。嵩山禪師居中（一二七七—一三四五）曾兩度入唐求法，為當時五山名僧，著有《少林一曲》一卷，今不傳，卜幽軒著《東見記》卷上載其所作詩一首，題曰「節分夜吃炒豆」：

粒粒冷灰爆一聲　年年今夜發威靈
暗中信手輕拋散　打著諸方鬼眼睛

江戶時代初期儒者林羅山著《庖丁書錄》中亦引此詩，解說稍不同，蓋傳聞異詞也：「古人詩中，詠除夜之豆云，暗中信手頻拋擲，打著諸方鬼眼睛，蓋撒大豆以打瞎鬼眼也。」

《類聚名物考》卷五引《萬物故事要訣》，謂依古記所云，春夜撒豆起于宇多天皇時，正是九世紀之末，又云：

「炒三石三斗大豆，以打鬼目，則十六隻眼睛悉被打瞎，可捉之歸。」

此雖是毗沙門天王所示教，恐未足為典據，故寧信嵩山詩為撒豆作證，至於福內鬼外的祝語已見於狂言，而年代亦難確說，據若月紫蘭著《東京年中行事》卷上云，此語見於《臥雲日件錄》，案此錄為五山僧瑞溪周鳳所作，生於十五世紀上半，比嵩山要遲了一百年，但去今亦有五百年之久矣。

儺在中國古已有之，《論語》裡的鄉人儺是我們最記得的一例，時日不一定，大抵是季節的交關吧。《後漢書・禮儀志》云，先臘一日大儺，謂之逐疫，《呂氏春秋·季冬紀》高氏注云，今人臘歲前一日擊鼓驅疫，謂之逐除。據《南部新書》及《東京夢華錄》，唐宋大儺都在除夕。日本則在立春前夜，與中國殊異，唯其用意則並無不同。

民間甚重節分，俗以立春為歲始，春夜的意義等於除夕，笑話題云「過年」，即是此意，二者均是年歲之交界，不過一依太陽，一依太陰曆耳。中國推算八字亦以立春為準，如生於正月而在立春節前，則仍以舊年干支論，此通例也。避凶趨吉，人情之常，平時忍受無可如何，到得歲時告一段落，想趁這機會用點法術，變換個新場面，這便是那些儀式的緣起。最初或者期待有什麼效用，後來也漸漸的淡下去，成為一種行事罷了。譚複堂在日記上記七夕祀天孫事，結論曰，千古有此一種傳聞舊說，亦復佳耳。對於追儺，如應用同樣的看法，我想也很適當吧。

廿九年九月七日。

上墳船

《陶庵夢憶》在乾隆中有兩種木刻本，一為硯雲本，四十年乙未刻，一卷四十三則，一為王見大本，五十九年甲寅刻，百二十三則，分為八卷。

硯雲本雖篇幅不多，才及王見大本三分之一，但文句異同亦多可取處，第八則記越中掃墓事，今據錄於下：

「越俗掃墓，男女袨服靚妝，畫船簫鼓，如杭州人遊湖，厚人薄鬼，率以為常。二十年前，中人之家尚用平水屋幘船，男女分兩截坐，不座船，不鼓吹，先輩譏之曰，以結上文兩節之意。後漸華靡，雖監門小戶，男女必用兩座船，必巾，必鼓吹，必歡呼鬯飲，下午必就其路之所近，遊庵堂寺院，及士夫家花園，鼓吹近城必吹海東青獨行千里，鑼鼓錯雜，酒徒沾醉必岸幘囂嚎，唱無字曲，或舟中攘臂與儕列廝打。自二月朔至夏至，填城溢國，日日如之。乙酉方兵，畫江而守，雖魚菱舠收拾略盡，墳壟數十里而遙，子孫數人挑魚肉楮錢，徒步往返之，婦女不得出城者三歲矣。蕭索淒涼，亦物極必返之一。」

小序中有云：

「茲編載方言巷詠，嘻笑瑣屑之事，然略經點染，便成至文，讀者如歷山川，如睹風俗，如瞻宮闕宗廟之麗，殆與採薇麥秀同其感慨，而出之以詼諧者與。」

數語批評甚得要領，上文可以為證，但是我所覺得最有意思的還是在於如睹風俗這一點上，因為所說上墳情形有大半和我小時候所見者相同。據說乙酉以後婦女已有三年不得出城，似寫文時當在丁亥之頃，那麼所謂二十年前應該是天啟丁卯以往，後漸華靡可見是崇禎間事也。

平水屋幘船不知是何物，平水自然是地名，屋幘船則後來不聞此語，若是田莊船，容積不大，未必能男女分兩截坐，疑不能明。座船大抵是三道船亦名三明瓦，一船至多也只能容七八人，因飯時用方桌坐八人便已很擠了，故不能再分兩截而須分船，亦正是事勢必然，華靡恐尚在其次。鼓吹後世仍用，普通稱吹手或鼓手，有兩種，一是樂戶，世襲的墮民為之，品最低，二是官吹，原是平民，服務於協台衙門者，唯大家得雇用之，竊意此當本名鼓手，樂戶是吹手，後來乃混為一稱耳。上墳用官吹者，歸途必令奏將軍令，似為其特技，或樂戶所不能者也，海東青等名目則未曾聞。大家丁口眾多，遺有祭田者，上墳船之數，大率一房中男女各一隻，鼓手船廚司船酒飯船各一隻，酒飯船並備祭品，如乾三牲，香蠟紙錢爆仗，錫五事，桌幃棕薦等，此其大較也。

顧鐵卿《清嘉錄》卷三「上墳」條下關於墓祭的事略有考證，茲不贅。紹興墓祭在一年中共有三次，一在正月曰拜墳，實即是拜歲，一在十月曰送寒衣，別無所謂衣，亦只是平常拜奠而已。這兩回都很簡單，只有男子參與，亦無鼓吹，至三月則曰上墳，差不多全家出發，舊時女人外出時頗少，如今既是祭禮，並作春遊，當然十分踴躍，兒歌有云，正月燈，二月鷂，三月上墳船裡看姣姣，即指此。

姣姣蓋是昔時俗語，紹興戲說白中多有之，彈詞中常云美多姣，今尚存夜姣姣之俗名，謂夜開的一種紫茉莉也。上墳儀式各家多不相同，有時差得極遠，吾家舊住東門內東陶坊，西鄰甲姓儀注繁重，自進面盆手巾，進茶碗，以至羅拜畢焚帛，在墳頭扮演故人生活須小半日之久，坊東端乙姓則只一二男子坐小船，至墳前祭奠，便即下船回城，懷中出數個火燒食之，亦不分享餕餘，據划小船者說如此。

二者蓋是極端的例，普通的辦法大抵如下。最先祀后土，墓左例設后土尊神之位，石碑石案，點香燭，陳小三牲果品酒飯，主祭者一人跪拜，有二人贊禮，讀祝文，焚帛放爆竹雙響者五枚。次為墓祭，祭品中多有肴饌十品，餘與后土相似，列石祭桌上，主祭者一人，成年男子均可與祭，但與祭大概只能備棕薦三列，分行輩排班，如人數過多則亦有餘剩。

祭獻讀祭文，悉由禮生引贊，獻畢行禮，俟與祭者起，禮生乃與餘剩的人補拜，其後婦女繼之，拜後焚紙錢而禮畢，爆竹本以祀神，但墓祭亦有用者，蓋以逐山魈也。回船後分別午餐，各船一桌，照例用「十碗頭」，大抵六葷四素，在清末六百文已可用，若八百文則為上等，三鮮改用細十錦，亦稱蝴蝶參，扣肉乃用反扣矣。范嘯風著《越諺》卷中「飲食類」下列有六葷四素五葷五素名目，注云：「此葷素兩全之席，總以十碗頭為一席，吉事用全葷，懺事用全素，此席用之祭掃為多，以婦女多持齋也。」

此等家常酒席的菜與宴會頗不相同，如白切肉，扣雞，醋溜魚，小炒，細炒，素雞，香菇鱔，金鉤之類，皆質樸有味，雖出廚司之手，卻尚少市氣，故為可取。在「上墳酒」中還有一種食味，似特別不可少者，乃是熏鵝，據《越諺》注云係斗門鎮名物，惜未得嘗，但平常製品亦殊不惡，以醋和醬油蘸食，別有風味，其製法雖與燒鴨相似，唯鴨稍華貴，宜於紅燈綠酒，鵝則更具野趣，在野外舟中啖之，正相稱耳。

孫彥清《寄龕丙志》卷四記孫月湖款待譚子敬，「為設燒鵝，越常羞也，子敬食而甘之，謂是便宜坊上品，南中何由得此。蓋狀適相似，味實懸絕，者乃得此過情之譽，殊非意計所及。已而為質言之，子敬亦啞然失笑。」

其實不佞倒是贊成者的，熏鵝固佳，別樣的也好，反正不能統年都吃，雖然醫書上說有發氣不宜多食，也別無關係。大凡路遠時下山即開船，且行且吃，若是路近，多就近地景色稍好處停船，如古塚大廟旁，慢慢的進食，別不以遊覽為目的，與《夢憶》所云殊異。平常婦女進廟燒香，歸途必遊庵堂寺院，不知是何意義，民國以前常經歷之，近來久不還鄉里，未知如何，唯此類風俗大抵根底甚深，即使一時中絕，令人有蕭索淒涼之感，不久亦能復興，正如清末上墳與崇禎時風俗多近似處，蓋非偶然也。

廿九年六月二日。

【附記】

《癸巳類稿》卷十《書鎮洋縣誌後》，《茶香室續鈔》二十三明人以食鵝為重條，引王世貞《家乘》及《觚不觚錄》，言其父以御史裡居，宴客進子鵝必去其首尾，而以雞首尾蓋之，曰御史無食鵝例也。蓋明清舊例非上等饌不用鵝云。

緣日

到了夏天，時常想起東京的夜店。己酉庚戌之際，家住本鄉的西片町，晚間多往大學前一帶散步，那裡每天都有夜店，但是在緣日特別熱鬧，想起來那正是每月初八本鄉四丁目的藥師如來吧。

緣日意云有緣之日，是諸神佛的誕日或成道示現之日，每月在這一天寺院裡舉行儀式，有許多人來參拜，同時便有各種商人都來擺攤營業，自飲食用具，花草玩物，以至戲法雜耍，無不具備，頗似北京的廟會，不過廟會雖在寺院內，似乎已經全是市集的性質，又只以白天為限，緣日則晚間更為繁盛，又還算是宗教的行事，根本上就有點不同了。

若月紫蘭著《東京年中行事》卷上有緣日一則，前半云：

「東京市中每日必在什麼地方有毗沙門，或藥師，或稻荷樣等等的祭祀。這便是緣日，晚間只要天氣好，就有各色的什麼飲食店，粗點心店，舊傢俱店，玩物店，以及種種家庭用具店，在那寺院境內及其附近，不知有多少家，接連的排著，開起所謂露店來，其中最有意思的大概要算是草花店吧。將各樣應節的花木拿來擺著，討著無法無天的價目，等候壽頭來上鉤。他們所討的既是無法無天的價目，所以買客也總是五分之一或十分之一的亂七八糟的還價。其中也有說豈有此理的，拒絕不理的，但是假如看去這並不是鬧了玩的，賣花的也等到差不多適當的價錢就賣給客人了。」

寺門靜軒著《江戶繁昌記》初編中有「賽日」一篇，也是寫緣日情形的，原用漢文，今抄錄一部分如下：

「古俚曲詞云，月之八日茅場町，大師賽詣不動樣，是可以證都中好賽為風之古。賽最盛於夏晚。各場門前街賈人爭張露肆，賣器物者皆鋪蒲席，並燒薩摩蠟燭，賈食物者必安床閣，吊魚油燈火，陳果與蓏，燒團粉與明羹（案此應作魷魚），軋軋為魚鮓，沸沸煎油。或列百物，價皆十九錢，隨人擇取，或拈鬮合印，賭一貨賣之於數人。賣茶娘必美豔，鬻水聲自清涼。炫西瓜者照紅箋燈，沽餳者張大油傘。燈籠兒（案據旁訓即酸漿）十頭一串，大通豆一囊四錢。以硝子壇盛金魚，以黑紗囊貯丹螢。

「近年麥湯之行，茶店大抵供湯，緣麥湯出葛湯，自葛湯出卵湯，並和以砂糖，其他殊雪紫蘇，色色異味。其際橐駝師（案即花匠）羅列盆卉種類，皆陳之於架上，鬧花閒草，鬥奇競異，枝為屈蟠者，為氣條者，葉有間色者，有間道者。錢蒲細葉者栽之以石，石長生作穿眼者以索垂之。若作托葉衣花，若樹蘆幹挾枝。

「霸王樹（案即仙人掌）擁虞美人草，鳳尾蕉雜麒麟角（原注云，漢名龍牙木）。百兩金，萬年青，珊瑚翠蘭，種種殊趣。大夫之松，君子之竹，雜木駢植，蕭森成林。林下一面，野花點綴。杜榮招客，如求自鬻，女郎花（原注云，漢名敗醬）媚伴老少年。露滴淚斷腸花，風飄芳燕尾香。雞冠草皆拱立，鳳仙花自不凡。領幽光牽牛花，妝鬧色洛陽花。卷丹偏其，黃芹萋兮。

「桔梗簇紫色，欲奪他家之紅，米囊花碎，散落委泥，夜落金錢往往可拾。新羅菊接扶桑花邊，見佛頭菊於曼陀羅花天竺花間。向此紅碧綿綺叢間，夾以蟲商。宮商繳如，徵羽繹如，狗蠅黃（案和名草雲雀，金鈴子類）唱，紡績娘和，金鐘兒聲應金琵琶，可惡為聒聒兒所奪。兩擔籠內，幾種蟲聲，唧唧送韻，繡出武藏野當年荒涼之色，見之於熱鬧市中之今日，真奇觀矣。」

《江戶繁昌記》共有六編，悉用漢文所寫，而別有風趣，間亦有與中國用字造句絕異之處，略改一二，餘仍其舊。初編作於天保辛卯（一八三一），距今已一百十年，若月氏著上卷刊於明治辛亥（一九一一），亦在今三十年前，而二書相隔蓋亦已有八十年之久矣。比較起來，似乎八十年的前後還沒有什麼大變化，本鄉藥師的花木大抵也是那些東西，只是多了些洋種，如鶴子花等罷了。近三十年的變化或者更大也未可料，雖然這並沒有直接見聞，推想當是如此，總之西洋草花該大占了勢力了吧。

北京廟會也多花店，只可惜不大有人注意，予以記錄。《北平風俗類徵》十三卷徵引非不繁富，可是略一翻閱，查不到什麼寫花廠的文章，結果還只有敦禮臣所著的《燕京歲時記》，記東西廟一則下云：

「西廟曰護國寺，在皇城西北定府大街正西，東廟曰隆福寺，在東四牌樓西馬市正北，自正月起，每逢七八日開西廟，九十日開東廟。開會之日，百貨雲集，凡珠玉綾羅，衣服飲食，古玩字畫，花鳥蟲魚，以及尋常日用之物，星卜雜技之流，無所不有，乃都城內之一大市會也。兩廟花廠尤為雅觀，夏日以茉莉為勝，秋日以桂菊為勝，冬日以水仙為勝，至於春花中如牡丹海棠丁香碧桃之流，皆能於嚴冬開放，鮮豔異常，洵足以巧奪天工，預支月令。」

這裡雖然語焉不詳，但是慰情勝無，可以珍重。這種事情在有些人看來覺得沒有意思，或者還是玩物喪志，要為道學家所呵叱，這個我也知道，向來沒有人肯下筆記錄，豈不就是為此麼，但是我仍是相信，這都值得用心，而且還很有用處。要瞭解一國民的文化，特別是外國的，我覺得如單從表面去看，那是無益的事，須得著眼於其情感生活，能夠瞭解幾分對於自然與人生態度，這才可以稍有所得。

從前我常想從文學美術去窺見一國的文化大略，結局是徒勞而無功，後始省悟，自呼愚人不止，懊悔無及，如要捲土重來，非從民俗學入手不可。古今文學美術之菁華，總是一時的少數的表現，持與現實對照，往往不獨不能疏通證明，或者反有牴牾亦未可知，如以禮儀風俗為中心，求得其自然與人生觀，更進而瞭解其宗教情緒，那麼這便有了六七分光，對於這國的事情可以有懂得的希望了。不佞不湊巧乃是少信的人，宗教方面無法入門，此外關於民俗卻還想知道，雖是炳燭讀書，不但是老學而且是困學，也不失為遣生之法，對於緣日的興趣亦即由此發生，寫此小文，目的與文藝不大有關係，恐難得人賜顧，亦正是當然也。

廿九年六月，夏至節。

蚊蟲藥

丁修甫著《武林市肆吟》百首，其九十一云：「紙筩樟屑火微熏，藥氣煙濃夜辟蚊，勝臥清涼白羅帳，青銅錢止費三文。」注云：「蚊蟲藥亦列屋貨賣。」案丁君卒於辛亥，所詠蓋是清末事，蚊蟲藥值三文，越中亦有之，其時大約每股才二錢耳。製法以白紙糊細管，長二尺許，以鋸木屑微雜硫黃等藥灌入，或云有黃鱔骨屑尤佳，再壓扁蟠曲作圈，紙撚縛其端即成矣。其煙辟蚊頗有效，唯薰帷帳使黃黑，洗濯不退，又蟠放地上，燒灼磚石木板悉成焦痕，是其缺點也。

光宣時匠人用洋鐵製盤，上加鐵絲網為蓋，頗便於用，唯貧家仍只以木板作墊而已。俗傳有人失蚊帳，往測字，寫一四字，卜者視之曰，得無失蚊帳乎，其形宛在，家中人如有名阿四者可問之。阿四不服，欲往難卜者，亦寫一四字而作草書，曰蚊帳被竊，卜者熟視曰，勿妄語，汝那得蚊帳，此字明明說只是一股蚊蟲藥過夏耳。看見草書四字而即聯想到蚊蟲藥痕，此在江浙人極是尋常，若黃河以北恐難賞識此笑話之趣味矣。

上面這段小文寫了之後將近一年，偶閱《武林舊事》，見卷六作坊項下有蚊煙一條，又小經紀，注云他處所無者，亦列有蚊煙，此蓋南宋時事也。又《夷堅乙志》卷七，杜三不孝條中云，洪州民杜三夏日貨蚊藥以自給，一日大醉毆其母，俄忽忽如狂，取所合蚊藥內砒霜硫黃掬服之，俄頃而死。案據此可知在北宋時江西地方亦已遍行蚊煙，其中雜有砒霜硫黃，且亦稱為蚊藥，都是很有意思的事。

查汪謝城著《湖雅》卷八，造釀之屬下有蚊煙一項，注云：

「按以浮萍及鱔鱉等骨研末，紙裹為長條，焚之以驅蚊，名曰蚊煙，夏夜露宿無帷帳者莫不用之，每焚一條，可徹夜無蚊，唯氣息甚惡，聞之不慣令人頭脹，故或呼臭蚊煙。」

湖州蚊煙蓋亦加入魚骨，唯以浮萍代木屑，不知從何處得如許材料耳。《政和類證本草》卷八水萍下云：「《孫真人食忌》，五月浮萍陰乾，燒煙去蚊子。」然則用浮萍蓋唐時已然，想未必裝入紙條，殆只是乾而焚之，本來蚊子怕煙薰，不關是什麼樣的煙也。吾鄉稱紙卷者為蚊蟲藥，此外另有蚊煙，民間最通行的是這一種。大抵在黃昏蚊成市時，以大銅火爐生火，上加蒿艾茅草或杉樹子，罨之不使燃燒，但發濃煙，置室中少頃蚊悉逃去。做蚊煙以杉樹子為最佳，形圓略如楊梅，遍體皆孔，外有刺如栗殼，孔中微有香質，故煙味微香，越中通稱曰路路通。

《越諺》卷中名物部木類有路路通，注云：「杉子，落山檢藏，以備煙薰。」女兒或擇其形大而端正者，用水浸軟，拔去其刺，用各式絨線穿孔纏扎，狀如繡球，可作端午之彩飾，但近年已幾不復見矣。又一種用煙驅蚊法則縛艾如火把，點火生煙，名曰艾把，或取艾葉搓為繩，粗略如帳竿竹，名曰艾繩，其用法已與蚊蟲藥相近，唯費較多而不持久，故在民間通行勢力乃遠不能及也。

譚埽庵著《小蟲賦》，第二十一段詠蚊蚋蠛蠓，有句云：「畏烽煙而遠竄，狎燈火而猝焚。」自注云：「性惡煙，舊云，以艾燻之則潰，然艾不易得，俗乃以鰻鱔鱉等骨為藥，紙裹長三尺，竟夕燻之，貧人無帳，每夕必市一裹，耐其臭猶得安寢也。閭巷間呼帳曰蚊廚，因戲呼蚊藥之臭曰蚊廚香。其有帳者，夜或盜入，扇驅不肯出，則以燈草火取之，曰焠蚊子。」

又句云：「古日中而為市，改搶攘於朝昏。」

注云：「夕則呼聚於簷外，乃入室，曰夜市，曉則呼聚於室中，乃散匿暗處，曰朝市，殊有準度。俗指日暮，則云蚊子做市矣，指曉起則云蚊子尚未出市，以為程。所謂聚蚊成雷者，正其市聲也。」

這兩章都說得頗好，前者可以與《湖雅》所言相印證，論時間卻已早了二百五十年了，後者則可作蚊市的說明，也正是有用的文字。我們小時候在書房裡對課，大抵總遇見過蚊雷這一類的題目，至於蚊蟲做市尤其是一句口頭話，無人不知的，但是到了北京來一看，便覺得情形有點兒不同。除什刹海左近一帶以外，大抵沒有什麼蚊子，平常可以不用蚊帳，點香辟蟲也以白蛉為對象，稱為白蛉子香，蚊市這類事自然更少人知道，在書上看見就須得注解了。

洪北江著《外家紀聞》中有一則云：

「外家課子弟極嚴，自五經四子書及制舉業外不令旁及，自成童入塾後曉夕有程，寒暑不輟，夏月別置大甕五六，令讀書者足貫其中，以避蚊蚋。」

這雖不及囊螢映雪之奇，也是讀書的一個好典故，在昔時恐怕還是常有的，也覺得頗有意思，北京則蚊子既不多，即甕亦少見，蓋此非常甕，乃是小口大腹，俗語所謂髭者是也。

廿九年八月一日。

炒栗子

日前偶讀陸祁孫的《合肥學舍札記》，卷一有都門舊句一則云：「往在都門得句云，栗香前市火，菊影故園霜。賣炒栗時人家方蒔菊，往來花擔不絕，自謂寫景物如畫。後見蔡浣霞鑾揚詩，亦有栗香前市火，杉影后門鐘之句，未知孰勝。」

將北京的炒栗子做進詩裡去，倒是頗有趣味的事。我想郝嬰居士文昭詩中常詠市井景物，當必有好些材料，可惜《紫幢軒集》沒有買到，所有的雖然是有「堂堂堂」藏印的書，可是只得《畫屏齋稿》等三種，在《艾集》下卷找到時果三章，其二是栗云：

「風戾可充冬，食新先用炒。手剶下夜茶，飣柈妃紅棗。北路雖上番，不如東路好。」

居士畢竟是不凡，這首詩寫得很有風趣，非尋常詠物詩之比，我很覺得喜歡，雖然自己知道詩是我所不大懂的。說到炒栗，自然第一聯想到的是放翁的《筆記》，但是我又記起清朝還有些人說過，便就近先從趙雲松的《陔餘叢考》查起，在卷三十三裡找到京師炒栗一條，其文云：

「今京師炒栗最佳，四方皆不能及。按宋人小說，汴京李和炒栗名聞四方，紹興中陳長卿及錢愷使金，至燕山，忽有人持炒栗十枚來獻，自白曰，汴京李和兒也，揮涕而去。蓋金破汴後流轉于燕，仍以炒栗世其業耳，然則今京師炒栗是其遺法耶。」

這裡所說似乎有點不大可靠，如炒栗十枚便太少，不像是實有的事。其次在郝蘭皋的《曬書堂筆錄》卷四有炒栗一則云：

「栗生啖之益人，而新者微覺寡味，乾取食之則味佳矣，蘇子由服栗法亦是取其極乾者耳。然市肆皆傳炒栗法。余幼時自塾晚歸，聞街頭喚炒栗聲，舌本流津，買之盈袖，恣意咀嚼，其栗殊小而殼薄，中實充滿，炒用糖膏則殼極柔脆，手微剝之，殼肉易離而皮膜不黏，意甚快也。

「及來京師，見市肆門外置柴鍋，一人向火，一人坐高凳子上，操長柄鐵勺頻攪之令勻遍。其栗稍大，而炒製之法，和以濡糖，藉以粗沙亦如余幼時所見，而甜美過之，都市炫鬻，相染成風，盤飣間稱佳味矣。偶讀《老學庵筆記》二，言故都李和炒栗名聞四方，他人百計效之，終不可及。紹興中陳福公及錢上閣出使虜庭，至燕山忽有兩人持炒栗各十裹來獻，三節人亦人得一裹，自贊曰李和兒也，揮涕而去。惜其法竟不傳，放翁雖著記而不能究言其詳也。」

所謂宋人小說，蓋即是《老學庵筆記》，十枚亦可知是十裹之誤。郝君的是有情趣的人，學者而兼有詩人的意味，故所記特別有意思，如寫炒栗之特色，炒時的情狀，均簡明可喜，《曬書堂集》中可取處甚多，此其一例耳。糖炒栗子法在中國殆已普遍，李和家想必特別佳妙，趙君以為京師市肆傳其遺法，恐未必然。紹興亦有此種炒栗，平常係水果店兼營，與北京之多由乾果鋪製售者不同。案孟元老著《東京夢華錄》卷八，立秋項下說及李和云：

「雞頭上市，則梁門里李和家最盛。士庶買之，一裹十文，用小新荷葉包，糝以麝香，紅小索兒繫之。賣者雖多，不及李和一色揀銀皮子嫩者貨之。」

李李村著《汴宋竹枝詞》百首，曾詠其事云：「明珠的的價難酬，昨夜南風芡嘴浮，似向胸前解羅被，碧荷葉裹嫩雞頭。」這樣看來，那麼李和家原來豈不也就是一爿鮮果鋪麼？

放翁的筆記原文已見前引《曬書堂筆錄》中，茲不再抄。三年前的冬天偶食炒栗，記起放翁來，陸續寫二絕句，致其懷念，時已近歲除矣，其詞云：

燕山柳色太淒迷，話到家園一淚垂，
長向行人供炒栗，傷心最是李和兒。
家祭年年總是虛，乃翁心願竟何如。
故園未毀不歸去，怕出偏門過魯墟。

先祖母孫太君家在偏門外，與快閣比鄰，蔣太君家魯墟，即放翁詩所云輕帆過魯墟者是也。案《嘉泰會稽志》卷十七草部，荷下有云：「出偏門至三山多白蓮，出三江門至梅山多紅蓮。夏夜香風率一二十里不絕，非塵境也，而遊者多以晝，故不盡知。」出偏門至三山，不佞兒時往魯墟去，正是走這條道，但未曾見過蓮花，蓋田中只是稻，水中亦唯有大菱茭白，即雞頭子也少有人種植。近來更有二十年以上不曾看見，不知是什麼形狀矣。

廿九年三月二十日。

野草的俗名

《緣督廬日記抄》卷十三，光緒丁未四月下云：「初七日，往返田塍，見野花，指問村人。野木犀枝葉花朵皆如桂，但白色。牆上有藤下垂如金銀花，亦白色，土人謂之石沿藤花。又有小紅花，瓣如障扇形，土人名山荷花浪。此皆土俗語，若欲考其名義，須檢《爾雅》本經。」葉鞠裳好古，故尊信《爾雅》《本草》，但土俗語亦自佳，即古書中名義多自俗名出，注疏家亦多徵引，若郝蘭皋的《爾雅義疏》最為顯著，不佞亦正以此益喜之也。

毛子晉著《毛詩陸疏廣要》，疏解頗詳，後刻入青照堂叢書中，有李時齋批語常引俗名，在采采芣苡條云：「車前以多生道旁故名，吾鄉人或名豬耳。葉斷之有絲，小兒或呼為老婆績線。」此於經說或博物學上不知價值若何，卻是民俗志的好資料，可以見平民或兒童心理，不單是存方言而已。

范嘯風著《越諺》卷中記名物，花草項下有紹興土俗名數條，稍為增補注釋共得八則。

一 臭婆娘

臭婆娘。《越諺》注云：「其子細，其氣臭，善惹人衣。《留青日札》名曰夫娘子，實即《爾雅》所謂薜荸竊衣耳。越呼是名。」錢沃臣《蓬島樵歌》續編注云：「《留青日札》，草子甚細，其氣臭惡，善惹人衣者，名曰夫娘子。南方謂婦人無行者曰夫娘，蓋言其臭惡善惹人者。案即《爾雅》薜荸竊衣，俗曰臭花娘草。」

錢君為象山人，可知寧紹方言相同也。郝蘭皋《爾雅義疏》下一竊衣注云：「今按此草高一二尺，葉作椏缺，莖頭攢蔟，狀如瞿麥，黃蕊蓬茸，即其華敷，黏著人衣不能解也。」

《本草》似未著錄。日本中勘助著小說《銀茶匙》前篇四十三，敘岩橋至叢莽中採取狗虱，撒人衣髮上，蓋即此物，亦是土俗名，字書上無考，平常只如字解作狗身上虱，此殆以形似而借用也。

二 官司草

官司草。《越諺》作官私草，注云：「有莖而韌，孩童爭勝為戲。」案此即是車前，如蘇頌所云，春初生苗，葉布地如匙面，中抽數莖作長穗如鼠尾，花甚細密，青色微赤。兒童拔其莖，對折相套，用力拉之，斷者為輸，蓋是鬥草之戲也。俗稱訴訟為打官司，故有此名，官私疑誤。

尤西堂著《艮齋續說》卷七云：「《芣苢》序曰，后妃之美也，和平則婦人樂有子矣。傳曰，文王之時萬民和樂，兒童歌謠。申公亦謂童兒鬥草嬉戲歌謠之詞。今急口讀之，其聲甚似。」《詩傳》《詩說》原係豐道生偽作，但鬥草之說亦頗可喜，姚首源在《通論》中大加以嘲笑，未免以人廢言矣。

日本寺島良安編《和漢三才圖會》卷九十四有角牴草一項，注云：「案角牴草原野濕地有之，葉布地叢生，微扁，似石菖而色淺。秋起莖，頂作穗青白色，可有細子而不見。其莖扁強健，長六七寸，小兒取莖綰穗結如錢緡，而用二個，一插其結處，兩人持莖相引而斷者為輸以戲，因此草俗名相撲草。」看圖蓋是莎草類，兒童遊戲用法相同，故名亦相類，在中國不知何名也。《和漢三才圖會》原用漢文，今仍其舊，唯一二費解處，稍為修改。

三 黃狗尾巴

黃狗尾巴。《越諺》無注。《爾雅義疏》下一稂童粱下引鄭志，「韋曜問云，

《甫田》維莠今何草？答曰，今之狗尾也。」《本草綱目》卷十六狗尾草下時珍曰，「莠草秀而不實，故字從秀，穗形像狗尾，故俗名狗尾。」

《和漢三才圖會》注云：「案狗尾草原野多有之，小兒用之鉤蛙為戲者。」在中國不聞有此遊戲，但小兒亦喜採取玩弄耳。

四　碰鼻頭草

碰鼻頭草。《越諺》作湴浡頭草，注云：「似蓴。」《本草綱目》卷十九莕菜下時珍曰：「莕與蓴，一類二種也，並根連水底，葉浮水上；其葉似馬蹄而圓者，蓴也；葉似蓴而微尖長者，莕也；夏日俱開黃花，亦有白花者。」

這裡所謂碰鼻頭草蓋是莕而非蓴。越中多水，城內道路幾乎水陸並行，鄉下則河港尤闊大，交通必賴舟楫，人民對於水裡的東西自然特別感有興趣。如坐「躅槳船」——《越諺》卷中注云，小而快，用腳踏槳，槳在後，躅從《荀子·禮論篇》注。」案躅字無可注音，當讀如紹興音弱。——中，進村間小溇，見兩岸碧葉貼水，間開黃白小花，隨槳波而上下，便知俗名之妙，老百姓非全無幽默者也。

《詩經》周南云：「參差荇菜，左右流之。」彷彿亦有此意，此固非如范嘯風所謂今之閉戶攻八股者所能領會者也。

五　老弗大

查舊日記有一節講到老弗大，時為光緒己亥（一八九九）十月十六日，其文云：「午至烏石頭墓所，拔老弗大約三四十株。此越中俗名也，即平地木，以其不長故名，高僅二三寸，葉如栗，子鮮紅可愛，過冬不凋，烏石極多，他處亦有之。性喜陰，不宜肥，種之牆陰背日處則明歲極茂，或天竹下亦佳，須不見日而有雨露處為妙。」

陳淏子著《秘傳花鏡》卷三花木類考中平地木一則云：「平地木高不盈尺，葉似桂深綠色，夏初開粉紅細花，結實似南天竹子，至冬大紅，子下綴可觀。其托根多在甌蘭之傍，虎茨之下，及岩壑幽深處。二三月分栽，乃點綴盆景必需之物也。」

越中此草很常見，盆栽易茂，北方似無有，唯在日本亦有之，俗名藪柑子，或寫漢名紫金牛，為植物學的一科名。

杉木唯三著《植物和漢異名辭林》在藪柑子下亦收錄平地木一名，而知者蓋鮮，日本譯《吶喊》序文中有「結子平地木」一語，譯注云：「內蒙古克什克騰旗西南的圍場稱平地松林，平地木殆其地所出產耶。」此則捨近求遠，未免徒勞而無功也。

六　天荷葉

《本草綱目》卷二十虎耳草下時珍曰：「虎耳草生陰濕處，人亦栽於石山上，莖高五六寸，有細毛，一莖一葉如荷蓋狀，人呼為石荷葉，葉大如錢，狀似初生小葵葉及虎之耳形，夏開小花淡紅色。」

《花鏡》卷四藤蔓類考云：「虎耳一名石荷葉，俗名金絲草。其葉類荷錢，而有紅白絲繚其上，三四月間開小白花。春初栽於花砌石罅，背陰高處，常以河水澆之，則有紅絲延蔓遍地，絲末生苗，最易繁茂，但見日失水，便無生理矣。」

此節所說最得要領，蓋葉上紅白絲與紅絲延蔓俱是天荷葉的特色，小時候對於此草覺得有興趣即在此諸點，西湖花隱翁亦注意及此，這是很有意思的事。

七　骨牌草

《本草綱目》卷二十石韋下時珍曰：「多生陰崖險罅處，其葉長者近尺，闊寸餘，柔韌如皮，背有黃毛，亦有金星者，名金星草。葉凌冬不凋。」

又金星草下引掌禹錫云：「喜生背陰石上淨處及竹箐中少日色處，或生大木下及背陰古瓦屋上，初出深綠色，葉長一二尺，至深冬背生黃星點子，兩兩相對，色如金，因得金星之名。」

越中所見葉只長一二寸，黃星亦兩兩相對，因形似骨牌，故得是名，俗傳如能收集三十二張成一副，便是神藥，可治虛損，服法已記不清，大抵是燉老鴨吃吧。陳伯雨著《金陵物產風土志》中云：「鍾山多藥材，有骨牌草者，點肖其牌，云能治勞瘵，《本草》所未載也。」即是此草，《本草》中曾載著，但云主治瘡毒為異耳。

梁茝林著《浪跡續談》卷五有骨牌草一則云：

「骨牌之戲自宋有之，宣和譜以三牌為率，凡六面，即骰子之變也。近時天九之戲見於明潘之恆《續葉子譜》，云近叢睦好事家變此牌為三十二葉，可執而行，則即今骨牌碰湖之濫觴也。今張氏如園中有骨牌草，春深時叢生各地，草葉狹而長，其葉尾各有點子浮起，略似骨牌之式，天牌及地牌最多，唯虎頭略少。余在揚州時即聞有此草，僉言若得三十二葉，點子皆全者，可治血證，而實未曾目見此草，今乃於如園中親手摘視，未知先有此草而後有骨牌，抑先有骨牌而後生此草，不可得而詳矣。」

案金星草已見於《嘉祐本草》，又《益部方物略記》中亦載，可知宋時已入藥，唯骨牌草之名則當起於近代耳。掌禹錫稱其葉長一二尺，宋子京讚亦云長葉叢生，蓋是生在陰崖深箐中者，昔在故園所見都在木犀枝間，故頗短小，或是變種也。

八　鹹酸草

《本草綱目》卷二十酢漿草下時珍曰：「苗高一二寸，叢生布地，極易繁衍，一枝三葉，一葉兩片，至晚自合帖，整整如一。四月開小黃花，結小角，長一二分，內有細子。」蘇頌曰：「初生時小兒喜食之。」案此所說均合，小兒摘葉食之，味微酸，故名。小野蘭山著《本草綱目啟蒙》卷十六引《閩書》，亦云鹹酸草，與越中同。

此外本來還有兩三種植物要說，今姑從略。上面我所記的只是物名，引了古書稍加注釋，表示對於土俗語的興味之一斑而已，這在方言與民俗學上的意義未曾有所說明。柳田國男在所述《民間傳承論》第八章言語藝術中有關於動植物俗名的幾段話，都說得極好，今摘譯其植物名一部分於下：

「鴨頭草的方言實在很多，有叫作染坊的老奶奶或染店客人者，這就把新造此語的時代也指示給我們了。染坊職業化了，普及於國內，在足利時代之末，江戶前期頃，村人看了這花的藍色，便去與新近印象很深的染坊連接起來，其定名的時代差不多就可推知了。曼珠沙華（案即石蒜，越中稱蟑螂花）也有種種名字，因為在彼岸（案即春秋分前後各三日，共七日稱彼岸）時分開花，故稱為彼岸花，或遠望其形狀而定名的，曰狐花，又因觸著感覺疼痛而曰爛手，曰保世花，也是好玩的名字。

「保世留者，四國之方言意雲使熱辣辣的痛也。又有地方嫌惡此花，稱之曰死人花，或則因其開在水邊，故取水怪之名稱之曰猿猴花，河童花（案猿猴借音，即是河童之別名，似溺鬼而係生物云）。這種名字在遠隔地方也會相同，或由傳聞而沿用者當亦有之，但偶然命名一致者蓋亦多有。如稱此花為河童花，在各地方多用河童的方言下再著一花字為名。」

中國方言亟待調查，聲韻轉變的研究固然是重要，名物訓詁方面也不可閒卻，這樣才與民俗學有關係，只怕少有人感興趣，不單是在這時候沒有工夫來理會這些事也。

廿六年八月七日在北平。

談俳文

我看中國遊戲文章，常想到日本的俳文，雖然講起俳文又非回到遊戲文章上來不可，這樣說法似乎有點纏夾，但這是事實如此，因為俳文的根源可以說是本在中國，然而兩者在本國文學上的地位卻又很有不相同，把他們拉在一起來看看，不但好玩也是很有意思的事吧。

俳文原來是日本的名詞，具說當云俳諧文，或俳諧體的文章。日本古時詩歌形式本有好幾種，後來只存短歌一體，通稱和歌，即以五七五七七凡五節三十一音合成的小詩。這原應分作五七，五七，七這三段落，可是普通總分為五七五，七七兩節，於是有時兩人聯句合作，為連歌之原始，或區別之曰短連歌。

普通所謂連歌皆是長連歌，即以和歌十八或廿五或五十首連接而成，稱曰三十六韻或五十或百韻，由三人以上聯句，宜於歌會雅集，但最多的還是三十六韻，因古時有三十六歌仙之選，遂亦名之曰歌仙。據說在平安朝後期即十一世紀初已有連歌，至室町朝（十三四世紀）乃有俳諧連歌興起，後略稱俳諧，讀若 **Haikai**，今歐人即用此稱以指俳句，其實俳句原只是俳諧連歌的第一句，後來獨立成為短詩之一體者也。俳文者即是這些弄俳諧的人所寫的文章。

有名的俳人向井去來曾說：「以俳諧寫文章為俳諧文，詠歌為俳諧歌，躬行則俳諧之人也。」

俳諧的名稱當然是出於中國，講出典的必引《史記・滑稽列傳》索隱云：「姚察云，滑稽猶俳諧也。」又谷素外《俳諧根源集》引《左傳正義》云：「宋太尉袁淑取古之文章令人笑者次而題之，名曰『俳諧集』。」查《隋書・經籍志》，有《俳諧文》十卷，袁淑撰。今其書雖已佚，在唐代類書如《藝文類聚》《初學記》中尚有留遺，據嚴鐵橋輯《全宋文》卷四十四所錄共有五篇，而以《驢山公九錫文》為最有名，引書名或為「俳諧記」或為「俳諧集」，均不能一致。

杜子美集中亦有《戲作俳諧體遣悶二首》，其詞云：

「異俗吁可怪，斯人難並居。家家養烏鬼，頓頓食黃魚。舊識能為態，新知已暗疏。治生且耕鑿，只有不關渠。西曆青羌阪，南留白帝城。於菟侵客恨，粔籹作人情。瓦卜傳神語，畬田費火聲。是非何處定，高枕笑浮生。」

《范石湖集》中也有類似的作品，卷二十三中有《上元紀吳中節物俳諧體三十二韻》，很看得出是模仿老杜的，後半有數聯云：「筳巫志怪，香火婢輸誠。帚卜拖裙驗，箕詩落筆驚。微如針屬尾，賤及葦分莖。」細寫掃帚姑筲箕姑針姑葦姑等民間習俗，但後邊就接著說：「末俗難訶止，佳辰且放行。」又云：「生涯唯病骨，節物尚鄉情。」掎摭成俳體，諮詢逮里甿。」可見他對於這些事都很有情意，與老杜看巴蜀異俗的態度不同，唯其為俳諧體則一也。

此等詩中並不見有嚙妃女唇甘如飴，或廹窘詰屈幾窮哉的話頭，似乎看不出什麼俳諧的地方，但如家家養烏鬼頓頓食黃魚，用常語寫俗事，與普通的詩有異，即此便已是俳諧，日本俳諧師所謂以俳言作歌，亦是謂常談平話而非古文雅語耳，此亦是二者相近的一點也。

散文方面卻很有點不同，袁陽源的那些九錫或勸進文等擬作其俳諧味，差不多就在尊嚴之滑稽化，加上當時政治的背景，自然更有點意思，這是可暫而不可常的，若是動物之擬人化，那是「古已有之」的玩意兒，容易覺得陳年，雖然喜歡這套把戲的人倒是古今都不會缺少的。正經如韓退之也還要寫《毛穎傳》之類，可以知道這裡的消息了，不過這是沒有出路的，我個人無論怎麼喜歡俳諧之作，此時也不得不老實的說也。

日本的俳文有一種特別的地方，這不是文人所做而是俳人，即俳諧詩人的手筆，俳人專做俳諧俳連歌以及俳句（在以前稱為發句，意云發端的一句）。也寫散文，即是俳文，因為其觀察與表現之法都是俳諧的，沒有這種修練的普通文人便不能寫。

其實俳諧文學也經過好些變遷，俳文的內容並不一樣，有的閒寂幽玄，有的灑脫飄逸，或怡情於花鳥風月，或留意人生的滑稽味，結歸起來可分三類，一是高遠清雅的俳境，二是諧謔諷刺，三是介在這中間的蘊藉而詼詭的趣味，但其表現的方法同以簡潔為貴，喜有餘韻而忌枝節，故文章有一致的趨向，多用巧妙的譬喻，適切的典故，精練的筆致與含蓄的語句，又復自由驅使雅俗和漢語，於雜糅中見調和，此其所以難也。

松尾芭蕉（一六四四—一六九四）是俳諧開山的祖師，他將連歌從模擬與遊戲中間救了出來，變成一種寄託自然與人生的文藝，所寫文章亦即為俳文的首源，門人森川許六編《風俗文選》十卷，集錄芭蕉及其門下所為文，甚為後世所珍重。

橫井也有（一七〇二—一七八三）繼其後為俳文大家，著有文集《鶉衣》四編凡十一卷，稱為絕作，其後篇卷下有《六林文集序》，曾評芭蕉的俳文云：

「芭蕉之文正而俗中不失雅，譬如高門之士，扮作草笠道袍，花下憑几，而成串團子終不下手，單飲茶休息著，不到此境地的人難及也。」

此種文章讀且不易，更不必說譯了，前年冬天偶寫《老年》一文，曾將芭蕉的一篇《閉關說》譯出抄在裡邊，今便轉錄於下，取其現成可以利用作俳文之一標本耳。其詞云：

「色者君子所憎，佛亦列此於五戒之首，但到底難以割捨，不幸而落於情障者，亦復所在多有。有如獨臥人所不知的藏部山梅樹之下，意外的染了花香，若忍岡之眼目關無人看守者，其造成若何錯誤亦正難言耳。因漁婦波上之枕而濕其衣袖，破家失身，前例雖亦甚多，唯以視老後猶復貪戀前途，苦其心神於錢米之間，人情物理都不瞭解，則其罪尚大可恕也。人生七十世稱稀有，一生之盛時乃僅二十餘年而已。

「初老之至，有如一夢。五十六十漸就頹齡，衰朽可嘆，黃昏即寢，黎明而起，醒時思惟，復何所貪耶。愚者多思，煩惱增長，有一藝之長者亦長於是非。以此為渡世之業，在貪欲魔界中使心怒發，溺於溝洫，不能善遂其生。南華老仙破除利害，忘卻老少，但令有閒，為老後樂，斯知言哉。人來則有無用之辯，外出則妨他人之事業，亦以為憾。孫敬閉戶，杜五郎鎖門，以無友為友，以貧為富，庶乎其可也。五十頑夫，書此自戒。

朝顏花呀，白晝是下鎖的門的圍牆。」

末行是一首俳句，大意是說早晨牽牛花開著，或者出來一走，平時便總是關著門罷了。又有一篇《徒然詞》，因為篇幅很短，也就譯錄於後：

「居喪者以愁為主人，飲酒者以樂為主人。住於愁者以愁為主人，住於徒然者以徒然為主人。西行上人詩有云，若無寂寞則山居亦難耐，是以寂寞為主人罷。又詠曰：

山鄉裡又在叫誰呢，呼子鳥？

我本是想獨居的。

沒有比獨居更有趣的事了。長嘯隱士曰，客得半日之閒則主人失半日之閒。素堂常愛此言，余亦有句云：

使憂鬱的我更寂寞也罷，閒古鳥。」

這一篇小文雖然有名，可是不能譯得好，只能看其大意而已。呼子鳥與閒古鳥本是一物，據說躲的叫聲很是淒寂，在中國大約是布穀之類吧。徒然作無聊解，題目如此，今仍之。

橫井也有的俳文佳作甚多，前篇卷下有《妖物論》即其一，其文云：

「世間有妖物這東西，多出現為女人小兒，雖然聽說有大和尚頭，剃頂搭者卻終未聽見過。或問，只在夜裡出來，何故？答云，因為白晝常有小孩們聚集，覺得麻煩。此殆可謂即事的名言歟。如與小膽的作對手，其技藝便大有成就，若遇武功之人則蒙意外的失敗。鬼化伯母，索還賂賻，狐化伯父，訓斥設誘。誠然，鬼如為伯藏主，而狐變為伯母，則其情狀亦遂無甚意思耳。凡此者其皆正風自然之本姿所應爾耶。

「人們大抵總說是狐狸所為，偶然亦有貓精水怪的消息，但原形之追究乃使後臺顯露，殊無趣味。只是別無道理的妖怪，斯乃大有風致也。抑神因灑湯而附體，佛因稱名而來迎，唯此妖物與百物語相感應，乃無一定之形，既不載於《三才圖會》之書，亦不及於《訓蒙圖匯》之筆，但留其可恥的形貌於紅面的小人書而已。且古今之美人國色其末路皆不雅觀，或落魄關寺，或彷徨檜垣，或為猿澤池之藻屑所纏，或為馬嵬原之草葉所覆，終復歸於東坡九相之鑑定，亦正太煩，唯獨此物之終，不藉拉幕之陰影，亦不需掃帚抹布之隨其後，消滅似的忽然不見，此真是說不盡的可喜慶者也。」

也有的這篇《妖物論》拿去與芭蕉的《閉關說》相比，顯見得莊諧很有不同了。芭蕉差不多是金冬心所謂心出家庵飯粥僧，雖然他的著作全沒有方外的酸餡氣，但是他有閒寂自然與禪悅相通的俳境，不是凡人所能企及，他的詩不必說，文亦都能表示出這境界來。也有乃是中流士人，既弄俳諧自然奉芭蕉為祖師，卻不見得有禪的趣味，一方面正當滑稽文學盛行，又因為敦厚的性格與博洽的知識，使他不能就走入那邊去，結果是彷彿站在中間，自成一種姿態，我們如改評語來說，花下憑几，隨手抓成串的團子吃，卻仍不失其高致，庶幾得之。芭蕉之風熄矣，人琴俱亡，再說閑關者猶畫有腳蛇也，《鶉衣》四編更為平易近人，至近稱為俳文的傑作，上文略加引述，以見一斑，至於諧謔諷刺的一路，因為重在文字上的遊戲，移譯更難，姑從略。

日本散文的系統古時有漢文和文兩派，至中古時和漢混淆別成一體，即為今語文的基本，俳文於此更使雅俗混淆，造出一種新體裁，用以表現新意境耳。到了現代則西洋文學思想流入國中，文字又一改變，蒙田蘭姆的文章既多讀者，自有影響，此等豈非洋俳文乎？故現今日本的隨筆（即中國所謂小品）實在大半都是俳文一類，除高濱虛子尚自稱其文集為新俳文外，並沒有人再標榜俳文，也沒有人咒罵，這情形其實是對的，雖然在中國這恐怕永久不會得被瞭解。平心的想，這在中國也是對的，蓋中國是惜字——崇拜文字的國，有經書的國，與日本絕不相同，大家希望以文章報國或救國，眼見得如此被隨便的使用，又那得不辮髮上指屋棟也。

【附記】

也有文中「妖物」正譯當作妖怪，原題如此寫，故名從主人。羅生門的妖鬼為渡邊綱所敗，失其一臂，乃化形為綱之伯母，將臂取還。獵人設弶捕狐，狐幻為伯父伯藏主來加以禁誡，乃為油煎老鼠所誘，終落弶中，見狂言。正風亦云蕉風，謂芭蕉派的俳諧。貓精原云貓又，水怪云河童，或謂即中國所云水虎，恐未的。小野小町老後落魄，乞食於近江之關寺，謠曲中有《關寺小町》一篇。築紫之名妓檜垣年老窮居，有訪之者，見白髮老嫗汲水進陋屋去，蓋即其人云。

又奈良朝有宮人失寵，投猿澤之池以死，帝哀之，至池邊吊其遺跡，見《大和物語》。馬嵬當然是楊貴妃的故事。原文云左良左禮，直譯為被橫陳於草葉，稍不順遂，漫改作覆字。九相者列舉死後形相，自新死相至骨散相古墳相，蓋出於佛教之不淨觀，云蘇東坡有詩，查詩集卻未見。百物語是一種説鬼的會，夜間集數人輪流説鬼怪故事，油燈中燃燈心百枝，每講一故事了則滅其一，夜漸闌那燈亦漸暗，至百物語講了而燈滅，必有可怕的怪物出現云。

廿六年四月十八日記於北平。

再談俳文

現在想來略談中國的俳文，這件事卻是不大容易，因為古人對於俳諧這東西大都是沒有什麼好感的。

劉彥和著《文心雕龍》，《諧隱》第十五云：

「諧之言皆也，辭淺會俗，皆悅笑也。昔齊威酣樂而淳于說甘酒，楚襄燕集而宋玉賦好色，意在微諷，有足觀者，及優旃之諷漆城，優孟之諫葬馬，並譎辭飾說，抑止昏暴，是以子長編史，列傳滑稽，以其辭雖傾回，意歸義正也。但本體不雅，其流易弊，於是東方枚皋，餔啜醨，無所匡正而詆嫚媟弄，故其自稱為賦，乃亦俳也，見視如倡，亦有悔矣。

「至魏文因俳說以著笑書，薛綜憑宴會而發嘲調，雖抃推席（原文）而無益時用矣。然而懿文之士未免枉轡，潘岳《醜婦》之屬，束皙賣餅之類，尤而效之，益以百數。魏晉滑稽，盛相驅扇，遂乃應瑒之鼻方於盜削卵，張華之形比乎握舂杵，曾是莠言，有虧德音，豈非溺者之妄笑，胥靡之狂歌歟。」

劉君是中國空前的文學批評家，這裡把俳諧文章的經過很有條理的說出來，是難得的事，但他是正統派，即使不去看他起首的《原道》《征聖》這幾章，也是一目了然的。正統派看重正經文章，俳諧當然不足齒數，但是假如這有實用，特別是在政治與風教方面，那麼也還可以容許。《史記・滑稽列傳》中云：

「太史公曰，天網恢恢，豈不大哉，談言微中，亦可以解紛。」

又記優旃云：「優旃者秦倡侏儒也，善為笑言，然合於大道。」意思都很相像。若是「無益時用」，那就不足道了。為什麼呢？因為這樣的諧不是倡也總是俳，該為士大夫所不齒的。

《漢書・枚乘傳》說及枚皋的事有云：「皋不通經術，詼笑類俳倡。皋賦辭中自言為賦不如相如，又言為賦乃俳，見視如倡，自悔類倡也。」

顏師古注云：「俳，雜戲也。倡，樂人也。」

又《急就章》十六云：「倡優俳笑觀倚庭。」

顏注云：「倡，樂人也。優，戲人也。俳，謂優之褻狎者也。笑，謂動作云謂皆可笑也。」

蓋古時倡以吹彈，優以科諢服事普天下看官，不，那時最大或唯一的看官大抵只有皇帝，有些文人也走這條路以求悅笑，正是可能的事。《滑稽列傳》後褚先生記東方朔事有云：「朔行殿中，郎謂之曰，人皆以先生為狂。朔曰，如朔等所謂避世於朝廷間者也，古之人乃避世於深山中。」又朔《誡子》文中有云：「首陽為拙，柳惠為工。」顯然表明他的態度，在金馬門持戟，本來與在市場唱大鼓書無甚不同，俳諧與倡優本不必再爭座位的高下，枚君乃未免發牢騷，蓋不獨思想欠曠達，抑亦認識之尚未明瞭歟？

不過如上邊所說的情形大約也就同了漢朝一起完結了。後來的皇帝彷彿是只要聽倡優的打諢就夠了，文人不大能夠再挨近前去說遊戲話，他們的事情只有伏在地上，或是磕頭頌揚功德，或是上疏強諫。

他們即使有俳諧的本領，談言微中可以解紛的機會沒有了，也就無可施展，這是沒有法子的事，文章寫了出來只能供同好的欣賞，這時候批評家如要期望他去抑止昏暴，未免犯了時代錯誤的毛病了。

這轉變如劉彥和所說可以放在魏晉之際吧，至於轉變得是好是壞，我們不能輕易贊成劉君的說法，在我個人倒覺得這是往好的一方面轉的，至少是已經離開了政治與實用，不再替人家辦差使了，多少可以去發達自己，雖然還不能成功為像樣的一種藝術品，也總是頗有希望了吧。

上文所云潘岳《醜婦》今未能詳，束皙《餅賦》尚存，寫做餅啖餅的情狀，看起來也並不壞，如云：

「弱如春綿，白如秋練，氣勃鬱以揚布，香飛散而遠遍。行人失涎於下風，童僕空嚼而斜眄，擧器者舐脣，立侍者乾咽。」

袁淑的《俳諧文》十卷雖已失傳，類書中還留下幾篇，如《廬山公九錫文》中云：「青脊隆身，長頰廣額，修尾後垂，巨目雙磔。斯又爾之形也。嘉麥既熟，實須精面，負磨回衡，迅若轉電，惠我眾庶，神祇獲薦。斯又爾之能也。」

這種詠物寫事的文章我覺得也就不錯，比嚼甘蔗滓似的正經文恐怕還要有意思，如《猗覺寮雜記》所云，用驢磨麵的記載也始見於此。

這一類俳諧文儘管被批評家所罵，做的還是在做，我們只看韓退之的《毛穎傳》便可知道。

傳中云：「遂獵圍毛氏之族，拔其豪，載穎而歸，獻俘於章台宮，聚其族而加束縛焉。」

又云：「後因進見，上將有任使拂拭之，因免冠謝，上見其髮禿，又所摹畫不能稱上意，上嘻笑曰，中書君老而禿，不任吾用，吾嘗謂君中書，君今不中書耶。」只是文不駢偶，內容正是普通的俳諧文。

柳子厚作題後云：「且世人之笑之也不以其俳乎，而俳又非聖人之所棄者。《詩》曰，善戲謔兮，不為虐兮。太史公書有《滑稽列傳》。皆取乎有益於世者也。故學者終日討說答問，呻吟習複，應對進退，掬溜播灑，則罷憊而廢亂，故有息焉遊焉之說，不學操縵，不能安弦，有所拘者有所縱也。大羹玄酒，體節之薦，味之至者，而又設以奇異小蟲水草，樝梨橘柚，苦鹹酸辛，雖蜇吻裂鼻，縮舌澀齒，而咸有篤好之者，文王之昌蒲葅，屈到之芰，曾皙之羊棗，然後盡天下之奇味以足於口。」

柳君為文矜張作態，不佞所不喜，上文所說滑稽有益於世非聖人所棄，本係唾餘亦不足道，後邊說的卻對，換一句話說，笑悅本亦是人情耳。

王勉夫在《野客叢書》中又論之曰：

「小宋狀元謂退之《毛穎傳》古人意思未到，所以名家。洪慶善謂《毛穎傳》柳子厚以為怪，余以為烏有子虛之比。《容齋隨筆》謂《毛穎傳》人多以為怪，子厚獨愛之，退之此作疑有所本，人自不知耳。觀隋志謂《古俳諧文》三卷，如沈約《彈芭蕉文》亦載其間，烏知自古以來無《毛穎傳》比者。觀《蜀志》先主嘲張裕曰，昔吾居涿縣，特多毛姓，東西南北皆諸毛也，涿人之稱曰諸毛云云。《毛穎傳》萌芽此意。其間如曰：自結繩以至秦，陰陽卜筮，占相醫方，族氏山經地志，九流百家之書，皆所詳悉。此意出於蔡邕成公綏《筆賦》，郭璞《筆贊》。異時文嵩作《松滋侯傳》，司空圖作《容成侯傳》，而本朝東坡先生作羅文等傳，其機杼自退之始也。」

這類文章的系統說的很得要領，我們如把他拉長，可以一直接到近代。今舉清初陸次雲為例，在《北墅緒言》裡有一篇《葉公滑厘子合傳》云：

「春秋時有葉公，其子孫繁衍，別為四族。每族昆弟或九人或十一人，皆輕薄如紙，有有面目者，有無面目者，大約錢盈貫者皆無目面者也，其一人在錢藪中稍有面目，已為空沒文矣。其二十人雖亦衣冠面目，宛然大盜，而人樂親之，謂可藉以致富。染其習者即親如骨肉亦互思劫奪，故人目其徒曰吊友，謂其雖獲小勝必致大負，宜吊不宜賀也。

「濟葉公之惡者又有滑厘子，兄弟六人皆以骨勝，遍身花繡，紅綠燦然。素與盆成括善，出處必俱，誘人以必勝之術，人樂親之，與葉無異。孟子嘗斥之曰，徒取之彼以與此，然且不可。又曰，死矣盆成括。惡其小有才也。乃滑厘子曾受唐帝特賜緋衣，又為劉毅呼之即至遂爾大勝，為人豔羨，不知人每出孤注竟覆全軍者皆慕是說而誤之者也。是滑厘之罪更浮於葉，雖粉其骨何足贖哉。聖人曰，戒之在鬥，戒之在色，良有以也。」

我抄這篇全文，因為是一個很好的例，他接著俳諧文的傳統，卻更近代化了，所以覺得更有意思。

大抵俳諧文的特色有這幾樣。其一是諷刺。這不一定要如古人所說是對於政治社會一種匡正，彷彿是言外餘韻，讓人家可以尋味，不要說完就完而已。其二是遊戲。在體裁上這多是擬文，如傳，如九錫文，如彈章。在腳色上多是擬人，如驢為廬山公，筆為毛穎，馬吊牌為葉公。在文字上是玩把戲，可以有好幾樣。甲是音義。有同音異字，如子夜歌云，霧露隱芙蓉，見憐不分明。又如《侯鯖錄》所記，蓮花裡點燈，偶然而已。有同字異義，如《毛穎傳》的拔其豪，《葉公滑厘子合傳》的戒之在色，皆是。

《文飯小品》有《怕考判》，序云：

「督學將至，姑熟棚廠具矣，有三秀才蘊藥謀爇之，邏獲驗確，學使者發縣，該謔庵判理具申。」

判詞有云：「一炬未成，三生有幸。」

又云：「聞考即已命終，火攻乃出下策。」如三生，如考終命，都是絕妙的例。

乙是形體。如《吳志》載薛綜勸蜀使張奉酒，拆蜀字嘲之曰：

「蜀者何也？有犬為獨，無犬為蜀，橫目勾身，蟲入其腹。」

上文薛綜憑宴會而發嘲調，即指此事。雖然嚴正的或是惜字的人見了會不大高興，不過這實在是莫怪的事，中國文字中這種可能太多了，文人難能拒絕誘惑，據我看來也有幾分可以原諒的，稱揚自然亦可不必。

王若虛《文辨》中有一則云：「宋人多譏病《醉翁亭記》，此蓋以文滑稽，曰，何害為佳，但不可為法耳。」滹南遺老洵知言哉。

俳諧文還有一樣可能的特色是猥褻。顏師古注《急就章》云：「俳謂優之褻狎者也。」我不見得就信奉這句話，憑空去演繹出來，實在覺得這是題中應有之義，蓋人是有性的生物，對於此事自有一種牽引，而雙關暗示的言語於此亦特多，看笑話中即如此情形，可以知矣。

牛空山著《詩志》在豳風《東山》下批云：

「一篇悲喜離合都從室家男女生情，開端敦彼獨宿亦在車下，隱然動勞人久曠之感，後文婦嘆於室，其新孔嘉，惓惓於此三致意焉。夫人情所不能已聖人弗禁，東征之士誰無父母，豈鮮兄弟，而夫婦情豔之私尤所繾切，此詩曲體人情，無隱不透，直從三軍肺腑捫攄一過，而真摯婉惻，感激動人，悅以使民，民忘其死，信周公不能作也。」此言雖大可以喻小。

「其新孔嘉，其舊如之何？」這兩句話說是蘊藉可，說是猥褻亦可。兩間萬物的情狀無不是猥褻者，只看人如何的對付，如何的看。立身謹重，文章放蕩，是一法也，相反的做也是別一法。俳諧文有猥褻一種，不僅是我的推量，也確是事實。

敦煌鳴沙石室發現許多古寫本，有一卷白行簡的《天地陰陽交歡大樂賦》，民國三年葉德輝刻入《雙梅影闇叢書》裡，葉氏跋有云：

「右賦出自敦煌縣鳴沙山石室。確是唐人文字。注引《洞玄子》，《素女經》。在唐宋時此等房中書流傳士大夫之口之文，殊不足怪，使道學家見之，必以為誨淫之書，將拉雜燒之，唯恐其不絕於世矣。」

這是一個孤證，但是還可以往別處去找個陪客來。日本在後朱雀帝（一〇三六—一〇四五）時編有《本朝文粹》十四卷，其中收錄大江朝綱所著《男女婚姻賦》一篇，大旨與白行簡作相似而更簡短，朝綱有《為清慎公報吳越王書》，洋洋大文，署天曆元年，即五代後漢天福十二年（九四七）也。

《本朝續文粹》今存十三卷，收有藤原季綱所著《陰車贊》一首，署淫水校尉高鴻撰，時為嘉保元年（一〇九四），蓋與東坡同時，相傳即《續文粹》之編者云。《本朝文粹》係仿姚鉉的《唐文粹》而編輯，所收皆漢文，體制文字亦全仿中國，朝綱季綱之作當必有所本，其公然收入總集，亦彷彿可以證實葉君的話，在唐宋時此類文章恐怕也流傳於士大夫口手之間，不甚以為怪也。

晚明出來的《開卷一笑》裡也有這一派的文章，不過雖然知道有屠赤水等在內，卻都已用了什麼道人的別號了，本來帶點猥褻味的俳諧文做得好時可以很好，可是極不容易做，有如走索，弄得不好反而會跌一個狗吃屎的，況且一用別號更失了遊戲裡的真摯性，其不能有好成績正是當然的事。

所以我在這裡只是說有此可能，若是問我從古以來有那一篇這樣的好文章，我還是說不出來，白行簡的《大樂賦》與張文成的《遊仙窟》相仿，只算是珍異的資料而已，以云佳作則猶未也。

終於說的得不著要領，可是廢話已經說了許多，似乎應該打住了。我上面說的是中國舊的俳諧文，他從清客文人學著戲子打諢起頭，隨後借了這很有點特別的漢字，利用那些弱點或特色，寫出好許多駢散文，雖然不能有益於世，只如柳子厚所說息焉遊焉，未始不可以自得其樂。

這與日本俳文的情形很不相同，蓋其一是從舊連歌蛻化成新的俳諧連歌，再由韻文轉到散文去，自有一種新生命在裡邊，而其一則是舊體制的傳衍，雖是有時也出點新機杼，總有地方像是世代書香的大家，看去頗有強弩之末之感了。

我們目前很有些嘉道以來的作品，如《豈有此理》，《更豈有此理》，《文章遊戲》四集，《皆大歡喜》，以至《天花亂墜》二集，要單獨來談或者也有意思，但整個看起來這已是《開卷一笑》的來孫，希望他復興先業是不大可能的事，他們所能做到的至多也只是巴住門面而已。話雖如此，中國也可以說有他的新俳文，不過系統不很正，因為他不是俳諧文的嫡子，卻是旁支或變種。

我的意思是說公安竟陵派以後混合的一種新文章。公安派裡有袁中郎，竟陵派有劉同人，他們兩位的散文是離開了宗派傳到後世來也是站得住的，但是我覺得混合的文章別有新氣象，更是可喜，現在姑以張宗子作為代表。

他的目的是寫正經文章，但是結果很有點俳諧，你當他作俳諧文去看，然而內容還是正經的，而且又夾著悲哀。寫法有極新也有極舊的地方，大抵是以寫出意思來為目的，並沒有一定的例規，口不擇言，亦言不擇事，此二語作好意講，彷佛可以說出這特質來，如此便與日本俳諧師所說俳言俗語頗相近了。

全篇似用文言，而白話隨處加入，此在王謔庵也已有之，如《文飯小品》中《遊滿井記》云：「語言嘈雜，賣飯食者邀訶（案即吆喝）好火燒，好酒，好大飯，好果子（案果子即油炸鬼）。貴有貴供，賤有賤鬻。」

張宗子《琅嬛文集》中有《五異人傳》，記張紫淵云：

「兄九山成進士，送旗扁至其門，叔嫚罵曰，區區鱉進士，怎入我紫淵眼內。乃裂其旗，作廝養褌，鋸其幹作薪炊飯，碎其扁取束豬柵。」

又記張瑞陽為部吏，楚王府囑查公文，允酬八千金，瑞陽嫌少：

「來人曰，果得原文，為加倍之。瑞陽方小遺，寒顫作搖頭狀。來人曰，如再嫌少，當滿二十千數。」

此諸寫法前人所無，不問古今雅俗，收入筆下，悉聽驅使，這倒是與現代白話文相似，但是他一方面常利用成語故事，又頗有孔孟莊韓之遺風，也是很有意思的事。

如《一卷冰雪文》後序云：

「昔張公鳳翼刻《文選纂注》，一士夫詰之曰，既云《文選》，何故有詩？張曰，昭明太子所集，於僕何與。曰，昭明太子安在？張曰，已死。曰，既死不必究也。張曰，便不死亦難究。曰，何故？張曰，他讀得書多。」

又《夜航船》序云：

「昔有一僧人與一士子同宿夜航船，士子高談闊論，僧畏慴卷足而寢。僧聽其語有破綻，乃曰，請問相公，澹台滅明是一個人，是兩個人？士子曰，是兩個人。僧曰，這等，堯舜是一個人兩個人？士子曰，自然是一個人。僧人乃笑曰，這等說起來，且待小僧伸伸腳。余所記載皆眼前極膚極淺之事，吾輩聊且記取，但勿使僧人伸腳則亦已矣，故即命其名曰夜航船。」

《陶庵夢憶》序云：

「昔有西陵腳夫為人擔酒，失足破其甕，念無以償，癡坐佇想曰，得是夢便好。一寒士鄉試中式，方赴鹿鳴宴，恍然猶意非真，自嚙其臂曰，莫是夢否。一夢耳，唯恐其非夢，又唯恐其是夢，其為癡人則一也。余今大夢將寤，猶事雕蟲，又是一番夢囈。」

陶石樑《小柴桑諵諵錄》在崇禎乙亥刊行，亦記此兩事，云聞諸雲門湛師，蓋係當時通行的傳說，而文句又十九相同，則宗子抄石樑原語，有時亦抄中郎同人也。

又《西湖夢尋》序云：

「余猶山中人歸自海上，盛稱海錯之美，鄉人競來共舐其眼。嗟嗟，金齏瑤柱，過舌即空，則舐眼亦何救其饞哉。」原刊本署辛亥，蓋在明亡後二十七年矣。《夢尋》《夢憶》二書皆宗子記其國破家亡之痛之作，而文特詼詭，硯雲本《夢憶》小序說得好：

「茲編載方言巷詠，嘻笑瑣屑之事，然略經點染，便成至文，讀者如歷山川，如睹風俗，如瞻宮闕宗廟之麗，殆與採薇麥秀同其感慨，而出之以詼諧者歟。」

宗子文集不為世所知，光緒三年始在貴州刻板，王介臣跋云：「昔惟鄭廣文珍見之曰，精渾勝歸唐，何論二十四家耶，篋中有此，盜賊水火不能近也。竭數晝夜力抄錄去，此外無人見也。」

民國二十四年上海再付鉛印，盧冀野跋中述劉鑒泉之語曰：「近世新文藝其原蓋出於浙東史派，而晚明諸家為之先河，張宗子岱實啟之也。」二跋相距正一甲子，對於宗子都能有所賞識，鄭君古文的鑒別力是可信的，劉君說新文學的關係也有道理，這裡我們可不必再詞費，只想加添一句云，這可以叫做新的俳諧文。舊俳諧文的作者一面還有他的正經文章，如韓退之作有《毛穎傳》又有《原道》。

有些專寫俳諧文，卻自居於遊戲狎褻，或者只用什麼道人等別號，這些就稱為舊派，新派則不如此。他們有如在打球，這遊戲就是正經，無論什麼文章總只是一個寫法，信口信手，皆成律度，三百年前公安派如此說過，現在寫文章的人也是這樣的做著。這樣說來大有「我田引水」之意，其實也無可如何，因為這是事實。

俳諧文或俳文這名稱有點語病，容易被人誤解為狹義的有某種特質的文章，實在未必如此，日本的松尾芭蕉橫井也有，法國的蒙田，英國的闌姆與亨德，密倫與林特等，所作的文章據我看來都可歸在一類，古今中外全沒有關係。他的特色是要說自己的話，不替政治或宗教去辦差，假如這是同的，那麼自然就是一類，名稱不成問題，英法曰essay，日本曰隨筆，中國曰小品文皆可也。

張宗子的文章我們不能學，也不可學，正如陶筠廠說淵明的詩一樣，但是我們同在一條道上走著，當然感到親近，若是《豈有此理》並以前的俳諧文看了也有興會，則有如聽朋友唱崑曲吹笛子，因自己不會吹，所以只是聽聽而已。

廿六年五月十四日。

日本之再認識

我在日本住過六年，但只在東京一處，那已是三十年前的事了。其時正是明治時代的末期，在文學上已經過了抒情的羅曼主義運動，科學思想漸侵進文藝領域裡來，成立了寫實主義的文學，這在文學史上自有其評價，但在我個人看來，雖然不過是異域的外行人的看法，覺得這實在是一個偉大的時代，彷彿我們看頂好的作物大都成長——至少也是發芽於那個時期的，那時的東京比起現在來當然要差得遠，不過我想西方化並不一定是現代化，也更不見得即是盡美善，因此也很喜歡明治時代的舊東京，七年前我往東京去，便特地找那震災時未燒掉的本鄉區住了兩個月。

我們去留學的時候，一句話都不懂，單身走入外國的都會去，當然會要感到孤獨困苦，我卻並不如此，對於那地方與時代的空氣不久便感到協和，而且還覺得可喜，所以我曾稱東京是我的第二故鄉，頗多留戀之意。一九一一年春間，所作古詩中有句云，遠遊不思歸，久客戀異鄉，即致此意，時即清朝之末一年也。

我所知道的日本地方只是東京一部分，其文化亦只是東京生活與明治時代的文學，上去到江戶時代的文學與美術為止，也還是在這範圍內，所以我對於日本的瞭解本來是極有限的。我很愛好日本的日常生活，五六年前曾在隨筆中說及，主要原因在於個人的性分與習慣。我曾在《懷東京》那篇小文中說過，我是生長於中國東南水鄉的人，那裡民生寒苦，冬天屋裡沒有火氣，冷風可以直吹進被窩來，吃的通年不是很鹹的醃菜也是很鹹的醃魚，有了這種訓練去過東京的下宿生活，自然是不會不適合的。

可是此外還有第二的原因，這可以說是思古之幽情。我們那時又是民族主義的信徒，凡民族主義必含有復古思想在裡邊，我們反對清朝，覺得清以前或元以前的差不多都好，何況更早的東西。聽說從前夏穗卿錢念劬兩位先生在東京街上走著路，看見店鋪招牌的某文句或某字體，常指點讚嘆，謂猶存唐代遺風，非現今中國所有。

這種意思在那時大抵是很普通的。我們在日本的感覺，一半是異域，一半卻是古昔，而這古昔乃是健全地活在異域的，所以不是夢幻似的空假，而亦與朝鮮安南的優孟衣冠不相同也。為了這個理由我們覺得和服也很可以穿，若袍子馬褂在民國前都作胡服看待，章太炎先生初到日本時的照相，登在《民報》上的，也是穿著和服，即此一小事亦可以見那時一般的空氣矣。

關於食物我曾說道：

「吾鄉窮苦，人民努力才得吃三頓飯，唯以醃菜臭豆腐螺螄當菜，故不怕鹹與臭，亦不嗜油若命，到日本去吃無論什麼都無不可。有些東西可以與故鄉的什麼相比，有些又即是中國某處的什麼，這樣一想更是很有意思。如味噌汁與乾菜湯，金山寺味噌與豆板醬，福神漬與醬咯嗒，牛蒡獨活與蘆筍，鹽鮭與勒鯗，皆相似的食物也。

「又如大德寺納豆即鹹豆豉，澤庵漬即福建之黃土蘿蔔，蒟蒻即四川之黑豆腐，刺身即廣東之魚生，壽司即古昔的魚鮓，其製法見於《齊民要術》，此其間又含有文化交通的歷史，不但可吃，也更可思索。家庭宴集自較豐盛，但其清淡則如故，亦仍以菜蔬魚介為主，雞豚在所不廢，唯多用其瘦者，故亦不油膩也。」

谷崎潤一郎在《憶東京》一文中很批評東京的食物，他舉出鯽魚的雀燒與疊鰯來作代表，以為顯出脆薄貧弱，寒乞相，無豐腴的氣象，這是東京人的缺點，其影響於現今以東京為中心的文學美術之產生者甚大。他所說的話自然也有一理。但是我覺得這些食物之有意思也就是這地方，換句話可以說是清淡質素，他沒有富家廚房的多油多團粉，其用鹽與清湯處卻與吾鄉尋常民家相近，在我個人是很以為好的。

假如有人請吃酒，無論魚翅燕窩以至熊掌我都會吃，正如大蔥卵蒜我也會吃一樣，但沒得吃時決不想吃，或看了人家吃便害饞，我所想吃的如奢侈一點還是白鰲湯一類，其次是鰲魚鯗湯，還有一種用擠了蝦仁的大蝦殼，砸碎了的鞭筍的不能吃的老頭，再加乾菜而蒸成的不知名叫什麼的湯，這實在是寒乞相極了，但越人喝得滋滋有味，而其有味也就在這寒乞即清淡質素之中，殆可勉強稱之曰俳味也。

日本房屋我也頗喜歡，其原因與食物同樣的在於他的質素。我曾說，我喜歡的還是那房子的適用，特別便於簡易生活。又說，四席半一室面積才八十一方尺，比維摩斗室還小十分之二，四壁蕭然，下宿只供給一副茶具，自己買一張小几放在窗下，再有兩三個坐褥，便可安住。坐在几前讀書寫字，前後左右皆有空地，都可安放書卷紙張，等於一大書桌，客來遍地可坐，容六七人不算擁擠，倦時隨便臥倒，不必另備沙發椅，深夜從壁廚取被褥攤開，又便即正式睡覺了。

昔時常見日本學生移居，車上載行李只鋪蓋衣包小幾或加書箱，自己手提玻璃洋油燈在車後走而已。中國公寓住室總在方丈以上，而板床桌椅箱架之外無多餘地，令人感到局促，無安閒之趣。

大抵中國房屋與西洋的相同，都宜於華麗而不宜於簡陋，一間房子造成，還是行百里者半九十，非是有相當的器具陳設不能算完成，日本則土木功畢，鋪席糊門，即可居住，別無一點不足，而且覺得清疏有致。

從前在日本旅行，在吉松高鍋等山村住宿，坐在旅館的樸素的一室內憑窗看山，或著浴衣躺席上，要一壺茶來吃，這比向來住過的好些洋式中國式的旅舍都要覺得舒服，簡單而省費。現在想起來，誠如梁實秋君所云，中國的菜或者真比外國好吃，中國的長袍布鞋比外國舒適，但是關於房屋，至少是燕居的房間，我還是覺得以日本舊式的為最好，蓋三十餘年來此意見未有變動也。

日本生活裡的有些習俗我也喜歡，如清潔，有禮，灑脫。灑脫與有禮這兩件事一看似乎有點衝突，其實卻並不然。灑脫不是粗暴無禮，他只是沒有宗教的與道學的偽善，沒有從淫佚發生出來的假正經，最明顯的例是對於裸體的態度。藹理斯在《論聖芳濟及其他》(「St. Francis and Others」)文中有云：

「希臘人曾將不喜裸體這件事看作波斯及其他夷人的一種特性，日本人——別一時代與風土的希臘人——也並不想到避忌裸體，直到那西方夷人的淫佚的怕羞的眼告訴他們，我們中間至今還覺得這是可嫌惡的，即使單露出腳來。」

我現今不想來禮讚裸體，以免駭俗，但我相信日本民間赤足的風俗總是極好的，出外固然穿上木屐或草履，在室內席上便白足行走，這實在是一件很健全很美的事，我所嫌惡的中國惡俗之一是女子的纏足，所以反動的總是讚美赤足，想起兩足白如霜不著鴉頭襪之句，覺得青蓮居士畢竟是可人，在中國人中殊不可多得。

我常想，世間鞋類裡邊最善美的要算希臘古代的山大拉（Sandala），閒適的是日本的下馱（Geta），經濟的是中國南方的草鞋，而皮鞋之流不與也。凡此皆取其不隱藏，不裝飾，只是任其自然，卻亦不至於不適用與不美觀。此亦別無深意，不過鄙意對於腳或身體的別部分以為解放總當勝於束縛與隱諱，故於希臘日本的良風美俗不能不表示讚美，以為諸夏所不如也。希臘古國恨未及見，日本則幸曾身歷，每一出門去，即使別無所得，只見憧憧往來者都是平常人，無一裹足者在內，如現今在國內行路所常經驗，見之令人愀然不樂者，則此一事亦已大可喜矣。

我對於日本生活之愛好只以東京為標準，但是假如這足以代表全日本，地方與時代都不成問題，那時東京的生活比後來更西洋化的至少總更有日本的特色，那麼我的所瞭解即使很淺也總不大錯，不過我憑的是經驗而不是理論，所以雖然自己感覺有切實的根底，而說起來不容易圓到，又多憑主觀，自然觀察不能周密，這實是無可如何的事。

因為同樣的理由，我對於日本文學藝術的瞭解也只是部分的，在理論上我知道要尋求所謂日本精神於文學上必須以奈良朝以上為限，《古事記》與《萬葉集》總是必讀的，其次亦應著力於平安朝，蓋王朝以後者乃是幕府的文學，其意義或應稍異矣。但是，古典既很不易讀，讀了也未能豁然貫通，像近代文學一樣，覺得他與社會生活是相連的，比較容易瞭解。

我只知道一點東京的事，因此我感覺有興趣的也就是以此生活為背景的近代的文學藝術，目前是明治時代，再上去亦只以德川時代為止。民國六年來北京後這二十年中，所涉獵雜書中有一部分是關於日本的，大抵是俳諧，俳文，雜俳，特別是川柳，狂歌，小唄，俗曲，灑落本，滑稽本，小話即落語等，別一方面則浮世繪，大津繪，以及民藝，差不多都屬於民間的，在我只取其不太難懂，又與所見生活或可互有發明耳。

我這樣的看日本說不上研究，卻自己覺得也稍有所得，我當時不把日本當作一個特異的國看，要努力去求出他特別與別人不同的地方來，我只徑直的看去，就自己所能理解的加以注意，結果是找著許多與別人近同的事物，這固然不能作為日本的特徵，但因此深覺到日本的東亞性，蓋因政治情狀，家族制度，社會習俗，文字技術之傳統，儒釋之思想交流，在東亞民族間多是大同小異，從這裡著眼看去，便自然不但容易理解，也覺得很有意義了。

在十七八年前我曾說過，中國在他獨特的地位上特別有瞭解日本的必要與可能，就是這種意思，我向來不信同文同種之說，但是覺得在地理與歷史上比較西洋人則我們的確有此便利，這是權利，同時說是義務亦無什麼不可。

永井荷風在所著《江戶藝術論》第一篇「浮世繪之鑒賞」中曾云：

「我反省自己是什麼呢？我非威耳哈倫（Verhaeren）似的比利時人而是日本人也，生來就和他們的運命及境遇迥異的東洋人也。戀愛的至情不必說了，凡對於異性之性欲的感覺悉視為最大的罪惡，我輩即奉戴此法制者也。承受『勝不過啼哭的小孩和地主』的教訓的人類也，知道『說話則唇寒』的國民也。使威耳哈倫感奮的那滴著鮮血的肥羊肉與芳醇的蒲桃酒與強壯的婦女之繪畫，都於我有什麼用呢？

「嗚呼，我愛浮世繪。苦海十年為親賣身的遊女的繪姿使我泣。憑倚竹窗茫然看著流水的藝妓的姿態使我喜。賣宵夜麵的紙燈寂寞地停留著的河邊的夜景使我醉。雨夜啼月的杜鵑，陣雨中散落的秋天樹葉，落花飄風的鐘聲，途中日暮的山路的雪，凡是無常無告無望的，使人無端嗟嘆此世只是一夢的，這樣的一切東西於我都是可親，於我都是可懷。」

永井氏的意思或者與我的未必全同，但是我讀了很感動，我想從文學藝術去感得東洋人的悲哀，雖然或者不是文化研究的正道，但豈非也是很有意味的事麼？

我在《懷東京》一文中曾說，無論現在中國與日本怎樣的立於敵對的地位，如離開一時的關係而論永久的性質，則兩者都是生來就和西洋的運命及境遇迴異之東洋人也。我們現時或為經驗所限，尚未能通世界之情，如能知東洋者斯可矣。我們向來不自顧其才力之不逮而妄談日本文化者蓋即本此意，並非知己知彼以求制勝，實只是有感於陽明「吾與爾猶彼也」之言，蓋求知彼正亦為欲知己計耳。

這種意見懷抱了很久，可是後來終於覺悟，這是不很可靠的了。如只於異中求同，而不去同中求異，只是主觀的而不去客觀的考察，要想瞭解一民族的文化，這恐怕至少是徒勞的事。我們如看日本文化，因為政治情狀，家族制度，社會習俗，文字技術之傳統，儒釋思想之交流等，取其大同者認為其東亞性，這裡便有一大謬誤，蓋上所云云實只是東洋之公產，已為好些民族所共有，在西洋看來自是最可注目的事項，若東亞人特別是日華朝鮮安南緬甸各國相互研究，則最初便應羅列此諸事項束之高閣，再於大同之中求其小異，或至得其大異者，這才算能瞭解得一分，而其瞭解也始能比西洋人更進一層，乃為可貴耳。

我們前者觀察日本文化，往往取其與自己近似者加以鑒賞，不知此特為日本文化中東洋共有之成分，本非其固有精神之所在，今因其與自己近似，易於理解而遂取之，以為已瞭解得日本文化之要點，此正是極大幻覺，最易自誤而誤人者也。

我在上邊說了許多對於日本的觀察，其目的便只為的到了現在一筆勾消，說明所走的路全是錯的，我所知道的只是日本文化中之東亞性一面，若日本之本來面目可以說是不曾知道。欲了知一國文化，單求之於文學藝術，也是錯的，至少總是不充分。對於一國文化之解釋總當可以應用於別的各方面，假如這只對於文化上適合，卻未能用以說明其他的事情，則此解釋亦自不得說是確當。

我向來的意見便都不免有這些缺點，因此我覺得大有改正之必要，應當於日本文化中忽略其東洋民族共有之同，而尋求其日本民族所獨有之異，特別以中國民族所無或少有者為準。這是什麼呢？我不能知道，所以我不能說。但是我也很考慮，我猜想，這或者是宗教罷？十分確定的話我還不能說，我總覺得關於信仰上日華兩民族很有些差異，雖然說儒學與佛教在兩邊同樣的流行著。

中國人也有他的信仰，如吾鄉張老相公之出巡，如北京妙峰山之朝頂，我覺得都能瞭解，雖然自己是神滅論的人，卻很理會得拜菩薩的信士信女們的意思，我們的信仰彷彿總是功利的，沒有基督教徒的每飯不忘的感謝，也沒有巫師的降神的歌舞，蓋中國的民間信仰雖多是低級的而並不熱烈或神秘者也。

日本便似不然，在他們的崇拜儀式中往往顯出神憑（Kamigakari）或如柳田國男氏所云神人和融的狀態，這在中國絕少見，也是不容易瞭解的事。淺近的例如鄉村神社的出巡，神輿中放著神體，並不是神像，卻是不可思議的代表如石或木，或不可得見不可見的別物，由十六人以上的壯丁抬著走，而忽輕忽重，忽西忽東，或撞毀人家門牆，或停在中途不動，如有自由意志似的，輿夫便只如蟹的一爪，非意識的動著。外行的或懷疑是壯丁們的自由行動，這事便不難說明，其實似並不如此簡單。

柳田氏在所著《祭祀與世間》第七節中有一段說得好：

「我幸而本來是個村童，有過在祭日等待神輿過來那種舊時感情的經驗。有時便聽人說，今年不知怎的，御神輿是特別發野呀。這時候便會有這種情形，儀仗早已到了十字路口了，可是神輿老是不見，等到看見了也並不一直就來，總是左傾右側，抬著的壯丁的光腿忽而變成Y字，又忽而變成X字，又忽而變成W字，還有所謂舉起的，常常盡兩手的高度將神輿高高的舉上去。」

這類事情在中國神像出巡的時候是絕沒有的，至少以我個人淺近的見聞來說總是如此，如容我們掉書袋，或者希臘古代所謂酒神祭時的儀式裡有相似處亦未可知，不過那祭典在希臘也是末世從外邊移入的，日本的情形又與此不同。日本的上層思想界容納有中國的儒家與印度的佛教，近來又加上西洋的科學，然其民族的根本信仰還是本來的神道教，這一直支配著全體國民的思想感情，上層思想界也包含在內。知識階級自然不見有神輿夫的那種神憑狀態了，但是平常文字中有些詞句，如神國，惟神之道（Kaminagara no Michi）等，我們見慣了，覺得似乎尋常，其實他的真意義如日本人所瞭解者我們終不能懂得，這事我想須是訴諸感情，若論理的解釋怕無是處，至少也總是無用。

要瞭解日本，我想須要去理解日本人的感情，而其方法應當是從宗教信仰入門。可惜我自己知道是少信的，知道宗教之重要性而自己是不會懂得的，因此雖然認識了門，卻無進去的希望。我常想，有時也對日本友人說，為的幫助中國人瞭解日本，應當編印好些小書，講日本神社的祭祀與出巡，各處的廟會即緣日情形，鄉村裡與中國不同的各種宗教行事與傳說，文字圖畫要配列得好，這也是有意義的事。

我們涉獵東洋藝文，常覺得與禪有關係，想去設法懂得一點，以為參考，其實這本不是思想，禪只是行，不是論理的理會得的東西，我們讀禪學史，讀語錄，結果都落理障，與禪相隔很遠，而且平常文學藝術上所表現的，我想大抵也只是老莊思想的一路，若是禪未必能表得出，即能表出亦不能懂得，如語錄是也。這樣說來，圖說亦是無用，蓋欲瞭解一民族的宗教感情，眼學與耳食同樣的不可靠，殆非有經歷與體驗不可也。

我很抱歉自己所說的話多是否定的，但是我略敘我對於日本的感想，又完全把它否定了，卻也剩下一句肯定的話，即是說瞭解日本須自宗教入手。這句話雖是很簡短，但是極誠實，極重要的。孔子曾說，「知之為知之，不知為不知，是知也。」我雖不敢自附於儒家之林，但於此則不敢不勉也。

廿九年十二月十七日。

【附記】

去年適值日本紀元二千六百年紀念，國際文化振興會計畫發刊紀念論文集，除分區徵文外，又約人給寫文章。該會北京代理人找到我的時候是在三月裡，期限年底交稿，我因為在眼前還有十個月工夫，而錢稻孫先生也應允寫稿，我若是寫不出有錢先生一篇也就可以應付過去，所以貿然答應了。

不料時光全靠不住，忽而已是十二月，錢先生往東京參加紀念典禮，論文不曾寫得，我這才著了忙，但是沒有法子，只好如老秀才應歲考，硬了頭皮做去，考列四等原是覺悟了的。幸而我與國際文化振興會約定的時候預先有一著埋伏，即以不受任何報酬為條件，這意思就是說，文章寫得不好也就莫怪，我的確還聲明，文如不適用可以丟到字紙簍裡去。乃承振興會不棄收下，且交給某雜誌將譯文發表在本年十二月號上。

本來我的條件裡也有一條，便是付譯時須把譯文原稿給我看一遍。這回卻並沒有照辦，大約不是振興會而是雜誌社所譯的吧。但因此不幸有些誤譯，最重要的是末一節裡，我說在知識階級中自然不見有神憑狀態，而譯文卻是說有，以否定為肯定，這錯得多麼滑稽而奇怪。現在我就將原文發表一下，所說的話對不對都以此為準，庶不至以訛傳訛也。

三十年十二月十五日再記。

周作人作品精選 14

浮生拾憶【經典新版】

作者：周作人
發行人：陳曉林
出版所：風雲時代出版股份有限公司
地址：10576台北市民生東路五段178號7樓之3
電話：(02) 2756-0949
傳真：(02) 2765-3799
執行主編：朱墨菲
美術設計：吳宗潔
行銷企劃：林安莉
業務總監：張瑋鳳

初版日期：2022年6月
ISBN：978-986-352-987-3

風雲書網：http://www.eastbooks.com.tw
官方部落格：http://eastbooks.pixnet.net/blog
Facebook：http://www.facebook.com/h7560949
E-mail：h7560949@ms15.hinet.net
劃撥帳號：12043291
戶名：風雲時代出版股份有限公司

風雲發行所：33373桃園市龜山區公西村2鄰復興街304巷96號
電話：(03) 318-1378
傳真：(03) 318-1378
法律顧問：永然法律事務所 李永然律師
北辰著作權事務所 蕭雄淋律師

行政院新聞局局版台業字第3595號 營利事業統一編號22759935

定價：350元

國家圖書館出版品預行編目資料

浮生拾憶 / 周作人著. -- 初版. -- 臺北市：風雲時代出版股份有限公司, 2021.04 面； 公分. -- (周作人作品精選；14)

ISBN 978-986-352-987-3 (平裝)

855 110001017